KB241667

신기루

蜃氣樓

신기루 2

허담 新무협 판타지 소설

초판 1쇄 찍은 날 § 2006년 11월 20일
초판 1쇄 펴낸 날 § 2006년 11월 28일

지은이 § 허담
펴낸이 § 서경석

편집장 § 문혜영
편집책임 § 이재권
편집 § 유경화

펴낸곳 § 도서출판 청어람
등록번호 § 제1081-1-89호
등록일자 § 1999. 5. 31
어람번호 § 제2-1067호

주소 § 경기도 부천시 원미구 심곡1동 350-1 남성B/D 3F (우) 420-011
전화 § 032-656-4452 팩스 § 032-656-4453
http://www.chungeoram.com
E-mail § eoram99@chollian.net

ⓒ 허담, 2006

ISBN 89-251-0414-8 04810
ISBN 89-251-0412-1 (세트)

※ 파본은 구입하신 서점에서 교환하여 드립니다.
※ 저자와 협의하여 인지를 붙이지 않습니다.

· 욱마의 호수

신기루

2

허담 新무협 판타지 소설

Fantastic Oriental Heroes

蜃氣樓

모든 일은 내가 태어나기 삼 년 전, 그러니까 지금으로부터 십오 년 전에 시작되었다. 내가 살고 있는 동해의 작은 어촌에서 배를 몰아 북쪽으로 오 일 정도 북상하면 수많은 섬으로 이루어진 상주군도(霜柱群島)라는 드드 내기 펼쳐진다. 물은 맑고 수초는 풍성해 한번 그물을 드리우면 그물이 찢어질 만큼 많은 고기를 잡을 수 있는

도서출판
청어람

목차

第一章

기보쟁탈

차가운 밤공기가 송무군의 머리와 어깨, 가부좌를 튼 무릎 위에 내려앉았다. 하지만 송무군은 한 치의 흐트러짐도 없이 운기를 계속하고 있었다. 청명검은 그의 무릎 위에 가지런히 올려져 있었는데, 검집을 치장한 화려한 보석들로 부터 어지러운 광채가 달빛에 반사되고 있었다.

모닥불은 송무군이 운기에 들어가기 전에 피워놓았던 것이라 어느새 불꽃은 사그라지고 몇 개의 불씨만 남아 반짝이고 있었다. 그래서인지 모닥불의 기운으로 포근하던 동굴 안의 공기가 밖에서 밀려드는 차가운 공기에 젖어 싸늘하게 식어가고 있었다. 늦은 가을로 접어든 계절은 산속에서 홀로 야숙하기에 적당하지 않은 시절이었다.

차가운 밤공기가 온몸을 침습하고 있었지만 송무군은 마치 죽어 있는 사람처럼 미동을 하지 않았다. 하지만 자세히 보면 그의 몸이 가늘게 이어지는 호흡에 따라 미세한 움직임을 만들어내고 있어 그가 결코 죽은 사람이 아니라는 것을 말해주고 있었다.

그러던 어느 순간 송무군이 천천히 눈을 떴다. 오랜만에 떠진 그의 눈에서 한가닥 광채가 번뜩였다. 그의 안색은 무척 침중하게 굳어져 있었고, 그의 손은 어느새 무릎 위에 올려져 있던 청명검을 잡아가고 있었다.

스스스!

밤바람에 나뭇잎이 스치는 소리인가. 동굴 밖에서 미세한 소음이 들려왔다. 순간 송무군의 몸이 가볍게 떠오르더니 이내 동굴의 한쪽 벽면에 바싹 다가가 붙으며 신중한 눈빛으로 동굴 밖을 살폈다.

사사삭!

그러자 이번에는 좀 더 분명한 소음이 송무군의 귀에 들려왔다.

'누군가?'

송무군이 고개를 갸웃거렸다. 이 밤중에 자신이 야숙하는 곳을 찾아온 불청객에 대한 의문이 그의 머리를 어지럽혔다. 운남에서 사형제들과 헤어진 후 이 년여, 그동안 홀로 천하를 떠돌아다닌 송무군이었다. 그런 그를 찾아올 자는 그리 많지 않을뿐더러, 더군다나 여행을 하다 하룻밤 쉬기 위해 찾아든 동굴로 자신을 찾아올 사람은 더더욱 흔치 않았다.

'내 뒤를 따르고 있었던 자가 아니면 불가능하지.'

송무군의 낯빛이 더 어두워졌다. 하룻밤 거처로 정한 동굴로 자신을 찾아왔다는 것은 결국 적지 않은 시간 동안 자신의 뒤를 밟았다는 의미였다.

'누군가……?

물론 그의 뒤를 따를 사람이 아주 없는 것은 아니었다. 과거 그가 젊었던 시절 그는 강호에서 의협의 명성을 얻었지만, 또 그만큼의 적을 만들기도 했었다.

당시 그가 벤 자들은 하나같이 악인으로 낙인찍힌 자들이 었으므로 송무군은 의협의 명성을 얻을 수 있었지만, 그들의 동료나 가족들로부터 원한을 사는 것은 어쩔 수 없는 일이었다. 그리고 원한은 항상 피로써 갚아야 하는 것이 무림의 철칙, 송무군의 목숨을 노리는 적들이 존재하는 것은 당연한 일이었다.

아마도 누군가 자신에게 원한을 가진 자가 자신을 발견하고는 밤이 깊어지기를 기다려 원한을 갚고자 동굴을 찾아왔을 가능성이 컸다.

'아니면 이 검을 노리는 사람이거나…….'

송무군은 어느새 뽑아 든 청명검을 내려다봤다. 검신에 반사되는 달빛이 눈부시다. 그의 검을 노리는 자라면 당연히 그의 사형제 중 한 명일 가능성이 컸다. 간혹 가다 송무군의 검이 보검이라는 소문을 듣고 검을 노리는 자들이 있기는 했으나, 그 절실함이 그의 사형제들과 같을 수 없었다.

오래전 그의 사부가 실종된 이후 그의 사형제들은 하나같이 송무군의 검을 탐냈다. 하지만 송무군의 무공은 사형제들 중 가장 뛰어났으므로 송무군의 손에서 청명검을 빼앗는 것은 결코 쉬운 일이 아니었다. 그래서 그의 사형제들은 간혹 송무군에게서 청명검을 얻어내기 위해 다른 사람을 동원하기도 했었다. 어쩌면 오늘도 사형제들 중 누군가가 보낸 자들이 자신을 노리고 있을지도 몰랐다. 아니면 사형제 중 한 명이 직접 왔을 수도 있었다. 이런 사형제 간의 다툼은 자신이 청명검을 가지고 있는 한 계속될 일이었다.

'단지 사형들이 아니길 바랄 뿐!'

송무군이 머릿속에 이는 상념을 떨쳐 버리려는 듯 고개를 한 번 젓고는 다시 신중하게 동굴 밖을 살폈다. 하지만 잠깐 일었던 소음은 어느새 사라지고 동굴 밖에서는 바람 소리만 은은하게 들려오고 있었다.

그러나 송무군은 알고 있었다. 누군가 분명히 동굴 밖에서 자신을 노리고 있다는 사실을, 상대는 어쩌면 자신이 동굴 밖으로 모습을 드러내기를 기다리고 있는지도 몰랐다. 동굴 밖으로 모습을 드러내는 순간을 기다려 기습을 하는 것이 좀 더

효과적인 공격 방법이라는 것을 모를 사람은 없었다.

'인내심을 겨루자는 건가?'

송무군이 쓴웃음을 지어 보였다. 상대의 의도를 알면서도 동굴 밖으로 먼저 모습을 드러낼 송무군이 아니었다. 어차피 볼일이 있는 사람이 먼저 모습을 드러내게 마련인 것이다.

그렇게 송무군은 동굴 안에서, 송무군을 찾아온 불청객은 동굴 밖에서 서로 모습을 드러내길 기다리며 시간을 흘려보냈다. 그리고 예상했던 대로 먼저 움직인 것은 볼일이 있는 자였다. 갑자기 동굴 밖에 검은 물체가 어른거리더니 동굴 앞 공터에 불쑥 두 명의 신형이 모습을 드러냈다.

"안에 있는 사람이 청명검 송무군이 맞소?"

천연덕스러운 질문이 송무군을 웃음 짓게 했다.

"이 깊은 밤중에 이렇게 외진 곳까지 날 찾아온 형제는 어떤 분이시오?"

송무군의 입에서 담담한 음성이 흘러나왔다.

"오, 과연 청명검 송 대협이 안에 계셨구려. 혹 잠시 얼굴을 볼 수 있겠소?"

송무군의 대답을 들은 상대의 목소리가 조금 높아졌다. 아마도 송무군의 존재를 확인하고는 조금 흥분하고 있는 듯했다.

'그리 고수는 아니군.'

송무군이 작게 한숨을 내쉬었다. 적의 존재를 눈치 채고 흥분할 정도라면 결코 고수일 리 없다. 그렇게 쉽게 평정심이 흐트러지는 상대라면 또 굳이 자신이 이렇게 조심할 필요도 없었다.

"어떤 강호의 동도께서 이 송모를 찾는 것이오?"

송무군이 청명검을 손에 들고 천천히 동굴 밖으로 나가자 과연 동굴 밖 공터에서 두 명의 흑의인이 송무군을 기다리고 있었다.

"흐흐흐! 오랜만이오, 송 대협. 혹 기억하실지 모르겠구려. 과거 잠시 인연을 맺은 석두웅이오만……."

"이제 보니 개봉 흑룡방의 석 장로였구려. 무척 오랜만이구려. 그런데 이 야심한 시간에 이 깊은 산중으로 무슨 급한 볼일이 있어 날 찾아오신 것이오?"

송무군이 검을 고쳐 잡으며 물었다.

"흐흐흐, 우리 흑룡방과 송 대협 사이에는 마무리 지어야 할 채무가 남아 있지 않소이까? 본래 빚쟁이는 빚을 받아내기 위해 때와 장소를 가리지 않는 법이오이다."

석두웅의 말에 송무군이 살짝 아미를 모았다.

"그러니까 석 형은 나에게 받아야 할 빚이 있어 찾아왔다는 말이구려?"

"그렇소. 그것도 적지 않은 빚이지. 우리 형제 세 명의 목숨 값이니 말이야."

석두웅의 말투가 거칠어지며 눈가에 짙은 살기가 어른거

렸다.

흑룡방은 개봉 인근에서 제법 탄탄한 세력을 자랑했던 흑도방파였다. 흑룡방을 세운 자들은 스스로를 개봉칠룡이라 부르는 일곱 명의 의형제였는데, 어디서 익혔는지 그 무공이 제법 튼실해 개봉 인근의 흑도를 제압하고 흑룡방을 세웠던 것이다. 이들 의형제들은 성격이 몹시 포악해 그들이 장악한 지역의 상인들은 하루가 멀다 하고 이들의 행패를 감수해야 했다.

칠 년 전 송무군은 강호를 떠돌던 중 우연히 흑룡방의 일곱 의형제 중 맏이인 양생이란 자와 시비가 붙어 그의 목숨을 취한 적이 있었다. 그 일을 계기로 개봉칠룡과 송무군 사이에 싸움이 벌어졌는데 당시 개봉에 있던 신조의 도움을 받은 송무군이 개봉칠룡 중 둘을 더 베는 것으로써 흑룡방은 완전히 문을 닫고 그중 살아남은 네 명은 개봉을 떠났던 것이다.

지금 석두웅이 형제의 목숨 값이라고 말한 것은 바로 칠 년 전 송무군에게 죽은 개봉칠룡 삼 인에 대한 원한을 언급한 것이었다.

"과거의 일을 지금 다시 논하자는 건가?"

"흥, 너에겐 과거의 일인지 몰라도 우리 형제들에겐 결코 잊을 수 없는 일이다."

"나머지 두 명은 어디 있나?"

개봉칠룡 중 칠 년 전 송무군의 손에 죽은 자는 첫째인 양생을 포함해 모두 세 명, 그리고 지금 송무군 앞에 나타난 자가 두 명이니 나머지 두 명은 분명 어딘가에 모습을 감추고 있는 것이 분명했다.

"흐흐흐, 때가 되면 자연히 그들의 얼굴을 보게 될 테니 너무 서두르지 말거라."

석두옹이 진득한 웃음을 흘리며 대꾸했다. 그런 석두옹을 보며 송무군이 침착한 음성으로 말했다.

"난 지난 몇 년 동안 강호의 일에 관여하지 않았다. 그리고 앞으로도 가능한 무림의 은원에 연결되고 싶지 않다. 물론 그대들과 나는 과거에 적지 않은 원한을 맺었으나, 이제는 그만 그 원한의 감정을 묻어둘 때도 되지 않았는가?"

송무군의 진심이 담긴 말이 고요한 밤공기를 타고 흘러나갔다. 하지만 원한은 한쪽만 원한다고 해서 청산되는 것은 아니었다.

"이런, 천하의 청명검 송무군이 이렇게 나약한 소리를 하다니. 강호의 불의한 자들에게 지옥의 판관처럼 날카로운 검을 휘두른다는 의협 청명검 송무군이 정말 맞는 것인가?"

석두옹이 조롱기 깃든 음성으로 말했다. 그러자 송무군의 눈썹이 꿈틀거렸다.

"난 강호의 은원에서 벗어나고 싶을 뿐이다. 하지만 굳이 나에게 검을 들이대겠다는 사람들이 있다면 피하고만 있지는 않을 것이다. 그대가 말했듯이 난 청명검 송무군이다. 걸어오는 싸움을 피할 생각은 없어. 단지 이제는 이 검에 그만 피를 묻히고 싶을 뿐이다. 그런데… 그대들은 지난 몇 년간 날 상대할 자신이 생긴 것인가?'

과거 개봉칠룡의 무공은 송무군에 크게 미치지 못했다. 그도 그럴 것이 시장에서 장사꾼들에게 돈이나 뜯어내는 흑도의 인물들이 익힌 무공이 대단할 리 없었다. 비록 개봉칠룡의 무공은 흑도의 인물 중에서는 제법 뛰어난 축에 속했지만, 정식으로 무공을 수련한 송무군을 당할 수는 없었다.

그런데 지금 그 개봉칠룡의 사 인이 과거의 원한을 갚고자 송무군 앞에 모습을 드러냈으니 그들에게 송무군을 상대할 자신이 생겼다는 말과 같았다.

"후후후, 물론 아직 우리 형제들이 네 목을 따기는 힘들겠지. 하지만 우리가 이곳에 올 때는 적지 않은 준비를 하지 않았겠느냐!"

석두웅의 말에서 자신감이 느껴졌다.

"좋아. 반드시 원한을 갚겠다면 피하고만 있을 수는 없겠지. 어디 준비해 온 것을 보여봐라."

송무군이 청명검을 가슴 앞에 끌어 올리며 말하자 석두웅과 그의 의형제가 한 걸음씩 뒤로 물러났다.

"으음… 네놈은 과거보다도 훨씬 강해졌구나."

석두웅은 송무군에게서 흘러나오는 기도가 과거 경험했던 송무군과 많이 달라졌음을 깨닫고는 두려운 음성으로 말했다.

"물론 무림이란 곳은 시간이 흐르면 자연히 검도 날카로워지는 법이지. 그동안 이 송무군도 놀고 있지만은 않았으니까."

"네놈이 대단하다는 것은 인정하마. 하지만 오늘 우리의 손에서 절대 벗어날 수 없을 것이다. 동생들, 나서게!"

석두웅이 날카롭게 외치자 갑자기 어두운 숲 속에서 여덟 명의 인물이 모습을 드러냈다. 송무군의 안색이 일변했다. 개봉칠룡의 나머지 두 명과 함께 모습을 드러낸 여섯 명의 인물들이 하나같이 그와 적지 않은 악연을 맺고 있는 자들이었기 때문이었다.

'어떻게 이들이 한자리에 모이게 된 걸까?'

송무군은 마음속에 문득 의구심이 들었다. 자신이 강호를 종횡하면서 맺은 원한이 적지 않은 것은 사실이었지만 그렇다고 이렇게 한 번에 십여 명에 이르는 적과 마주칠 만큼 많은 원한을 맺은 것은 아니었다.

'누가 만든 일인가?'

송무군은 자신을 둘러싸고 있는 열 명의 인물을 찬찬히 돌아봤다. 하지만 아무리 살펴보아도 그들 중 이렇게 주도면밀한 일을 꾸밀 만한 자가 보이지 않았다.

"누가 꾸민 일이냐?"

송무군의 입에서 확연히 달라진 음성이 새어 나왔다. 그의 목소리에서는 차가운 한기가 물씬 풍겨 나왔다.

"흐흐흐, 그거야 나중에 보면 알 일, 하지만 다른 사람을 탓할 필요가 없지 않겠느냐? 오늘날 네가 이렇게 궁지에 몰리게 된 것은 모두 과거 네가 분수에 넘치게 남의 일에 관여했기 때문이 아니겠느냐? 물론 그 덕에 넌 의협이란 명성을 얻게 되었지만 말이야. 하지만 그따위 명성이 다 무슨 소용이겠느냐? 죽으면 그만인 것을……!"

석두웅이 오늘만큼은 송무군의 목을 벨 자신이 있다는 듯 느긋한 표정으로 말했다.

"좋아. 이 송무군은 걸어온 싸움을 피하지 않는다. 또한 일단 검을 뽑은 이상 나의 청명검에는 인정이 없다는 것을 모두 알 터, 누가 먼저 나서겠느냐?"

송무군은 더 이상 이 일을 꾸민 사람에 대한 의문에 매달리지 않았다. 음모의 주재자란 항상 일이 끝난 후에야 나타나는 법, 먼저 눈앞의 적을 상대하는 일이 중요했다. 비록 열 명의 적이 몰려왔지만, 적의 숫자에 두려움에 빠질 송무군이 아니었다. 더군다나 요즈음 송무군의 검은 한층 깊은 경지를 탐색하고 있었기에 열 명의 적을 앞에 두고도 송무군의 태도는 자신감이 넘쳐흘렀다.

송무군의 기세에 눌린 열 명의 불청객이 서로 눈치를 보며 누가 먼저 나서서 송무군을 상대할지 망설였다. 상황이 묘하게 돌아가자 석두웅이 자신의 의형제들과 눈빛을 교환하고는 먼저 앞으로 나섰다.

"좋아. 아직도 너의 청명검이 우리 형제들을 능가하는지 보자. 우리 네 의형제가 먼저 널 상대해 보겠다."

"한 번에 상대하는 것도 괜찮겠지. 오너라!"

송무군이 청명검을 수평으로 세우고 석두웅 등을 보며 말하자, 석두웅과 그의 세 의형제가 일제히 허리춤에서 도를 꺼내 들고 송무군을 에워쌌다.

본시 흑도의 인물들이란 정순한 내공을 쌓은 자가 드물어 병장기의 날카로움에 의지하여 무공을 익히는 자가 대부분이다. 개봉칠룡도 다른 흑도인들과 크게 다르지 않아 상대에게 위압감을 주기 위해 도신이 넓고 보통 무인들이 사용하는 도보다 훨씬 큰 모양의 도를 사용하고 있었다. 석두웅 등이 도를 빼 들자 어스름한 달빛이 그들의 도신에 반사되어 순간 장내에 시퍼런 도광이 일렁이기 시작했다. 그러자 무공의 고하와 상관없이 석두웅 등이 들고 있는 대도가 만들어내는 도광이 사뭇 위태로운 분위기를 만들어냈다.

하지만 개봉칠룡을 응시하는 송무군의 눈은 전혀 흔들림이 없었다. 무공이 깊어질수록 눈에 보이는 것에 현혹되는 경우가 적은 법이다. 작금의 송무군은 이 년 전 애뇌산에서의 송무군과는 또 다른 경지에 이르러 있었다. 애뇌산에서 육천문의 고수들과 일검을 나눈 이후 송무군은 새로운 무리에 눈을 뜨는 계기를 맞이했다. 이후 지난 이 년간 천하를 주유하며 자신의 무공을 한 단계 높은 경지로 끌어올린 송무군이었다.

웅웅!

거친 파공음과 함께 송무군을 둘러싸고 기회를 엿보던 석두웅과 그의 의형제들이 천천히 도를 휘두르기 시작했다. 면이 넓은 도를 네 명의 장한이 동시에 휘두르자 도가 일으키는 파공음이 위협적으로 퍼져 나가기 시작했다.

"받아랏!"

그리고 어느 순간, 석두웅이 무서운 속도로 송무군을 향해 날아들며 거칠게 도를 휘둘렀다. 석두웅의 도법은 흑도의 인물치고는 제법 대단한 수준에 올라 있어 송무군을 향해 날아드는 석두웅의 도에는 적으나마 도기의 기운이 서려 있었다.

"과연, 그동안 수련이 적지 않았구나."

송무군의 입에서 상대를 칭찬하는 목소리가 흘러나왔다. 하지만 그러면서도 송무군은 전혀 여유를 잃지 않은 모습으로 서 있다가 석두웅의 도가 자신의 바로 앞까지 닥쳐들자, 가볍게 자신의 오른발을 옆으로 옮겨놓았다. 그 작은 움직임을 시작으로 송무군의 신형이 바람처럼 네 명이 휘두르는 도의 폭풍 속으로 뛰어들었다.

석두웅의 야심찬 일격은 송무군의 단 한 번의 움직임으로 애꿎게 허공을 갈랐다. 송무군은 한 발을 옆으로 옮겨 석두웅의 도를 피하는 동시에 미끄러지듯 석두웅을 지나치더니 이내 몸을 틀어 석두웅과 거의 동시에 도를 휘두르며 자신에게 달려들고 있는 개봉칠룡 중 한 명을 향해 번개같이 검을 휘둘렀다. 그러자 청명검으로부터 시퍼런 빛줄기가 번쩍하고 쏟아지는 듯하더니 어느새 검끝이 상대의 목젖을 찔러가고 있었다.

"읏!"

송무군의 공격을 받은 자가 대경실색하며 재빨리 허리를 뒤로 젖혀 송무군의 검을 피했지만, 송무군의 검은 이미 상대의 목에 가느다란 혈선을 그려내고 있었다.

"이놈! 독하구나!"

목이란 곳은 사람의 인체 중에서도 공격을 당하면 가장 치명적인 위험을 초래하는 곳, 송무군의 검에 목을 스친 개봉칠룡의 한 명이 허리를 뒤로 젖힌 채 그대로 땅 위에 무너져 내리자, 그것을 바라보던 석두웅과 그의 의형제들이 노성을 터뜨리더니 이내 송무군을 향해 날아들며 도를 휘둘러 댔다.

하지만 송무군의 움직임은 과거 그들이 경험한 것과는 차원이 다른 수준에 올라 있었다. 송무군은 등을 상대에게 개방한 채 미끄러지듯 신형을 옆으로 옮겨 세 사람의 공격에서 벗어나더니 어느새 물을 차고 날아오르는 한 마리 제비처럼 허공으로 솟구치며 삼 인을 향해 청명검을 뻗어냈다.

"청명검 송무군의 검이 독하다는 것을 모르고 덤볐느냐?"

송무군의 입에서 차가운 목소리가 흘러나왔다. 동시에 송무군의 청명검이 허공에서 세 갈래로 갈라지며 삼 인의 개봉칠룡을 한 번에 찔러 나갔다. 그 검의 속도가 얼마나 빠른지 세 명을 향하는 세 갈래의 검 중 어느 것이 진검인지 도저히 구분할 수 없을 지경이었다. 그러자 개봉칠룡의 세 의형제가 각자 도를 들어올려 자신들을 향해 다가오는 청명검을 하나씩 막아갔다.

서걱!

하지만 다음 순간, 다시 한가닥 소성이 들려오더니 개봉칠룡 중 또 한 명의 사내가 한 팔을 청명검에 내주고는 피를 뿜으며 뒤로 물러났다.

"이, 죽일 놈이!"

석두웅은 또 한 형제의 팔이 잘려 나가자 송무군의 무공이 도저히 자신들이 감당할 수 없는 수준이라는 것을 깨닫고는 감히 다시 도발하지 못하고 멀찍이 서서 눈을 부라리며 송무군에게 욕설을 퍼부어댔다.

"이렇게는 안 되겠소. 모두 함께 공격합시다."

그러자 선공을 석두웅 등 개봉칠룡에게 미뤘던 나머지 육인 중 한 명이 다른 사람들을 선동하며 앞으로 나섰다. 그들은 눈 깜짝할 사이에 개봉칠룡 중 두 사람을 베어버린 송무군의 무공을 목격했으므로 무척 조심스럽게 송무군을 에워싸며 다가들었다.

'너무 많군.'

여덟 명의 공격을 받을 처지에 놓이자 송무군도 마냥 여유를 가질 수만은 없는지 차츰 안색이 굳어졌다. 비록 자신을 합공하려는 팔 인 개개인의 무공은 자신에게 미치지 못하지만 한 손이 열 손을 당해낼 수는 없는 것이 세상의 이치였다.

"이놈, 오늘 반드시 네놈의 목을 잘라 버리겠다!"

석두웅의 입에서 흑도인의 거친 본성이 묻어나는 말이 흘러나왔다.

'속전속결!'

송무군은 마음속으로 이 난국을 타개할 방법은 속전속결밖에 없다 생각하고 청명검을 힘주어 움켜잡았다.

'선공!'

일단 그의 마음속에 결심이 서자 몸은 그보다 먼저 적들을 향해 달려나갔다. 그의 손에서 번개처럼 뻗어나간 청명검이 어느새 석두웅의 목전에 닿아 있었다.

"이놈이!"

송무군의 급작스런 공격에 당황한 석두웅이 몸을 뒤로 빼자 그의 뒤에 있던 애꾸눈 인물이 청명검의 검끝에 노출됐다.

"악!"

부지불식간에 송무군의 공격을 받은 사내가 엉겁결에 검

을 들어 송무군의 청명검을 막아갔지만 송무군의 청명검은 강호에서 흔히 볼 수 없는 보검이었다. 송무군의 청명검이 사내가 들어올린 검과 그의 몸을 단칼에 베고 지나갔다. 사내의 입에서 비명 소리가 터져 나오고 청명검에 베인 그의 옆구리에서 피분수가 솟구쳤다. 그렇게 송무군과 팔 인의 대결이 시작됐다.

"이 검을 네 몸처럼 아껴라. 그리고 네 목숨으로 지켜라."

방국진이 송무군에게 청명검을 물려줄 때 한 말이다. 스승의 말과는 다른 의미였지만 송무군은 최근에 들어 방국진의 말처럼 청명검과 하나가 되어가고 있었다.

풍화촌으로 화옥청과 송문악을 찾아갈 때의 송무군은 오랜 유랑과 사형제들 간의 분란으로 몸과 마음이 피폐해져 있었을 뿐 아니라, 무공에 대한 열정 또한 사그라든 지 오래였다.

마음에 열정이 사라지자 무공의 진보도 멈췄다. 물려받은 공력이 순정하지 않으니 검로를 잇는 데 언제나 불안했다. 검이 자신의 손에 익을수록, 청명검에 새겨져 있는 검결의 좀 더 깊은 이치를 깨달아 자신의 머릿속에 어제와 다른 검로가 그려질수록 송무군은 점점 무공에 대한 열정이 사라졌다. 초식을 받쳐 줄 수 없는 공력, 그것은 극복하기 힘든 벽이었다. 오히려 자칫 잘못하여 자신의 공력이 미치지 않는 검로를 따르다가는 몸이 상하게 될 수도 있었다.

그래서 그는 강호의 은원에 지치고 벽에 부딪친 무공에서 도피해 풍화촌으로 화옥청과 송문악을 찾아갔던 것이다. 하지만 아내는 죽고 무림은 다시 그를 불렀다.

육천문 고수들과의 싸움, 그리고 다시 시작된 강호의 유랑 생활, 그런데 무엇인가가 달라져 있었다. 과거 그의 아내와 아들을 남겨두고 풍화촌을 떠나 시작한 강호의 유랑 생활과 진배없는 생활이었지만, 그도 알 수 없는 무엇인가가 달라져 있었다.

어쩌면 변화는 화옥청의 죽음으로부터 시작된 것일지도 몰랐다. 사람이라면 누구에게나 결국 가질 수 없는 것이 존재하기 마련인 듯했다. 사랑하는 여인과 정겨운 사형제… 그리고 정순한 공력. 송무군이 가질 수 없는 것들이었다. 그것을 깨닫자 송무군 앞에 새로운 검로가 펼쳐지기 시작했다. 육천문의 고수와 일검을 나누면서 송무군은 자신도 모르는 사이에 새로운 검로를 발견하고 있었다.

가질 수 없는 것을 굳이 욕심낼 필요는 없다. 인생도 무공도 마찬가지, 자신에게 정순한 공력이 얻을 수 없는 무엇이라면, 그것을 욕심내는 것보다 현실을 인정하고 그것을 극복할 수 있는 검로를 찾아내는 것이 옳았다.

그리하여 송무군은 운남 애뇌산에서 사형제들과 헤어진 후 다시 시작한 강호 유랑에서 온전히 자신에게 적합한 새로운 검로를 익히기 시작했다. 성과는 기대 이상이었다. 공력의 부족으로 항상 불안하게 떨리던 청명검에 새겨진 검결을 포기하자, 그의 검은 과거보다 훨씬 단순해졌지만 대신 더욱 빨라지고, 확연히 안정적이 되었으며, 공력의 부족으로 통제하기 어려웠던 청명검은 어느새 그의 신체 일부분으로 변해 있었다.

검을 네 몸처럼 아끼라는 사부의 말이 다른 형태로 송무군에게서 이루어진 것이다.

청명검의 푸른 검광이 사방으로 솟구쳤다. 송무군의 신형은 바람처럼 자신을 둘러싼 칠 인 사이를 헤집고 다녔다. 그러면서도 그가 휘두르는 검은 정확히 상대의 사혈을 파고들었다.

"우악!"

또 누군가가 비명을 지르며 청명검에 몸의 일부분을 내주며 쓰러져 갔다.

"이놈!"

일각이 지나기 전에 두 명의 적이 쓰러졌고, 이각이 지나기 전에 남은 자는 네 명에 지나지 않았다. 송무군이 상대하는 자들은 정순한 무공과는 거리가 먼 흑도의 인물들이기는 했으나, 흑도에서는 나름대로 명성을 얻고 있는 자들이었다. 그런 자들 여덟을 상대로 송무군이 만들어낸 성과는 결코 가벼운 것이 아니었다.

네 명은 땅 위에 널브러져 있었고, 네 명은 경악스런 표정으로 송무군을 노려보고 있었다.

'좋지 않군.'

하지만 송무군의 안색은 그리 밝지 않았다. 그가 이각여의 시간 동안 만들어낸 성과는 놀라운 것이었지만 그가 감수해야 할 손해도 적은 것이 아니었다.

단전에서 끊임없이 흔들리는 공력, 비록 자신이 공력의 불순함을 극복할 수 있는 검로를 수련했다고 해도 싸움이 장기전으로 돌입하면 여전히 취약한 공력의 약점은 드러나게 마련이었다. 단전은 흔들리고 손에 들고 있는 청명검이 조금씩 무겁게 느껴졌다. 다리는 처음 싸움을 시작할 때의 굳건함을 유지하기 힘들었다.

송무군의 예상치 못한 무위에 경악하던 살아남은 적 중 석두웅이 가장 눈치가 빠른 자였다. 경악으로 물들었던 그의 눈에 언뜻 묘한 감정이 찾아들었다. 그리곤 한쪽 입술을 말아올리며 이죽거렸다.

"놀랍구나, 송무군! 이 정도라면 구대문파의 고수도 울고 갈 정도의 실력이 아닌가. 하지만 그 재주도 이제 끝이다. 넌 지쳤어!"

송무군은 석두웅의 말을 반박하지 않았다. 그가 지친 것은 사실이었고, 괜한 말싸움으로 기력을 낭비할 필요가 없기 때문이었다. 그 대신 송무군은 청명검을 들어 다시 남은 사 인을 겨누었다.

"역시 독한 놈이군. 악인을 베는 데는 야차와 같다던가? 흐흐흐, 하지만 넌 이걸 알아야 했어. 강호에서 악인이라 불리는 자들은 반드시 그 원한을 피로 갚는다는 것을 말이야."

석두웅의 입에서 비릿한 음성이 흘러나오는 순간 먼저 움직인 것은 송무군이었다. 송무군의 검은 한줄기 빛으로 화해 자신의 오른쪽을 점하고 서 있는 적을 향해 날아갔다.

"억!"

잠시 석두웅의 말에 정신을 풀어놓고 있던 적은 갑작스런 송무군의 공격을 피해내지 못하고 가슴에 일검을 허용하며 뒤쪽으로 날아가 땅 위에 뒹굴었다.

"놈!"

졸지에 동료 한 사람을 잃은 석두웅을 비롯한 세 사내가 노성을 터뜨리며 송무군의 빈틈을 파고들었다.

"흡!"

송무군은 재빨리 몸을 한 바퀴 회전하며 자신을 향해 달려드는 적을 정면으로 마주 본 후 재차 청명검을 위에서 아래로 내리그었다.

서걱!

순간 섬뜩한 검음이 들려오며 송무군을 향해 달려들던 적 중 한 명이 가슴을 움켜쥐며 땅 위로 떨어졌다.

"죽엇!"

우웅웅!

그 와중에 석두웅과 또 한 사내의 도검이 교차하며 송무군의 양 옆구리를 베어갔다. 송무군은 발로 강하게 지면을 찍으며 뒤로 물러났지만 이미 그의 몸은 처음 싸움을 시작할 때처럼 빠른 순발력을 만들어내지 못했다.

파팟!

드디어 송무군의 몸에서 피분수가 솟구쳤다. 옆구리를 노린 적의 치명적인 공격은 피해냈으나 석두웅이 휘두르는 도를 오른쪽 허벅지에 허용한 것이다.

송무군이 허벅지에서 느껴지는 격렬한 통증에 이마를 찡그리며 석두웅과 다른 한 명의 적으로부터 삼 장여를 뒤로 물러난 후 청명검을 의지해 겨우 신형을 멈춰 세웠다.

"흐흐, 드디어 네놈을 잡게 되는군."

석두웅의 입에서 진득한 살기를 담은 목소리가 흘러나왔다. 사방에 송무군을 베기 위해 함께 온 동료의 시체들이 뒹굴고 있었지만, 석두웅에게 그런 것은 그리 중요하지 않은 듯했다. 그것보다는 대어를 잡을 수 있는 기회가 눈앞에 다가왔다는 기대감에 한껏 들떠 있는 석두웅이었던 것이다.

"끝을 봅시다."

석두웅이 유일하게 살아남은 동료를 보며 말하자 석두웅의 시선을 받은 사내 역시 충혈된 눈으로 고개를 끄덕였다.

"오늘 이 석두웅은 청명검 송무군을 벤 흑도의 영웅으로 우뚝 서게 되는 것이지. 껄껄껄!"

송무군은 지혈할 시간을 갖지 못해 점점 무디어져 오는 오른쪽 다리의 감각을 애써 되살리며 검끝을 땅에 대고 두 명의 적이 공격해 오는 것을 무심한 눈으로 바라보고 있었다. 송무군의 태도는 마치 싸움을 포기한 자의 모습과 같았으므로 석두웅과 그 동료의 공격에는 자신감이 넘쳐흘렀다.

그리하여 드디어 그들의 도검이 힘겹게 검을 의지하고 서 있는 송무군의 이마와 심장에 꽂혀들려는 순간 송무군의 몸이 땅으로 푹 꺼져 내리며 땅을 짚고 있던 검끝이 무서운 속도로 허공으로 치솟아올랐다.

"왁!"

그러자 오른쪽에서 송무군을 향해 달려들던 검을 든 사내가 울혈이 터져 나오는 고함을 내지르며 뒤로 나가떨어졌다. 동시에 그의 가슴에 붉은 혈선이 그어지더니 이내 가슴에서 피가 솟구쳤다.

"끝이다!"

하지만 동료가 송무군의 검에 죽어나가도 석두웅의 도는 멈추지 않았다. 오히려 주저앉으며 일검을 전개한 송무군을 향해 거대한 도를 가차없이 내리찍고 있었다.

쾅!

송무군이 힘겹게 몸을 굴려 석두웅의 도를 피해내려 했지만 석두웅의 도는 진기가 고갈돼 움직임이 느려진 송무군의 옆구리를 지나 땅에 내리꽂히고 있었다.

"으음!"

송무군은 옆구리에 일검을 허용하고도 재빨리 몸을 굴려서 석두웅으로부터 멀어졌다.

"이거야 원, 천하의 청명검 송무군이 이렇게 비루먹은 강아지 꼴이 될 줄이야 누가 알았겠는가? 하하하!"

석두웅이 다리와 옆구리에서 끊임없이 피를 흘려내고 있는 송무군을 한바탕 비웃고 득의한 웃음을 지어내며 송무군을 향해 다가왔다.

"이제 그만 죽어줘야겠어. 밤이 깊어 달도 기울고 있지 않은가 말이야."

석두웅이 머리 위로 자신의 도를 들어올렸다. 넓은 도면에 반사되는 달빛이 섬뜩하게 빛났다. 송무군의 안색은 하얗게 변해 있었다. 죽음에 대한 공포 때문은 아니었다. 그가 흘린 피가 너무 많기 때문이었다. 지혈을 하지 않는다면 석두웅이 그를 베지 않는다 해도 숨이 붙어 있기 어려운 지경인 송무군이었다.

"무척 힘겨운가 보군. 내가 자비를 베풀지. 고통받지 않게 단칼에 보내주마."

석두웅의 안광이 폭멸했다. 차가운 살기가 달빛을 받으며 하늘로 치켜 올린 도(刀) 끝에 서렸다.

"잘 가라, 송무군!"

석두웅이 살짝 허리를 굽히다 힘차게 도약하며 송무군을 향해 도를 내리그었다. 순간 송무군의 눈에서 번쩍 한가닥 기광이 일렁였다. 그와 동시에 도저히 움직일 수 없을 것 같던 그의 몸이 힘겹게 허리를 펴더니 땅에 거꾸로 꽂혀 있던 청명검을 들어올려 횡으로 그어댔다.

하지만 그 일초에는 전혀 힘이 깃들어 있지 않아 무지막지한 힘으로 내려치는 석두웅의 도를 도저히 받아낼 수 있을 것 같지 않았다. 그저 마지막 몸부림처럼 느껴지는 송무군의 일초, 석두웅 또한 상대의 움직임에 전혀 위협을 느끼지 않는 모습으로 송무군을 향해 펼쳐진 도를 거두어들이지 않았다.

그리하여 드디어 석두웅의 도와 힘없이 들려진 송무군의 검이 부딪치려는 순간, 갑자기 석두웅의 뒤쪽으로부터 한 가닥 검은 그림자가 일렁이더니 하나의 검은 물체가 번개 같은 속도로 석두웅의 등을 향해 날아왔다.

"큭……!"

석두웅이 미처 자신에게 일어난 일을 알아채기도 전에 검은 물체는 석두웅의 등을 뚫고 들어가 가슴 앞쪽으로 삐죽이 고개를 내밀었다. 석두웅은 자신의 가슴을 뚫고 나온 날카로운 물체에 시선을 준 채 그대로 땅 위에 고꾸라졌다.

송무군은 석두웅이 쓰러지는 통에 애꿎게 허공을 베어버린 청명검을 회수해 땅을 짚으며 어두운 숲 속을 응시했다.

그러자 그의 눈에 어둠 속에 서 있는 한 명의 신형이 들어왔다. 송무군은 이미 그자의 정체를 눈치 채고 있었다. 석두웅의 몸통을 꿰뚫고 지나간 물체, 그것은 바로 자신의 대사형 곽이산의 신물 마창이었던 것이다.

"대사형!"

송무군이 침중한 음성으로 어둠 속에 서 있는 곽이산을 불렀다. 하지만 사형제를 만난 그의 표정은 밝지 않았다.

"먼저 지혈부터 하거라!"

어둠 속에서 나와 자신의 모습을 달빛 아래 드러낸 곽이산이 여전히 피가 흘러나오고 있는 송무군의 상처를 보며 말했다. 송무군은 곽이산의 말에 묵묵히 허벅지와 옆구리의 혈도를 짚어 지혈을 했다. 흐르던 피가 서서히 멈춰지자 송무군이 고개를 들어 곽이산을 보며 물었다.

"역시 대사형이셨습니까?"

송무군의 눈에 드러난 것은 분노가 아니다. 오히려 짙은 연민이다. 그리고 그러한 눈빛은 자존심 강한 사람의 감정을 건드리기 마련인 법이다.

"날 비웃는 것이냐?"

"그럴 리가요. 그저 조금 서글플 뿐이지요."

"그럼 날 동정하는 것이군."

곽이산의 눈빛은 본래 차갑다. 하지만 지금은 뜨거운 그 무엇인가가 그의 눈 속에 숨어 있는 것을 송무군은 볼 수 있었다. 그 열기의 정체를 알 수는 없었다. 사제를 함정에 빠뜨려 기보를 취하려는 자신에 대한 자책인지, 아니면 곧 자신의 손에 들어올 기보에 대한 기대인지.

"직접 손을 쓰지 그러셨습니까?"

"두 가지 이유가 있었다. 하나는 네 무공을 감당할 자신이 없었기 때문이다. 넌 우리 사형제들 중 가장 뛰어난 자질을 가지고 있었지. 난 항상 너에 대한 열등감에 시달렸다. 우리 여섯 사형제 중 막내이면서도 어느 순간 귀곡육절의 가장 앞에 서 있는 사람은 바로 너였으니까. 사부께서 청명검을 너에게 줄 때, 이미 넌 우리 사형제들 중 가장 강한 사람이었지. 그런데 이 년 전 육천문을 상대할 때 네 모습을 보니 이 사형은 도저히 너의 상대가 될 수 없을 것 같더구나. 다른 사람의 힘이 필요했다. 그것도 너를 상대로 목숨을 걸고 싸울 수 있는 자들이⋯⋯. 나에겐 다행스럽게도 넌 강호에 적지 않는 적을 가지고 있었고, 그자들은 하나같이 원한이 깊고 욕심이 많은 자들이니 불러 모으기 수월했다."

곽이산은 마치 무엇인가를 송무군에게 가르치는 자상한 사형처럼 조근조근 그가 벌인 일을 설명했다.

"두 번째 이유는 뭐였습니까?"

"두 번째 이유는 누가 뭐래도 네가 내 사제라는 사실이었다. 아무리 청명검이 탐나도 내가 직접 사제의 몸에 마창을 꽃을 수는 없는 일이니까. 우리가 사형제가 아니었다면 어쩌면 나는 훨씬 이전에 너에게서 청명검을 회수했을 것이다."

"회수라고 하셨습니까?'

송무군이 피식 웃음을 흘리며 말했다.

"사실이야 어떻든 그렇게 말하는 것이 내 마음이 편하구나. 자, 이제 청명검을 나에게 넘기거라. 그리고 몸을 치료하거라. 네가 죽는 것을 원치 않는다."

"제가 몸을 회복하고 다시 청명검을 찾으려 하면 어쩌려고 그러십니까? 차라리 날 죽도록 놓아두는 게 사형다운 행동입니다."

송무군의 말에 곽이산이 침통한 표정을 지으며 낮은 목소리로 대답했다.

"물론 그게 나다운 행동이란 것은 알고 있다. 하지만 나도 사제를 죽일 정도로 막돼먹은 인간은 아니다. 내가 사제를 이런 함정에 빠뜨린 이유는 바로 그 청명검 때문이다. 청명검만 넘긴다면 굳이 사제를 적대시할 이유가 없는 나다. 그리고 한 번 나에게 들어온 청명검을 사제가 다시 되찾으려 할 것이라고는 생각지 않는다. 사제가 청명검을 나에게 넘기지 않은 것은 사제의 욕심 때문이 아니라 사부와의 약속 때문이란 것을 알고 있으니까 말이야."

곽이산의 말은 틀리지 않았다. 송무군이 청명검을 곽이산에게 양보하지 않은 것은 청명검에 대한 욕심 때문이 아니었다. 사부인 방국진과 한 약속, 어떤 경우라도 청명검을 지키겠다는 그 약속을 지키기 위해 귀곡의 사형제가 분열되는 와중에도 송무군은 청명검을 내놓지 않았던 것이다.

그리고 일단 청명검이 곽이산에게 넘어가면 다시 청명검을 되찾으려 하지 않을 것이란 말도 사실이었다. 한 번 손에서 떠난 물건에 연연해 사형제를 공격할 송무군이 아니었다.

'이렇게라도 청명검이 사형에게 넘어가 귀곡이 안정된다면 그것도 괜찮은 일이지. 하지만 난 사부와의 약속을 지키지 못했으니 목숨을 내놓아야 하겠지. 목숨을 걸고 지키겠다 하였으니 말이야. 그렇다고 사형이 사제의 목숨을 취하게 만들 수는 없지 않은가?'

송무군이 천천히 청명검을 들어올려 자신의 앞에 꽂았다. 그리곤 검으로부터 몇 걸음 뒤로 물러난 후 곽이산을 보며 말했다.

"사형께서는 제가 끝까지 청명검을 내놓지 않으면 날 제거해서라도 청명검을 취하시겠지요?"

"아마도……."

"휴, 사형이 사제를 죽이는 일을 차마 하시게 할 수는 없지요. 그렇다고 목숨을 걸고 청명검을 지키겠다고 한 사부와의 약속을 저버릴 수도 없고 말입니다. 만약 나에게 사형을 막을 힘이 남아 있다면 사부와의 약속을 지킬 수도 있겠지만, 지금 이 사제는 서 있기조차 힘이 드는군요. 청명검을 가져가십시오, 사형!"

하지만 곽이산은 그토록 원하던 청명검을 눈앞에 두고서
선뜻 그것을 취하지 못했다. 그는 오히려 걱정스런 눈빛으로
송무군을 바라보고 있었다.

"사제, 무슨 생각을 하고 있는 것이냐?"

곽이산의 목소리가 불안하게 흔들렸다.

"사부와 청명검을 두고 목숨을 약속했으니 당연히 사부와
의 약속을 지켜야겠지요. 또한 사형께 사제를 베게 만들 수는
없으니 제 스스로 목숨을 끊을밖에요."

송무군의 손이 땅 위에 나뒹굴고 있는 개봉칠룡이 사용하
던 도를 집어 들었다. 그리고는 천천히 시퍼렇게 날이 선 도
를 자신의 목에 가져다 대는 것이었다.

"무슨 짓이냐? 겨우 검 하나 때문에 스스로 목숨을 끊으려
는 것이냐?"

"그게 사부와의 약속이었으니까요. 만약 그 약속이 아니었
다면 이 사제는 이미 오래전에 사형께 청명검을 드렸을 겁니
다."

"사제, 사부가 실종된 것이 이미 십칠 년이 지났다. 우리
사형제가 서로 말은 안 하지만 사부의 죽음은 기정사실이야.
지금 와서 사부와의 약속으로 인해 네가 목숨을 버리는 것은
사부조차도 원치 않을 것이다."

"하지만 이 송무군은 사부와의 약속을 저버릴 수 없습니
다."

송무군의 표정에서 드러나는 의지, 곽이산은 이 올곧은 막내 사제가 정말 자신의 목숨을 버리려 한다는 것을 깨달았다. 곽이산의 동공이 흔들렸다. 이런 것은 정말 자신이 원하는 것이 아니었다. 그는 오로지 청명검만을 원할 뿐이었다. 그래서 사부 방국진의 뒤를 이어 귀곡의 곡주가 되고자 하는 것뿐이었다.

'하지만…….'

곽이산이 입술을 깨물었다.

"사제, 난 사제의 목숨을 살리기 위해 청명검을 포기할 사람이 아니다."

"알고 있습니다, 사형. 어서 청명검을 취하십시오."

송무군이 처연한 웃음을 지어 보이며 도를 좀 더 자신의 목 가까이로 가져갔다. 다음 순간 곽이산의 눈에서 안광이 번쩍이더니 그의 신형이 성큼 송무군이 꽂아놓은 청명검 앞으로 다가갔다. 그리고 떨리는 손으로 청명검의 손잡이를 잡으려는 순간, 갑자기 숲 속에서 강렬한 무엇인가가 곽이산을 향해 무서운 속도로 날아들었다. 곽이산은 미처 청명검을 잡지 못하고 대경하며 허공으로 날아올라 자신을 향해 날아온 물체를 피했다.

"웬 놈이냐?"

깡!

곽이산의 외침과 숲에서 날아온 물체가 청명검에 부딪치

는 소리가 동시에 장내에 울려 퍼졌다. 땅에 꽂혀 있던 청명검이 숲에서 날아온 물체에 부딪쳐 뽑혀지며 송무군 앞으로 날아와 뒹굴었다.

"사제가 죽는 것을 차마 그냥 두고 볼 수는 없지."

그와 동시에 송무군의 귀에 무척 익숙한 말소리가 들려오더니, 어두운 숲으로부터 두 명의 신형이 떨어져 내렸다. 충귀 신조와 자그마한 철궁을 들고 있는 황보령이었다.

第二章

다시 모인 사형제

신조가 재빨리 날아들어 송무군이 들고 있던 대도를 낚아챘다.

"사제, 할 일이 많은데 지금 죽으면 어쩌란 말인가?"

신조가 송무군을 보며 나무라듯 말했다.

"사형… 이 사제는……."

"알아. 내가 사제 맘을 어찌 모르겠나? 하지만 사제에게는 문악이가 있지 않나. 그 아이를 놔두고 어떻게 죽을 생각을 하는가."

순간 송무군의 머릿속에 장사진에게 맡겨놓은 송문악의 얼굴이 불현듯 떠올랐다. 오랜 시간을 함께한 것은 아니지만 부모와 자식 간의 정리란 세상의 어떤 감정보다도 끈끈한 것이다. 송문악의 얼굴이 떠오르자 송무군은 스스로 목숨을 끊으려 했던 자신이 한없이 부끄러워지는 것이었다.

'미안하구나, 문악! 난 항상 네 생각을 이렇게 나중에야 하게 되는구나.'

송무군의 눈빛이 변했다. 삶을 포기했던 회색빛 눈동자가 어느새 삶에 대한 굳은 의지를 담은 검고 투명한 눈동자로 변한 것이다.

"사형의 말씀이 맞습니다. 이 사제에게 문악이 있다는 것을 잠시 잊고 있었습니다. 또다시 그 아이를 홀로 남겨둘 수는 없지요."

송무군이 황보령의 철시에 맞아 자신 앞으로 날아와 나뒹굴고 있는 청명검을 집어 들었다.

"대사형, 청명검은 아직 제 손을 떠날 때가 아닌 것 같습니다."

송무군이 청명검을 들어올리며 장내에서 떨어져 나와 차가운 눈으로 자신의 세 사제를 응시하고 있는 곽이산에게 소리쳤다. 곽이산은 청명검이 다시 송무군의 손에 들어가는 것을 보고 있다가 송무군이 자신을 향해 소리치자 무감정한 목소리로 대답했다.

"그렇군. 아직 청명검은 자네 손을 떠날 때가 아닌 것 같군. 더불어 자네가 죽을 때도 아닌 것 같고. 그런데 사제와 사

매는 어떻게 이곳에 나타나게 된 것인가?'

곽이산의 목소리는 조금 전까지 송무군을 위기로 몰아넣고 죽음에 이르게까지 하면서 청명검을 탐내던 자라고는 느낄 수 없을 만큼 담담했다.

"우리 여섯 사형제에게 무척 중요한 일이 생겨 대사형과 송 사제를 찾고 있었습니다. 덕분에 제때에 도착해 귀곡이 완전히 분열되는 것을 막을 수 있었군요."

신조는 곽이산의 행동을 질책하고 있었다. 귀곡육절이 각자 하나씩 소유한 귀곡육보에 대한 쟁탈전은 어제오늘 일이 아니었다. 하지만 방국진이 실종된 이후 지난 십칠 년 동안 주인이 바뀐 기보는 단 하나도 없었다.

그 이유는 사형제를 죽음에 몰아넣으면서까지 기보를 노린 사형제는 지금껏 없었기 때문이다. 상대의 목숨을 취하지 않고 그 손에 들린 기보를 얻어내는 것은 상대를 죽이고 취하는 것보다 몇 배는 더 어려운 일이었던 것이다. 상대의 목숨을 노리면서까지 굳이 기보를 탐하지 않았던 이유는 물론 사형제의 목숨을 취하는 것에 대한 마음의 부담 때문이기도 했지만, 그것보다는 현실적으로 누군가 한 명이 다른 사형제의 목숨을 취하는 순간 다른 사형제들이 그 자신을 공격할 명분을 줄 수 있기 때문이었다. 만약 일이 그런 식으로 진행된다면 결국 귀곡이 다시 예전의 모습으로 돌아가는 것은 영영 불가능한 일이 되어버릴 것이고, 최후에는 대부분의 사형제가 죽음을 면치 못하게 될 터였다.

　신조가 곽이산을 비난한 것은 바로 그 때문이었다. 오늘 곽이산은 그간 지켜져 온 귀곡육절 간의 보이지 않는 금기를 깨려 했던 것이다.

　"사제는 스스로 목숨을 끊으려 한 것이다."

　곽이산이 냉정하게 말했다. 그의 말이 틀린 것은 아니었다. 곽이산에게 송무군을 죽일 의도가 없던 것은 사실이었다.

　"대사형을 탓할 일이 아닙니다. 신 사형! 우리 사형제 간의 기보쟁탈은 어제오늘 일이 아니지 않습니까? 더군다나 대사형은 제 목숨을 살리셨지요."

　송무군이 고개를 돌려 땅 위에 쓰러져 있는 석두웅의 시체를 바라봤다. 석두웅의 시체에는 아직도 곽이산이 던져 냈던 마창이 흉물스럽게 꽂혀져 있었다.

　"뭐, 사제가 그렇게 말한다면 나도 더 이상 이 문제에 대해 왈가왈부하지 않겠네. 하지만 사제, 이 말은 꼭 해야겠어. 자넨 스스로의 목숨을 너무 가볍게 여기지 말게나. 목숨은 그렇게 함부로 버리는 것이 아닐세."

　"명심하겠습니다, 사형!"

　"좋아. 그럼 그 문제는 이 정도로 하고, 우리 사형제가 다시 모여야 할 일이 생긴 것 같습니다, 대사형!"

　신조의 말에 곽이산이 눈빛을 바꾸며 물었다.

　"다시 모여야 할 일?"

"그렇습니다, 대사형!"

"그게 무슨 일이냐?"

곽이산의 질문에 신조가 잠시 뜸을 들이다가 한마디씩 또 박또박 끊어내며 말했다.

"신기루! 신기루가 나타났습니다, 대사형!"

차가운 냉기가 장내를 휘감았다. 밤이 깊어 새벽이 가까워 졌기 때문만은 아니었다. 모든 일에 시작과 끝을 의미하는 단 어가 있다면 신기루라는 이 한마디 단어는 귀곡의 사형제들 에게 바로 그런 의미를 지닌 단어였다.

"신기루가 나타났다고?"

"그렇습니다, 대사형!"

대답하는 신조나 말하는 곽이산의 눈에 드러난 복잡한 감 정은 반드시 귀곡의 흥망에 관여된 신기루가 가지는 의미 때 문만은 아닌 듯했다.

엷은 욕망의 그림자! 송무군은 두 사람의 눈빛을 보면서 몸 을 떨었다.

'다시 강호는 욕망의 피바람 속으로 들어서는가!'

송무군이 고개를 저었다. 그저 사람들의 입에 언급되어지 는 단 한 마디 말만으로도 무림고수를 욕망에 들뜨게 만드는 단어, 신기루(蜃氣樓)! 더군다나 그것은 사문을 현재의 쇠락의 길로 이끈 단어임에도 불구하고 두 사형제는 눈에 욕망을 드 러냈다.

"어디냐?"

진득한 그 무엇이 묻어나는 곽이산의 질문에 역시 들뜬 목소리로 신조가 대답했다.

"운남의 원강 하류에 위치한 하구(河口) 근방의 호수라는 소문입니다."

"운남의 하구?"

곽이산이 눈빛을 반짝이며 되물었다.

"묘한 인연이지요."

운남이라면 이 년 전 귀곡육절이 양소용을 만나기 위해 육천문을 찾아갔던 곳이 아닌가?

"하긴 세상엔 가끔 우연이라는 것도 있으니까. 그래, 이제(二弟)와 백 사매는?"

"찾아봐야죠. 육 개월 전에는 동정호 인근에 있었지요."

"동정호?"

신조가 고개를 끄덕였다.

"예, 두 사람 모두 그곳에서 수련을 하고 있었지요."

"수련이라……."

새삼스레 한곳에 정착해 무공을 수련하는 것은 귀곡육절의 나이에 별로 어울리는 일이 아니었다.

"아마 지난번 애뇌산에서 육천문의 고수와 겨루며 느낀 것들이 있는 모양입니다. 저 또한 당시 육천문 고수들의 무공을 보고 부족한 점을 많이 깨달았지요."

"사제도 한곳에 머물며 수련 좀 하지 그랬나?"

"흐흐, 그것도 성격이 맞아야 가능한 일이지요. 나와 같이 방랑벽이 있는 사람은 못할 짓입니다. 덕분에 신기루가 나타났다는 소식을 이렇게 빨리 들을 수 있지 않았습니까? 강호에서 신기루가 나타난 것을 아는 자는 아직 채 백여 명도 되지 않을 겁니다."

"하지만 이제 곧 강호 전체에 그 소문이 퍼지겠지."

"물론 그렇기는 하지요."

신조는 어깨를 으쓱거렸다. 신기루가 나타났다는 소식은 남들보다 일찍 안다고 해서 유리할 것도 없었다. 곽이산의 말처럼 신기루의 등장 소식은 결코 비밀이 유지될 성격의 소문이 아니기 때문이었다. 이제 곧 전 무림은 욕망의 도가니 속으로 빠져들 것이고, 난다 긴다 하는 무인들은 모두 운남으로 모여들 터였다.

"이사제와 사사매가 수련 중이라면 그들이 그곳을 떠났을 리는 없겠군. 그럼 일단 동정호로 두 사제를 찾아가도록 하자."

곽이산의 말에 송무군을 포함한 사형제들이 고개를 끄덕였다. 신기루라면 다시 한 번 귀곡육절이 힘을 모을 때였다.

곽이산이 석두웅의 몸에 꽂혀 있던 마창을 빼냈다. 이미 시체가 굳어 피가 튀어 오르지는 않았다. 곽이산은 창끝에 묻은 피를 석두웅의 옷에 슥슥 닦고는 마창을 두 개로 분리해 허리춤에 차고 앞서서 장내를 벗어났다.

"얼굴도 두껍지."

곽이산의 태도에서 송무군을 위기로 몰아넣은 것에 대한 미안함 같은 것이 전혀 느껴지지 않았으므로 신조가 혀를 찼다.

"대사형을 탓할 문제는 아니지요. 이미 오래전부터 우리 사형제들에게 있어왔던 일이니까요."

"흐흐, 그렇긴 해. 하지만 우습군. 방금 전까지 기보를 놓고 목숨을 흥정하던 사람들이 다시 모여 일을 해야 한다니……."

"모두 우리 사형제가 짊어질 운명이 아니겠습니까?"

"흐흐흐, 사형제. 좋지. 지랄 같은 사형제!"

신조가 송무군을 부축해 걸음을 옮겼다. 황보령이 신조의 어깨에 몸을 기댄 채 힘겹게 걸음을 옮기는 송무군을 아득한 눈으로 바라보다 고개를 저으며 장내를 벗어났다.

*　　　　*　　　　*

동정호에서 유공무, 백적경과 합류한 귀곡육절은 귀주를 지나 다시 이 년 전 들렀던 운남으로 발을 들여놓았다. 다시 모인 귀곡육절은 이 년 전에 비해 적지 않은 변화를 보이고 있었다. 귀곡육절의 나이도 어느덧 강호에서 중견고수로 활약할 수 있는 연배에 이르렀기 때문인지, 각자의 몸에서 함부로 무시할 수 없는 강호고수의 기운이 자연스럽게 흘러나오고 있었다.

십칠 년 전, 방국진이 실종될 당시 이삼십대의 젊은 무인이었던 여섯 사형제는, 당시 젊은 패기와 마음속에 이는 열망을 감추지 못해 서로의 기보를 탐하며 분열되었지만 시간은 어느새 그들을 한 사람의 노련한 무림고수로 만들어놓은 것이었다.

어쩌면 그것은 나이 때문만은 아닐지도 몰랐다. 송무군이 지난 이 년간 자신의 단점을 극복하고, 수년간 정체되었던 무공을 새로운 경지로 성장시킨 것처럼, 다른 사형제들도 지난 이 년간 각자의 무공에 있어서 적지 않은 성취를 보이고 있던 것이다. 그래서인지 다시 모인 귀곡육절은 그 어느 때보다도 진중한 움직임을 보이고 있었다.

"점점 사람이 많아지는군."

유공무가 길 위의 사람들을 보며 중얼거렸다.

귀곡의 여섯 사형제는 곤명으로 접어들고 있었다. 곤명은 운남의 성도로서 운남에서는 살기 좋은 곳으로 소문이 나 있을 뿐 아니라, 수많은 민족들이 혼재해 다양한 볼거리를 제공함으로써 여행객들의 발길을 잡아끄는 매력이 많은 곳이었다. 하지만 요즘 곤명으로 향하는 사람들이 부쩍 늘어난 것은 남방의 정취를 구경하려는 여행객들 때문이 아니었다.

"신기루가 사람을 불러 모으기 시작한 거겠지요."

백적경이 조용한 목소리로 대답했다. 과거에도 백설처럼 차가운 기운을 풍기던 백적경은 작금에 이르러서는 누군가 쉽게 말을 붙이기 어려울 정도로 냉엄한 기도를 보여주고 있었다. 하지만 그러면서도 그녀의 자태는 은은한 아름다움을 담고 있어 나이를 거꾸로 먹는 것 아니냐는 신조의 농담을 들을 정도였다.

"곤명에 들르면 잠시 쉬어가기로 하죠?"

신조가 곽이산과 유공무를 보며 말했다.

"왜, 무슨 볼일이라도 있는가?"

곽이산이 묻자 신조가 고갯짓으로 말 위에 올라 있는 송무군을 가리키며 대답했다.

"송 사제의 몸이 완전히 치유되기를 기다려 움직이자는 말이지요. 곤명을 떠나 신기루가 나타났다는 하구 근방으로 다가갈수록 위험이 많아질 테니, 불편한 몸으로 위험한 지역으로 들어갈 수는 없지요."

신조의 말에는 송무군을 이 지경으로 만든 곽이산에 대한 질책이 깃들어 있었으므로 곽이산이 살짝 불쾌한 표정을 지으며 대답했다.

"그렇게 하도록 하지."

"그러실 필요 없습니다, 사형들! 제 몸은 이제 거의 완쾌되었으니 걱정하지 마십시오."

부상을 입어 말등에 신세를 지며 여행을 하고 있는 송무군의 몸은 겉으로 보기에는 온전히 회복된 듯했다.

"아직은 무리할 때가 아니에요, 송 사제. 한 며칠은 더 치료를 받아야 완전히 회복될 거예요. 그리고 부상을 입은 몸으로 긴 여행을 하는 통에 체력도 많이 쇠약해져 있어서 기력을 회복할 시간도 필요해요."

백적경이 송무군을 보며 말했다. 백적경은 방국진으로부터 봉황신침이라는 기보를 물려받았는데, 봉황신침은 뛰어난 암기일 뿐 아니라 그 자체로도 훌륭한 의기(醫器)였다. 덕분에 자연스럽게 그녀의 의술은 귀곡육절 중에서도 단연 뛰어나 그간 송무군의 치료를 도맡아 해오고 있던 중이었다.

"사저께서 그리 말씀하시니 따르겠습니다."

"흥, 송 사제는 백 언니의 말은 잘도 듣는군요."

황보령이 나이에 맞지 않는 투정을 부렸다.

"환자는 당연히 의원의 말을 잘 들어야지요."

황보령을 보며 송무군이 웃으며 대답하자, 일행의 분위기가 한결 부드럽게 변했다.

"그나저나 아직 천문시가 나타났다는 소문은 없는가?"

곽이산이 신조를 보며 물었다. 여행을 하는 동안 무림의 소식은 신조가 움직여 알아오고 있었다.

"아직 천문시가 나타났다는 소문은 없습니다. 덕분에 아직 혈사가 벌어진 일도 없구요."

"신기루가 목격된 것이 이미 한 달이 지났으니 천문시가 나타날 때가 된 듯한데……."

곽이산이 고개를 갸웃거렸다.

"곤명에 도착하면 좀 더 자세한 사정을 알 수 있겠지요."

유공무가 묵직한 목소리로 대답했다.

천문시는 신기루에 들기를 원하는 자라면 반드시 취해야 할 기보였다. 신기루가 나타나면 언제나 천문시가 강호에 던져졌다. 신기루의 등장이 강호에 혈풍의 상징으로 불리는 것은 바로 그 천문시를 얻기 위한 무림인들 간의 싸움 때문이었다. 천문시를 얻어 신기루 안에 진입하는 자만이 신기루의 전설을 얻어 자신이 원하는 것을 쟁취할 수 있었다.

"천문시가 등장하면 우리도 천문시를 향해 움직여야 하는 걸까요?"

문득 말 위에서 송무군이 누구에겐지 모를 질문을 던졌다.

"그야 당연히……."

송무군의 질문에 무심코 대답하던 신조가 자신이 너무 성급하게 말을 꺼냈다는 것을 깨닫고는 급히 입을 다물었다. 그리곤 함께 길을 걷고 있는 사형제들의 눈치를 살폈다.

확실히 이번 운남행은 여러모로 묘한 구석이 있는 여행이었다. 물론 시작이 신기루의 등장에 의한 것이었으므로 신기루에 들 수 있는 천문시를 얻기 위해 움직이는 것이 상식적으로 보면 당연하다 할 수 있었다. 하지만 귀곡의 여섯 사형제에게 신기루는 조금 다른 의미를 지니고 있었다.

신기루가 나타났다는 소식을 듣자마자 두말없이 다시 하나로 뭉쳐 운남으로 향한 것은 신기루의 전설에 도전하기 위한 것이 아니었다.

물론 귀곡육절에게 신기루에 대한 욕망이 없는 것은 아니었다. 그들 또한 무림인이었고, 또한 자신의 욕망에 초연한 사람들이 아니었으므로 각자의 가슴속에 신기루에 도전하고픈 욕망이 꿈틀거리고 있는 것은 틀림없는 사실이었다.

하지만 그런 각자의 욕망이 여섯 사람을 다시 하나의 일행으로 뭉치게 만들었냐고 물어본다면 육 인의 사형제는 모두 고개를 저을 것이다. 신기루의 유혹 때문이라면 적어도 송무군은 이 여행에 끼어들지 않았을 것이기 때문이다.

그런데 송무군마저도 두말없이 이 여행에 합류한 이유, 그것은 바로 십칠 년 전 방국진의 실종으로부터 시작된 귀곡의 몰락에 얽힌 비밀을 풀어낼 수 있는 가능성이 또한 바로 이 신기루에 있기 때문이었다.

"양 사숙도 올 것이고, 또 살아계시다면 사부와 구 사숙도……."

유공무가 중얼거렸다.

일의 선후를 따지기 어려웠다. 신기루에 도전하는 것이 먼저일지, 아니면 귀곡의 몰락에 대한 혹막을 밝혀내는 것이 먼저일지는 각자 생각이 다를 수 있었다.

"문의 일이 우선이겠지."

곽이산이 결론을 내리듯 입을 열었다. 그러자 나머지 다섯 사형제들이 안도의 한숨을 내쉬며 고개를 끄덕였다. 귀곡육절 중 사문의 일을 뒤로 돌리고 천문시를 얻기 위해 움직일 사람을 꼽으라면 당연히 곽이산이 첫 번째로 꼽혔다.

곽이산이 문파의 일이 먼저라고 말함으로써 명목적으로라도 이번 운남행의 목적은 분명해졌다. 신기루와 천문시는 이차적인 문제로 밀리고 과거 성주군도에서 실종된 방국진의 흔적을 찾는 것이 첫 번째 목적이 된 것이다.

"신기루와 천문시는 역시 하늘의 운에 맡겨야 하는 물건들이지요."

백적경이 관도를 따라 걷는 적지 않은 무인들을 보며 조용히 말하자 귀곡의 사형제들이 모두 고개를 끄덕였다. 지금껏 수없이 많은 강호의 재사와 고수들이 신기루의 전설에 도전했지만 성공한 사람은 오직 사 인(四人)밖에 없었다. 더군다나 그들은 모두 구파일방에서도 최고수에 속하는 사람들이 아니었던가.

비록 오늘도 수많은 무림인들이 신기루의 전설에 도전하기 위해 이곳 운남으로 몰려들고 있지만 그들 중 천문시를 얻어 신기루에 들 수 있는 사람은 오직 단 한 명에 지나지 않는 것이다. 어쩌면 아예 존재하지 않을 수도 있었다. 결국 신기루는 하늘이 점지한 사람만이 들 수 있는 곳이었다.

"히히, 혹 모르지. 운이 좋아 내 앞에 천문시가 떨어질지도……."

신조가 웃음을 흘려내며 중얼거렸다.

"그것도 좋은 일은 아닐세. 그 순간 수많은 무림인들의 표적이 될 테니까. 과거 동해의 그 무인도에서 그랬듯이……."

유공무의 말에 일행의 안색이 다시 어두워졌다.

십칠 년 전 신기루가 등장했을 때, 귀곡주 방국진은 경쟁자들을 물리치고 천문시를 잠시 손에 넣었었다. 하지만 방국진은 그 즉시 수많은 무림인들의 공격을 받게 되었고, 결국 실종되고 말았던 것이다. 그가 가지고 있던 천문시는 사람들 손을 돌고 돌아 무당의 현천검객 동려행에게 들어갔고, 동려행은 결국 신기루에 들어 당금 무림의 절대자가 되었다.

일은 그렇게 진행되었으므로 당시 천문시를 일시적으로 손에 넣었던 방국진은 죽임을 당했다고 보는 것이 옳았다. 그렇지 않다면 방국진이 순순히 천문시를 포기했을 리 없었으므로. 그런데 방국진과 구양회의 시신이 발견되지 않았다. 그들이 죽는 것을 목격했다는 사람도 없었다.

양소용의 전갈에 의해 무인도의 동쪽 절벽으로 이동했던 귀곡육절은 그들을 불렀다는 방국진은 만나지 못하고 오히려 수많은 무림인들의 공격을 받았다. 사람들은 귀곡육절의 손에 천문시가 있다 믿고 있었다.

송무군은 온몸에 부상을 입고 절벽에서 떨어져 풍화촌으로 밀려들었고, 나머지 사형제는 현천검객 동려행이 천문시를 얻어 신기루에 들었다는 소식이 들릴 때까지 무림인들로부터 추격을 받아야 했던 것이다.

"어쨌든 이번만큼은 과거의 흑막을 반드시 풀어내야죠."

황보령이 옆구리에 찬 철궁을 굳게 잡으며 말했다.

"그래야지. 길고 긴 본 곡의 방황을 이번엔 반드시 끝내야겠지."

신조가 안광을 빛내며 황보령의 말에 맞장구를 쳤다. 멀리 곤명의 높은 성이 눈에 들어오고 있었다.

길게 베어진 상처에 차가운 손이 와 닿았다. 그리고 그 손이 짚은 곳에 다시 다른 한 손이 가볍게 금침을 꽂았다.

"으음……!"

송무군의 입에서 신음성이 흘러나왔다.

"조금만 참아요, 송 사제. 비록 고통이 심하긴 하겠지만 그래도 몸을 회복하는 시간을 훨씬 절약할 수 있을 거예요."

송무군의 상처에 사정없이 금빛 침을 뿌리까지 꽂아 넣는 사람은 백적경이었다. 곤명에 들어온 송무군과 그의 사형제들은 남쪽 성문 근처 허름한 객잔에 자리를 잡았다.

객잔에 들자마자 백적경은 송무군의 치료를 시작했다. 그동안은 여행을 하면서 치료하느라 효과가 느리게 나타났지만, 앞으로 며칠간은 객잔에 머물 것이므로 이 기회에 송무군의 몸을 완벽하게 치료하려는 것이 백적경의 생각이었다.

송무군의 치료가 시작되자 곽이산과 황보령, 그리고 신조는 성내를 둘러보기 위해 객잔을 나섰다. 유공무는 객잔에 남아 치료에 정신을 쏟고 있는 송무군과 백적경의 주위를 지키기로 했다.

송무군의 몸에 금침이 빼곡하게 박혔다. 송무군은 백적경이 금침 시술을 마치자 머릿속이 혼돈해지는 느낌을 받았다.

'잠이라도 한숨 자둬야겠군.'

송무군은 이 기회에 여행 중에 부족했던 잠이나 자볼까 하고 누운 채로 눈을 감고 잠을 청하려 했으나 상황은 그의 뜻대로 진행되지 않았다.

"아이는 귀엽나요?"

막 눈꺼풀이 동공을 덮으려던 송무군이 다시 눈을 떴다. 백적경의 질문이었고, 송문악에 대해 묻고 있었다.

"총명한 아이지요."

송무군의 머리에 불현듯 송문악의 맑은 눈빛이 떠올랐다.

"지난 이 년간 아이를 만나봤나요?"

"만나지는 못했습니다."

대답을 하면서 송무군은 평소의 백적경답지 않다고 생각했다. 그녀는 언제나 현명한 의견을 제시하는 여인이었지만, 그렇다고 말이 많은 사람은 아니었다. 더군다나 귀곡의 일을 논하는 것을 제외하자면 다른 사형제들의 개인적인 문제는 거론치 않는 것이 그녀였다. 그래서 생각이 깊고 현명한 여인이었지만, 한편으로는 선뜻 다가서기 어려운 차가움을 가진 백적경이었다.

"좋은 아버지가 아니군요."

"지난번에 이야기했듯이 내가 만나고자 해서 만날 수 있는 상황이 아닙니다."

"아! 거처를 알 수 없는 사람에게 맡겼다고 했나요?"

송무군이 대답 대신 가볍게 고개를 끄덕였다.

"그래도 역시 좋은 아버지는 아니군요. 혹 아이가 부담스러운 것은 아닌가요?"

"왜 그런 생각을 하시게 된 겁니까, 사저?"

"송 사제는 의협심이 강하고 동정심이 많은 사람이긴 하지만 정이 많은 사람은 아니었으니까요. 그래서 전 송 사제가 누군가와 가족의 인연을 맺는 것을 부담스러워한다고 생각했었거든요."

"제가 그렇게 보였습니까?"

"몰라서 묻는 것은 아니겠지요?"

백적경이 말하는 의미를 모르지 않았다. 백적경과 황보령은 언제나 송무군의 근처를 맴돌았다. 백적경은 일정한 거리를 두었지만 한결같은 시선으로, 황보령은 본심을 감추지 않는 솔직함으로 송무군에게 자신의 마음을 보였었다. 하지만 송무군은 두 여인 중 누구의 마음도 받아들이지 않았다.

"정이 없는 것은 아니지요. 그저 인연이 다를 뿐입니다. 아이에 대해서 말하자면 사실, 몹시 보고 싶군요."

두 여인은 자신의 인연이 아니었다는 의미. 백적경이 살짝 입술을 깨물었지만 송무군은 엎드려 있었으므로 그 모습을 보지 못했다.

"그래요. 역시 송 사제도 정이 있는 사람이군요. 하긴 자식이 보고 싶지 않은 아버지가 어디 있겠어요."

"물론 그런 이유도 있지만……."

"무슨 다른 이유라도 있나요?"

백적경이 눈빛을 빛내며 묻자 송무군이 잠시 말을 멈췄다가 조금 가라앉은 목소리로 대답했다.

"신기루는 사람의 생사를 점칠 수 없게 만들지요. 더군다나 왠지 이번에는 느낌이 좋지 않습니다, 사저!"

"청명검 송무군답지 않은 말이군요."

"그런가요? 하지만 역시 신기루는 위험한 전설이지요."

"신기루가 위험한 전설인 것은 맞지만, 그건 욕망에 사로잡힌 강호인들에게나 해당하는 말이지요. 송 사제와 같이 자신을 통제할 수 있는 사람은 신기루가 던져 내는 욕망의 함정에 빠져들지 않을 거예요."

"가끔은 자신이 원치 않아도 세상의 소용돌이에 휩싸이게 되는 게 인생이지요."

"그런 것은 그야말로 운명인데, 운명이라면 걱정한다고 달라지는 일이 아니니 마음 쓸 일이 아니지요."

'운명이라… 그럴지도 모르지. 그 운명이란 것이 있다면 문악을 만날 운명이기를 바랄 수밖에. 장 사숙과 잘 지내고 있을는지……'

송무군이 눈을 감았다. 백적경도 송무군이 쉬기를 원한다는 것을 눈치 채고 더 이상 말을 걸어오지 않았다. 송무군은 흐릿해져 오는 의식 속에서도 꿈속에서 송문악의 얼굴을 볼 수 있을지도 모른다는 기대를 하며 잠에 빠져들었다.

"사제… 사제!"

눈을 뜬 것은 누군가 희미하게 자신을 부르는 소리를 듣고서였다. 송무군은 힘겹게 눈꺼풀을 들어올렸다.

"사제, 일어나 봐요. 누가 찾아왔어요."

백적경의 목소리였다.

'문악을 보지 못했군.'

송문악은 꿈에서조차 송무군에게 얼굴을 보여주지 않았다. 오수에서 깨어난 다음의 쓸쓸한 허무가 마음 한쪽에 일어났다 사라졌다. 상처 부위에서 느껴져야 할 금침의 느낌이 느껴지지 않는 것으로 보아 백적경이 이미 금침을 회수한 듯했다. 송무군이 몸을 일으켰다. 수십 년간 단련된 근육들이 새롭게 힘을 받은 듯 가볍게 송무군의 몸을 떠받쳤다.

'다 나은 건가?'

백적경의 침술은 고통스럽지만 상처를 치료하는 데에는 더할 나위 없이 효과적이다. 참을 만한 고통인 것이다.

"사제, 누가 찾아왔어요."

백적경이 다시 한 번 송무군에게 말했다. 그제야 송무군은 잠에서 깨어날 때 백적경이 한 말을 되살렸다.

"누가……?"

송무군이 잘 발달된 몸에 낡은 회색 무복을 걸치며 고개를 갸웃거렸다. 중원에서 멀리 떨어진 곤명에서 자신을 찾아올 사람이 그의 머릿속에는 쉽게 떠오르지 않았다.

"곤명에는 지금 수많은 무림인들이 몰려 있지요."

송무군은 백적경의 말에 고개를 끄덕였다. 신기루가 나타난 이후 운남으로 몰려든 무림인의 숫자는 셀 수 없이 많았다.

"황룡 연심환이라더군요. 그래서 깨우지 않을 수가 없었어요."

백적경이 묘한 눈빛으로 송무군을 보며 말했다.

"연 동생이?"

송무군이 자리에서 튕기듯 일어섰다.

"그는 어디 있습니까, 사저?"

"지금 유 사형과 함께 옆 객실에서 송 사제를 기다리고 있어요."

"결국 연 동생도 운남으로 왔군."

송무군이 서둘러 객실 방을 나가면서 중얼거렸다. 백적경은 그런 송무군을 보며 도무지 이해할 수 없다는 표정을 지으며 낮은 목소리로 중얼거렸다.

"송 사제는 정말 귀곡에 어울리는 사람이 아니야. 천하의 개방에서도 손꼽히는 후기지수로 인정받는 황룡 연심환과는 또 어떤 인연이 있는 것일까? 자존심 강하기로 소문난 개방의 황룡이 귀곡의 일개 제자를 일부러 찾아왔다. 어울리지 않는 일이지. 송 사제는 귀곡이 품을 인물이 아니었어. 사부께서 욕심을 부리신 것이겠지. 송 사제에게는 불운이었지만. 구파일방의 노고수 눈에 들기라도 했다면 송 사제는 아마도 신기루의 전설을 쟁취할 인물이 되었을 수도 있을 것인데……."

백적경은 송무군을 따라 나가지 않았다. 그녀는 그냥 송무군이 치료를 받던 침상에 걸터앉아 송무군의 몸에 꽂았던 금침들을 하나하나 정성스럽게 마른 천으로 닦은 뒤 작은 함에 하나씩 조심스럽게 꽂아 넣었다.

"이따위 암기 따위나 만드는 귀곡은 송 사제에게 짐이 될 뿐이지."

백여 개의 금침이 꽂힌 작은 함을 보며 백적경이 중얼거렸다. 사람들은 백적경이 지닌 금침을 봉황신침이라 불렀다. 봉황신침은 황보령이 가지고 있는 철궁과 함께 귀곡의 이대암기에 속하는 물건이기도 했다. 하지만 그녀에게는 기보 봉황신침조차 귀곡의 어두운 한 면으로 생각되어질 뿐이었다.

"형님!"

송무군이 치료를 받던 객방에서 나와 유공무가 있는 옆방으로 들어서자 단단해 보이는 사십대 초반의 장한이 일어나 송무군을 반겼다.

"연 아우가 어쩐 일인가?"

송무군도 반가운 표정으로 장한의 손을 잡아갔다.

개방의 황룡 연심환, 개방의 후기지수 중 가장 뛰어난 자로 알려진 고수였다. 자존심이 무척 강해 상대에 대한 양보가 없는 걸로도 유명한 인물이었다. 그런 황룡이 무림의 중소문파, 그것도 이제는 문파의 명맥조차 잇기 힘들게 된 귀곡의 송무군을 깎듯이 형님으로 대하는 것은 불가사의한 일이라 할 수 있었다.

"모든 무림의 시선이 운남 하구로 향해 있는데 개방이라고 다를 리 없지 않습니까? 오늘 막 곤명에 들어오는 길인데 귀곡의 사형제들께서 와 계시다는 말을 듣고 바로 형님을 뵈러 온 것입니다."

연심환의 말에 송무군이 고개를 끄덕였다. 신기루가 나타난 이상 천상천의 문파로 군림하는 구파일방도 움직이지 않을 수 없었을 것이다. 강호에 구파일방이 온전히 그 모습을 드러내는 경우는 신기루가 나타났을 때를 제외하고는 흔치 않았다. 쉽게 모습을 보이지 않는 구파일방 고수들의 행보로 인해 그들에 대한 무림인의 외경은 더욱 커지는 경향이 있었다. 하지만 신기루의 전설은 구름 속에 모습을 숨긴 구파일방의 고수들까지도 세상으로 불러내기에 충분한 것이었다.

"신기루가 대단하긴 하군."

"대단하죠. 지난 백 년간 강호를 지배한 것은 구파일방도 누구도 아닌 바로 신기루의 전설이니까요."

연심환의 말속에선 신기루에 대한 불편함이 느껴졌다.

"앉지."

송무군이 고소를 지으며 연심환에게 앉기를 권했다.

현 강호에서 구파일방의 권위를 넘어서는 것은 아무것도 없었다. 그 어떤 문파도, 그 어떤 고수도 구파일방의 권위를 넘어서지 못했다. 구파의 고수들은 모습을 드러내지 않고도 천하를 지배하고 있었다.

하지만 그런 구파일방조차도 신기루의 전설 앞에는 속절

없이 자신들의 자존심을 꺾어야 했다. 신기루가 나타나면 구파일방도 어김없이 자파의 최고수를 강호에 출도시켰다. 신기루에서 얻을 수 있는 무공이 대대로 구파일방에 전해지는 무공보다 뛰어난지는 알 수 없었다. 지금까지 신기루의 전설을 얻은 사 인의 고수는 모두 구파일방의 고수들이었으므로……

하지만 신기루가 나타날 때마다 구파일방은 최고수를 출도시켰다. 무림인들은 그것으로 보았을 때 신기루에서 얻을 수 있는 무공이 적어도 구파일방의 무공과 견주어 뒤지지 않을 것이라 판단하고 있었다. 그렇지 않다면 구파일방이 신기루의 전설에 도전할 이유가 없기 때문이었다.

신기루에 대한 연심환의 심기가 불편한 것은 바로 구파일방조차도 인정할 수밖에 없는 무림에 대한 신기루의 절대적 영향력 때문이었다. 송무군은 그런 연심환의 내심을 알고 있기에 연심환의 태도에 고소를 지은 것이었다.

"그나저나 형님, 몸은 왜 다치신 겁니까?"

자리에 앉자 연심환이 화제를 돌렸다. 그러자 이번에는 송무군이 씁쓸한 미소를 지었다.

"그냥 좀 그럴 일이 있었네."

"그럴 일이라뇨? 도대체 어느 놈들이 감히 이 연심환의 의형께 이따위 짓을 한 겁니까? 내가 당장 찾아가서 요절을 내겠습니다."

"그들은 모두 죽었네."

"어? 그래요? 하긴 형님의 청명검을 상대할 자는 그리 많지 않지요. 그래도 형님께 그런 상처를 입힌 놈들이라면 제법 실력이 있는 놈들이었나 보군요."

연심환이 조금 맥이 빠진 모습으로 말했다.

"과거 원한을 맺은 흑도의 무리 몇과 시비가 있었다네."

"그렇게 된 일이군요. 하긴 형님도 강호에 적지 않은 원한을 만드셨지요."

"젊은 날 쓸데없는 객기가 만든 일들이지."

"쓸데없는 객기라니요. 이 연심환을 감동시킨 협행이셨죠."

연심환의 말에 송무군이 고개를 저었다.

"지금 생각해 보면 역시 쓸데없는 행동이었어. 어줍은 실력으로 젊은 혈기에 주제넘게 날뛴 것에 지나지 않은 일이야."

연심환은 약간 지친 듯 말하는 송무군을 물끄러미 바라보고 있었다. 이런 송무군의 모습이 연심환에게는 무척 생소한 모양이었다.

"형님은 못 뵌 사이에 많이 변하신 것 같습니다."

연심환이 살피듯 송무군을 보며 물었다.

"변했지. 적어도 과거의 송무군이 아닌 것은 확실하다네."

"그래도 전 과거 의협의 검을 휘두르시던 형님이 좋은데……."

"자네도 많이 변한 것 같군. 기도가 전과 같지 않아."

"흐흐흐, 저야 늙은 거지 노인들의 등살에 그간 한곳에 갇혀 수련만 했지요."

"과연 그랬군. 물론 예전에도 자네의 무공은 대단했지. 그런데 이제는 도저히 나와 같은 사람은 견줄 수도 없는 사람이 된 것 같으이."

"무공으로 사람을 평가할 수는 없지요."

송무군의 칭찬이 부담스러운지 연심환이 고개를 저으며 말했다.

"무림은 무공이 우선인 곳이지."

"사실 재질로 말하자면 형님의 재질이야말로 나 같은 것과는 비교할 수 없을 만큼 대단한 것이죠. 단지 전 운이 좋아 개방에 들었을 뿐이고, 형님은⋯⋯."

무심코 말을 내뱉던 연심환이 옆에 앉아 있는 유공무를 의식하고는 재빨리 입을 닫았다.

"괜찮소이다. 사제는 확실히 귀곡에는 아까운 인재지요."

"사형! 그런 말씀 마십시오. 귀곡에 든 것은 저에게 큰 행운이었습니다. 귀곡이 아니었다면 아마도 전 그저 남의 집 종살이나 했을 위인입니다."

"그렇지가 않네. 자네의 재질이라면 귀곡이 아니더라도 분명 누군가 강호명사의 눈에 발견되었을 것이야. 만약 그랬다면 사제는 그 누구보다도 뛰어난 고수가 되어 있었을 걸세."

"지금도 제 무공은 그리 약하지 않지요."

송무군이 일부러 호기를 부렸다.

"물론, 지금도 자네는 우리 여섯 사형제 중 가장 무서운 무공을 가지고 있지. 더군다나 지난 이 년간 자네는 정말 놀라울 정도로 발전했더군. 그래서 더욱 아깝다는 말일세. 자네의 재능이……."

"하긴 그래요. 형님, 유 대협께서 말씀하신 대로 형님의 기도는 못 본 사이에 많이 변하셨습니다?"

연심환이 유공무의 말을 거들었다.

"그렇게 느꼈는가? 난 별로 달라진 것이 없는 것 같은데?"

송무군이 웃으며 되물었다.

"아닙니다, 형님. 분명 형님은 변하셨어요. 그런데 뭐가 어떻게 변했는지 그걸 잘 모르겠습니다. 분명 변한 것은 맞는데……."

"좀 늙었겠지."

"하하하, 그렇군요. 형님은 과연 좀 늙으셨습니다."

"당연한 일이 아닌가? 세월이 흐르면 사람은 늙는 것이지."

"하지만 형님, 우리가 벌써 늙었다느니 세월이 흘렀다느니 하는 말을 할 나이는 아니지 않습니까?"

연심환은 어느새 쾌활함을 되찾고 있었다.

"하하, 송 사제는 그런 말을 해도 될지도 모르지요. 한 아이의 아버지가 되었으니까."

유공무도 흔하지 않게 웃음을 흘리며 말했다.

"아이요? 아니, 형님! 그게 무슨 말입니까?"

"이야기하자면 길다네. 그간 강호를 떠도느라 돌보지 않았던 아이가 있었다고만 알아두게나."

"허허허, 이거야 원, 갑자기 이게 무슨 일이란 말인가? 그래, 그 아이는 지금 어디에 있습니까?"

"아는 사람에게 맡겨놓았다네."

"아이의 이름은요?"

"문악(文樂), 송문악이라고 한다네."

"송문악이라… 좋은 이름입니다."

"무군(武君)보다야 낫지."

"무군도 좋은 이름이지요. 형님을 그대로 표현한 이름이 아닙니까? 그나저나 아무래도 오늘 술이라도 한잔해야겠는데요. 청명검 송무군의 아들이라… 하하하, 나에겐 조카가 되는 것이구만. 하하하!"

연심환이 호탕한 웃음을 터뜨리며 웃었다. 개방이라는 곳은 문도들이 혼인을 하여 자손을 보는 방파가 아니었기에 연심환은 자신에게 조카가 생겼다는 것이 못내 기분이 좋은 모양이었다.

"언젠가 한번 이 숙부가 꼭 만나봐야 할 텐데 말이야."

연심환이 턱을 쓸며 중얼거릴 때 갑자기 객방 문이 열리며 신조가 뛰어들어 왔다.

"엇! 이거 손님이 계시는군."

신조가 연심환을 보고는 멈칫하며 중얼거렸다.

"어서 오십시오, 사형. 이 사제가 몸이 부실해 사형께서 고생하시는군요."

"고생은 무슨. 그래, 치료는 끝났나?"

신조가 송무군을 보며 물었다.

"이제 다 나은 듯합니다. 백 사저께서 수고하셨지요."

"잘되었군. 어쩌면 우린 곧 움직여야 할지도 모르겠네."

"무슨 일이라도 생긴 것인가?"

유공무가 신조의 표정이 심상치 않은 것을 보고 물었다.

"예, 예, 사형. 아주 중요한 일이 일어났지요."

"도대체 무슨 일인데 그러는가?"

유공무의 재촉에 신조가 연심환을 바라봤다.

"괜찮습니다, 사형. 그는 개방의 황룡입니다."

"뭣? 황룡 연심환?"

신조가 깜짝 놀라 되묻자 연심환이 포권을 취하며 자신을 소개했다.

"처음 뵙겠습니다, 신 대협! 의형께 말씀 많이 들었습니다. 연심환이라고 합니다."

"아, 예, 예. 반갑습니다. 연 대협, 그런데 의형이라면?"

"저와 연 동생은 예전에 의형제를 맺었습니다, 사형."

송무군이 나서 신조의 궁금증을 풀어줬다.

"그게 정말인가?"

"사실입니다, 신 대협!"

연심환이 고개를 끄덕여 송무군의 말이 사실임을 밝히자 신조가 송무군과 연심환을 번갈아 바라보더니 갑자기 한숨을 내쉬었다.

"휴, 확실히 송 사제는 우리와는 노는 물이 달라. 허허, 개방의 황룡이라니… 이거야 참 나……."

개방과 귀곡, 송무군과 황룡은 신조가 탄식을 흘려낼 정도로 어울리지 않는 사이였던 것이다.

"그나저나 사제, 그 대단한 소식이란 건 뭔가? 어서 말을 해보게."

"이런, 내 정신 좀 보게. 어울리지 않는 두 의형제 분 때문에 할 말을 잊고 있었군."

신조가 손으로 자신의 이마를 쳐댔다. 어느새 옆방에 있던 백적경도 송무군 등이 있는 방으로 들어서고 있었다.

"모두 놀라지 마시구려."

"어서 말해보라니까."

유공무의 재촉에 신조가 조금 뜸을 들인 후 천천히, 그러나 긴장한 어조로 입을 열었다.

"천문시가 나타났수, 사형!"

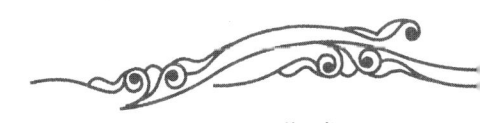

第三章

하늘의 문[天門]을 여는 열쇠[匙]

"형님, 전 그만 가봐야겠습니다. 천문시의 소식은 개방에도 전해졌을 테니, 너무 오래 자리를 비우면 노인네들의 잔소리를 듣게 될 겁니다."

황룡이 급히 일어나 송무군에게 작별을 고하고 객잔을 떠나갔다. 송무군은 객잔문을 비스듬히 열고 어둠 속으로 멀어져 가는 황룡을 바라보다가 그의 모습이 완전히 사라지자 문을 닫고 사형제들이 앉아 있는 곳으로 돌아왔다.

"그와는 언제 알게 된 것인가?"

신조가 송무군이 자리에 앉기를 기다려 물었다.

"몇 년 전 사천 성도에서……."

"응? 귀혈방의 참사가 있었던 그곳?"

"예."

"그랬군. 그때가 아마 황룡이 처음 무림에 이름을 알린 때이지?"

"귀혈방주 노관행을 죽였지요."

"자넨 귀혈방 칠당주 마중원의 목을 배었고… 인연을 맺을 만한 사건이었지."

신조가 고개를 끄덕였다.

"당시 귀혈방의 일에는 구파일방의 후기지수 몇이 관여했는데 연 동생도 그중 하나였지요."

"하지만 그래도 희한한 일이군. 구파일방의 인물이라면 우리 같은 사람들은 무시하기 마련인데……?"

"송 사제는 우리와는 좀 다르지요."

백적경의 말에 신조가 머리를 긁적이며 실실거렸다.

"헤헤, 하긴 송 사제는 좀 다른 면이 있는 사람이지. 하지만 그래도 황룡 연심환의 의형이 되다니, 이건 정말 생각지도 못한 일인걸?"

"구파일방의 사람들 중 그나마 개방의 인물들이 출신의 귀천을 따지지 않지요."

송무군이 웃으며 답했다.

"하긴 결국 자기들도 거지들이니 출신을 따질 입장은 아니지. 단지 보통 거지가 아닌 것이 문제지만."

신조가 고개를 끄덕였다.

"천문시 이야기를 더 해보게."

잠자코 세 사람의 말을 듣고 있던 유공무가 불쑥 말했다.

"아, 맞아! 지금 중요한 것은 천문시지."

신조가 손으로 자신의 이마를 치고는 얼굴색을 바꾸며 신중한 음성으로 입을 열었다.

"그러니까 보름 전에 대리 인근에서 처음 천문시가 모습을 보였다고 하더군요."

"대리 인근?"

"예, 유 사형!"

"그럼 이상하군. 대리는 제법 번화한 곳이고, 또 천문시란 물건은 몹시 중한 것인데 어떻게 보름이 지나도록 그토록 조용했던 것이지. 보통 천문시의 출현은 하루가 지나지 않아 소문이 돌기 마련인데?"

"물론 그렇지요. 하지만 이번에는 그럴 만한 사정이 있더군요."

"사정이라니?"

"지금 그 천문시를 가지고 있는 곳이 바로 점창파랍니다."

"점창!"

"그렇습니다, 사형. 점창이라면 보름간 소문을 잠재우는 것이야 가능한 일이지요."

신조의 말에 세 사형제가 고개를 끄덕였다. 점창은 구파일방에 견줄 수 있는 몇 안 되는 문파 중 하나였다. 먼 과거의 한때는 구파의 한자리를 차지하고 있던 문파이기도 했었다. 그들이라면 천문시의 출현을 보름 정도 숨길 만한 저력을 가지고 있었다.

"사람들이 적지 않게 상했겠군요."

"역시 백 사매는 똑똑해. 맞아. 보름 전에 대리 인근에서 적지 않은 혈사가 있었다고 하더군. 물론 그 혈사의 한쪽 당사자는 점창의 고수였고. 하지만 아무도 그 혈사의 원인을 알지 못했지. 대점창파를 상대로 혈사의 원인을 조사할 용기를 가진 자는 흔치 않으니까 말이야. 그리곤 보름이 지나서야 혈사의 원인이 밝혀진 것이지. 점창은 그 혈사를 통해 천문시를 손에 넣은 것이야. 그리고 천문시의 소문이 흘러 나가는 것을 막기 위해 당시 그 일에 연관된 자들을 모두 죽여 버렸던 거지."

"처음부터 피로 시작하는군요."

송무군이 한숨 섞인 말을 내뱉었다.

"언제 조용히 등장한 적이 있던가? 이제 시작일 뿐이지. 십칠 년 전에도 이렇지 않았나."

유공무의 말에서는 차가운 살기조차 느껴졌다. 그 말을 듣고 있던 세 사람은 언뜻 십칠 년 전 동해의 한 바닷가에서 겪었던 일들이 불현듯 떠올라 차가운 한기에 몸을 떨었다.

곽이산과 황보령이 돌아온 것은 자정이 지날 무렵이었다. 그들도 이미 천문시의 출현 소식을 들었는지 객잔에 들어설 때 이미 두 사람의 눈에는 붉은 흥분의 빛깔이 서려 있었다.

"움직일 수 있겠나?"

곽이산이 송무군을 보며 물었다.

"천문시를 쫓으시렵니까?"

송무군이 살짝 눈을 찌푸리며 물었다. 처음 운남으로 향할 때의 말과 다른 곽이산의 행동 때문이었다.

"천문시를 쫓는 것이 곧 본 곡의 일을 해결하는 길일 걸세. 사부든 양 사숙이든 운남에 있다면 누구든 천문시 주변에 모습을 드러낼 테니 말일세."

하지만 송무군은 곽이산의 말을 곧이곧대로 받아들일 수 없었다. 곽이산의 눈에 충만한 욕망은 몇 마디 말로 숨겨질 수 없는 것이었다. 물론 곽이산도 굳이 자신의 욕심을 숨기려 하지 않았다. 왜냐하면 그의 다섯 사제의 마음속에도 자신과 동일한 욕망이 꿈틀거리고 있다는 것을 알고 있기 때문이었다. 물론 막내 사제인 송무군은 다를지 모르지만⋯⋯.

"대사형의 말이 맞네. 사부께서 살아계시다면 반드시 천문시 주변에 모습을 드러내실 걸세. 양 사숙은 당연한 일이겠고⋯⋯."

신조가 곽이산의 말에 맞장구를 쳤다. 송무군은 작은 한숨을 내쉬었다.

'이것이 신기루다. 누구도 그 마력에서 벗어날 수 없어. 가볼밖에. 이번에는 어떤 사연들이 기다리고 있을지.'

송무군이 착잡한 목소리로 대답했다.

"제 몸을 걱정하실 필요는 없습니다. 몸의 감각이 온전히 돌아왔으니까요. 사형들 생각이 그렇다면 움직여야겠지요."

"좋아. 그럼 오늘 새벽에 길을 나선다. 들리는 소문에 의하면 점창의 고수들은 아직 산을 떠나지 않았다더군."

"그건 모르는 일이지요. 자신들의 움직임을 강호에 드러내지는 않을 테니까요."

백적경의 말에 곽이산이 고개를 끄덕였다.

"사매의 말도 일리가 있군. 그럼 사매 생각은 어디로 가야 할 것 같은가?"

"일단 하구 인근으로 움직여야겠지요. 결국 그곳으로 모든 사람들이 모여들 테니까요."

"다른 의견들은 없나?"

곽이산의 물음에 아무도 입을 열지 않았다.

"좋아. 그럼 하구로 가자. 가서 천문시를 기다린다."

송무군은 이미 사문의 일은 멀리 뒷전으로 밀렸다는 것을 느낄 수 있었다. 천문시가 나타난 순간 귀곡의 사형제들은 신기루의 전설에 사로잡힌 한 무리의 무림인에 지나지 않았다. 사문의 일이란 그저 여섯 사형제가 한데 묶여 움직이는 핑계에 지나지 않았다. 하지만 그렇다고 사형제들로부터 벗어날 수도 없었다. 결국 천문시를 쫓는 그 길 위에서만이 사부를, 양 사숙을, 과거의 비밀에 대한 단서를 찾아낼 수 있을 것이기 때문이었다.

곤명을 벗어난 지 채 이틀이 지나기 전에 귀곡육절은 피 냄새를 맡아야 했다. 하구로 다가갈수록 피 냄새는 짙어졌다. 무림인들은 천문시와 상관없이 곳곳에서 혈풍을 일으켰다. 어떤 것도 혈풍의 이유가 되었다. 과거의 원한으로부터 시작하여, 이유없는 불쾌함까지, 하구로 다가갈수록 곳곳에서 싸움을 벌이는 무림인들을 심심찮게 목격할 수 있었다.

하지만 송무군을 비롯한 귀곡의 사형제들은 그런 싸움들에 눈길을 주지 않았다. 일일이 관심을 두기에는 너무 많은 싸움이 벌어지고 있기 때문이기도 했지만 괜한 싸움에 빠져들어 시간과 정력을 낭비할 이유가 없기 때문이었다.

"원강(元江)입니다, 대사형!"

신조의 말이 아니더라도 귀곡의 사형제들은 자신들 눈앞에서 도도하게 흐르고 있는 남방의 강이 원강이라는 사실을 알고 있었다.

"이 강을 또 보게 되는군."

곽이산이 감회 어린 목소리로 중얼거렸다. 귀곡육절의 눈앞에 있는 원강을 거슬러 올라가면 이 년 전 양소용을 찾기 위해 들어갔던 애뇌산이 나온다. 그것을 알고 있는 곽이산이 그날을 떠올리며 감상에 젖었던 것이다.

"흐흐, 대사형답지 않군요. 감상이라니……."

신조의 말에 비웃음이 깃들어 있다는 것을 곽이산은 모르지 않았다. 이 년 전, 아니, 그 이전에도 사형제들에게서 진심 어린 존경을 받지 못했던 곽이산이지만 이번 운남행에서만큼 대사형으로서의 권위를 위협당한 적은 없었다. 또한 그런 대접을 받으면서도 곽이산은 자신의 사제들에게 조금의 노기도 보이지 않았다.

흑도의 무리들을 끌어들여 송무군을 공격한 것, 그 사실 하나만으로 귀곡육절의 대사형으로서 곽이산의 권위는 땅에 떨어져 버렸던 것이다.

과거 어느 때에도 귀곡육절 간의 기보 다툼이 없었던 것은 아니었지만, 그 싸움에는 일정한 규칙이 주어져 있었다. 사형제의 생명을 빼앗지 않는 것은 그 보이지 않는 규칙 중 하나였다.

그런데 이번에 곽이산은 개봉칠룡의 석두웅을 비롯한 열 명의 흑도 거물을 끌어들여 송무군을 죽음의 위기에까지 몰아넣었다. 그런 식으로 청명검을 노렸던 곽이산의 행동은 확실히 사형제들로부터 비난받을 만한 것이었다.

"검을 들고 생명을 겨뤄 귀곡육보의 주인을 정하자면 송 사제는 이미 오래전에 귀곡육보를 손에 넣었을 겁니다."

유공무가 곽이산이 벌인 일을 듣고 한 말이었다. 곽이산도 그것을 모르지 않았다. 그래서 오히려 그의 마음이 흑도의 인물들을 동원할 만큼 초조했던 것인지도 몰랐다. 어느 날 갑자기 송무군이 귀곡의 곡주 자리를 욕심낸다면 그로서는 송무군의 공격을 막아낼 별다른 방책이 없었던 것이다.

육천문을 방문하기 전에는 그리 초조하지 않았었다. 하지만 육천문의 고수들과 겨루며 드러난 송무군의 무공은 이미 자신을 포함한 다른 사형제들과는 전혀 다른 경지를 걷고 있었다.

'이번이 마지막 기회였을지도.'

곽이산이 신조의 비웃음을 한 귀로 흘려내며 슬쩍 송무군을 바라봤다. 부상에서 갓 완쾌한 송무군의 파리한 안색이 눈에 들어왔다. 하지만 굳은 얼굴을 한 송무군의 표정에서 느껴지는 굳건함, 한편으로는 저런 사제가 있다는 것이 자랑스럽기까지 했다.

'이미 송 사제의 무공은 나의 한계를 벗어났다. 설마 열 명의 흑도 고수를 혼자 상대해 낼 줄이야……'

"저라면 이 강을 따라 내려오겠어요."

백적경의 목소리가 현실을 일깨웠다.

"나라도 역시……."

유공무가 백적경의 말에 동의했다.

"이곳을 지나지는 않았겠지?"

곽이산이 누구에겐지 모를 질문을 던졌다.

"아무리 빨리 움직였어도 이곳을 지나지는 못했을 거예요."

"좋아. 이곳에서 점창의 고수들을 기다리도록 하지. 사제들의 생각은?"

이것은 확실히 평소 곽이산의 성격과 어울리지 않는다. 그는 일단 귀곡육절이 하나로 모여 추진하는 일에 있어서는 이런 식으로 사제들의 의견을 묻지 않았다. 갑자기 생경한 상황이 벌어지자 장내 분위기가 어색해졌다.

"알겠습니다, 대사형!"

어색함을 풀어내는 사람은 역시 송무군, 그가 곽이산을 향해 가볍게 고개를 숙여 보였다.

"난 아이들을 풀어놓지요."

신조가 먼저 몸을 움직여 숲으로 들어갔다. 신조의 움직임을 시작으로 귀곡의 사형제들은 누가 시키지 않아도 근처에 적당한 장소를 찾아 숙영할 준비를 하기 시작했다.

원강을 따라 내려오는 점창의 고수들을 기다리는 것은 때를 기약할 수 없는 일이었다. 당장 오늘 밤 이곳을 떠날지 아니면 수십 일을 이곳에서 보내야 할지 아무도 장담할 수 없었다.

귀곡육절은 사람들 눈에 잘 띄지 않는 야트막한 야산 동굴에 숙영지를 꾸몄다. 그 후 그들은 하나같이 멀리 보이는 크고 울창한 산을 끼고 돌아 야산 아래를 휘감아 나가는 원강의 푸른 물결에 시선을 고정시킨 채 시간을 보내고 있었다.

하루가 지나고 이틀이 지났지만 원강을 따라 내려오는 사람은 없었다. 숙영지 주변은 신조가 불러들인 곤충들이 사람의 기척을 살피고 있었지만, 사람들의 등장을 알리는 움직임은 없었다. 기다림이 길어져 귀곡육절의 마음도 차츰 나른해지기 시작한 셋째 날 오후 무렵.

"사람입니다!"

다른 사형제들이 지루한 기다림에 지쳐 숙영지 주변에서 깊어진 가을 산을 벗 삼아 나른한 몸을 쉬고 있을 때, 굳건한 자세로 장강의 상류를 응시하고 있던 송무군의 입이 열렸다. 그의 나직한 외침에 귀곡의 사형제들이 나른함에서 깨어나 소리없이 송무군 곁으로 날아들었다.

"어디? 점창의 고수들인가?"

신조가 흥분을 감추지 못하고 송무군에게 물었다. 신조의 물음에 송무군이 고개를 저었다.

"그런 것 같지는 않습니다, 사형! 하지만 곧 혈풍이 불겠군요."

송무군이 손을 들어 강을 거슬러 오르며 이어진 널따란 초지를 가리켰다. 그러자 과연 가을 볕에 서서히 말라가는 갈색 초지 위에 몇 명의 인물들이 모습을 드러내는 것이 보였다.

"쫓기고 있군."

곽이산의 말이 아니더라도 귀곡의 사형제들은 한눈에 강변에 모습을 나타낸 인물들이 쫓기고 있다는 것을 알 수 있었다. 그만큼 모습을 드러낸 이들의 움직임은 다급해 보였다.

"가볼까요?"

신조가 곽이산을 보며 물었다.

"아니, 조금 더 살펴보고 움직이세. 저들을 쫓는 자들이 누구인지 확인할 필요가 있어. 잘못하면 괜한 싸움에 빠져들 수 있으니……."

곽이산의 판단은 적절했다. 싸움의 양편을 모두 확인하고 움직이는 것이 현명한 행보였다. 그리고 싸움의 양편을 확인하는 것이 그리 오래 걸리는 일도 아니었다. 어느새 강변에 모습을 드러낸 사 인의 뒤를 따라 숲 속에서 일단의 인물들이 모습을 드러냈던 것이다.

"휴, 적지 않군요."

신조가 휘파람 소리를 내며 놀란 듯 말했다.

"저 네 사람은 어떤 자들이기에 저렇게 많은 사람들이 쫓고 있는 것일까?"

황보령이 호기심이 담긴 목소리로 말하자 유공무가 낮고 굵은 목소리로 대답했다. 그런데 그 대답이 귀곡육절을 긴장하게 만들었다.

"보통 저렇게 많은 사람들이 누군가를 쫓을 때는 그들의 품속에 귀중한 물건이 들어 있게 마련이지."

귀중한 물건, 지금 운남 원강 변을 따라 모여든 무림고수들에게 귀중한 것이라 일컬어질 만한 물건은 오직 하나밖에 없었다.

"천문시!"

신조가 화들짝 놀라며 외쳤다.

"하지만 천문시는 점창의 고수들이 가지고 있을 텐데……?"

신조가 자신이 말해놓고도 의문이 생기는지 고개를 갸웃거렸다.

"주인이 바뀌었을 수도 있지. 지금껏 점창의 고수들이 하구로 향하는 모습이 목격되지 않았다는 것도 그렇고……."

"하지만 누가 감히 점창의 손에서 천문시를 빼앗을 수 있단 말이오, 사형. 오직 구파일방만이 점창을 건드릴 수 있을 텐데… 하지만 저기 쫓기는 자들은 구파일방의 인물 같지는 않은데?"

신조가 고개를 저으며 쉽게 인정할 수 없다는 표정을 지었다.

"구파일방이 아니더라도 점창의 손에서 천문시를 빼낼 수 있는 인물들이 없는 것은 아니지."

곽이산이 말했다.

"그런 자들이 누가 있죠?"

황보령이 곽이산을 보며 물었다.

"천산의 명교도 있고……."

"명교는 본시 신기루에는 별반 관심을 보이지 않았잖습니까?"

신조가 곽이산의 말을 반박했다.

"물론 그렇긴 하지만 그들의 생각이 바뀌었을 수도 있지."

"명교는 아닐 겁니다."

신조가 단언하듯 말했다.

"왜 아니라고 생각하는가?"

"명교는 지난 백 년간 그 세력이 많이 약화됐지요. 과거 구파일방과 맞서던 시절의 명교가 아니지요. 하지만 그렇다고 해도 명교의 인물들이 신기루의 전설을 욕심냈다고 보긴 어렵습니다. 아무리 약해졌기로서니 그들이 나섰다면 저렇게 뒤로 밀리지는 않을 겁니다. 명교의 행사야 주도면밀하기로 유명하지 않습니까?"

신조의 말에 곽이산도 수긍하는 듯 고개를 끄덕였다.

"하긴 삼사제의 말이 맞군. 명교라면 저렇게 일방적으로 도망치는 모습을 보이지는 않았겠지. 하지만 그들이 아니더라도 점창의 손에서 물건을 빼낼 자들이 아주 없는 것은 아니야."

"또 누가 있습니까?"

"예를 들면 강호의 몇몇 명문세가들도 있고……."

"저들의 모습은 역시 그들도 아니군요."

"맞네. 그들 역시 비록 천문시를 손에 넣었다고 해도 저렇게 허둥지둥 도망만 치는 자들은 아니지."

"자, 그럼 또 누가 있죠?"

그때 문득 송무군이 입을 열었다.

"도문(盜門) 오군자(吾君子)가 있지요."

"그 도둑놈들?"

신조가 송무군을 바라보자 송무군이 고개를 한 번 끄덕이고는 손을 들어 쫓기는 사 인을 가리켰다.

"구파일방과 명문세가가 아닌 이상 점창의 손에서 힘으로 천문시를 빼앗을 자는 그리 많지 않습니다. 하지만 훔쳐 내는 것은 가능할 수도 있지요. 저기를 보십시오. 쫓기고 있는 사인 중 가장 앞서서 길을 열고 있는 백발의 노인은 도문 오군자 중 전광과 비슷하지 않습니까?"

송무군의 말에 귀곡의 사형제들이 송무군이 가리킨 곳을

유심히 살피기 시작했다. 그리고 잠시 후 유공무가 고개를 끄덕였다.

"육사제의 말이 맞는 것 같군. 그는 확실히 전광인 듯한데?"

"허? 그놈의 도둑놈들 간뎅이도 크지. 감히 점창의 손에서 천문시를 훔쳐 내다니… 저놈들 설마 자신들이 신기루에 직접 들어갈 생각을 하는 것은 아니겠지?"

신조가 놀란 듯 탄성을 자아냈다.

"그야 모르는 일이지. 강호인 중 신기루에 들고 싶어하지 않는 자가 누가 있겠는가?"

곽이산이 신조의 말에 대답했다.

"물론 그렇긴 하지만 도문 오군자 정도의 인물들이 어찌 신기루에 발을 들여놓겠습니까? 그보다는 분명 누군가의 사주를 받고 벌인 일이 분명할 겁니다."

"흉수는 따로 있다?"

"아마도… 저길 보십시오, 대사형! 조력자가 있지 않습니까?"

신조가 말을 하다 말고 손을 들어 강의 상류를 가리켰다. 귀곡의 사형제들이 신조의 손끝을 따라 눈을 돌리자 과연 강의 상류로부터 한 척의 배가 바람을 타고 쏜살같이 강을 따라 내려오고 있었다.

"추격자일 수도 있어."

"그렇지 않을걸요. 저 도둑놈들이 배가 오는 쪽으로 줄행

랑을 치고 있지 않습니까. 더군다나 그중 한 명은 검은색 천을 흔들어 배를 부르고 있는 것 같군요. 저들과 한패가 분명해요."

신조가 단언하듯 말했다.

"하지만 배를 타긴 쉽지 않겠군요."

백적경의 말처럼 강변 수풀을 헤치며 도주하고 있던 사 인은 어느새 그들을 추격하던 자들에 의해 한쪽으로 내몰리고 있었다. 그들의 조력자로 보이는 배는 무척 빠르게 그들을 향해 내려오고 있었지만, 배가 도착할 때까지 도문 오군자의 사인이 살아 있으리란 보장이 없어 보였다.

"내려가 보세."

곽이산이 문득 입을 열었다.

"천문시를 노리자구요?"

신조가 놀란 듯 물었다.

"그게 아니라 좀 더 가까이에서 상황을 지켜보자는 말일세. 혹시 아는가? 추격자들 중 우리가 기다리는 사람이 있을지."

말은 그렇게 했지만 곽이산의 눈에는 서서히 욕망이 일고 있었다. 그리고 그것은 그의 사형제들도 마찬가지였으므로 강변으로 내려가자는 곽이산의 의견에 반대하는 사람은 없었다.

"가죠."

유공무가 앞서서 몸을 움직이기 시작했다. 순식간에 육 인의 모습이 삼 일간 야숙했던 산등성이에서 사라졌다.

수십 명의 무림인들을 앞에 두고 있는 사 인의 모습은 초라했다. 입고 있는 옷은 이곳저곳 찢어져 속살이 훤히 내비치고 있었고, 몸 곳곳에서는 적지 않은 혈흔이 비치고 있었다.

"이제 그만 천문시를 내놓아라."

사 인을 둘러싸고 있던 수십 명의 무림인 중 청룡도를 손에 든 거대한 장한이 앞으로 나서며 사 인을 압박했다.

"이게 누구신가. 산동의 거호(巨虎) 육반산이 아니신가?"

무림인들에게 둘러싸인 사 인 중 백발을 휘날리며 살쾡이 같은 눈으로 무림인들을 노려보고 있던 자가 청룡도를 들고 나선 자를 보며 음흉한 미소를 지었다.

"그렇소, 전광 나으리. 도문 오군자가 비록 중원 도둑의 제왕으로 불리고는 있지만 그렇다고 하더라도 하늘의 문을 열 수 있는 열쇠에 손을 대다니 너무 지나친 욕심인 것 같소이다."

"보물에 주인이 따로 있던가? 손에 쥐는 사람이 임자지."

"하지만 그것도 보물을 지킬 능력이 있을 때나 가능한 소리 아니겠소? 설마 하니 도문 오군자께서 이 많은 무림인을 모두 상대할 생각은 아니겠지요?"

육반산은 산동을 근거로 활동하는 녹림도의 두목으로 그의 청룡도는 산동 일대에서 적수를 찾아보기 어렵다고 알려져 있었다.

"호호호, 그럼 산동의 산도적은 천문시를 얻을 자격이 있고?"

도문 오군자의 맏이인 전광이 비웃듯 말하자, 육반산의 얼굴이 씰룩였다.

"적어도 도둑질을 하는 손보다야 낫지 않겠는가?"

말을 하면서 육반산이 들고 있던 청룡도를 매섭게 휘둘렀다. 그러자 그의 앞에 무성하게 우거졌던 마른풀들이 일순간에 깨끗하게 잘려 나가는 것이었다.

"보물을 원한다면 직접 와서 가져가 보시던지……."

육반산의 위협에도 전광은 품속의 물건을 내줄 생각은 하지 않고 희미한 조소를 날릴 뿐이었다.

"권주를 마다하고 벌주를 마시겠다면 어쩔 수 없는 일이지."

육반산이 안광을 한 번 번뜩이더니 순식간에 땅을 박차고 날아올라 전광의 머리 위로 떨어져 내리며 손에 든 청룡도를 휘둘렀다.

"무식한 산돼지 같은 놈이!"

순간 전광의 몸이 바람처럼 옆으로 흩어지더니 어느새 그의 손에서 두 개의 비도가 육반산을 향해 번개처럼 날아갔다.

"쥐새끼 같은 늙은 것이!"

육반산은 자신이 쳐낸 일도가 허공을 가르고 전광의 반격이 이어지자, 노성을 터뜨리며 이미 몸 앞에 다가온 비도를 손에 든 청룡도를 비틀어 튕겨냈다.

따당!

전광의 비도가 육반산의 청룡도에 튕겨 나오며 경쾌한 소성이 장내에 울려 퍼졌다.

"우리도 있다! 산도적!"

순간 전광의 비도를 떨쳐 내는 육반산의 뒤쪽으로 도문 오군자 중 삼 인이 바람처럼 다가들며 전광이 던진 것과 동일하게 생긴 비도를 던져 내는 것이었다.

"이놈들이?"

육반산이 한 마리 호랑이처럼 청룡도를 휘둘러 자신을 공격하는 도문 오군자 네 명의 합공을 맞아 싸우기 시작했다. 육반산의 공력은 녹림의 산두령치고는 무척 대단해 도둑의 제왕이라 불리는 사 인을 맞아 싸우면서도 전혀 밀리는 기색을 보이지 않았다. 그가 만들어내는 도기에 늦가을 마른풀들이 허공으로 솟구치고 그 속에서 그는 호랑이처럼 포효하며 사 인을 향해 청룡도를 휘두르고 있었다.

하지만 한 손이 두 손을 당할 수는 없는 법, 시간이 흐르자 육반산의 도법이 차츰 흐트러지기 시작하더니 한순간 전광의 입에서 차가운 기합성이 발해졌다.

"얏!"

그리곤 매섭게 날아간 한 자루의 비도가 육반산의 어깨에 여지없이 꽂혔다.

"윽!"

호랑이처럼 거칠게 청룡도를 휘두르던 육반산이 신음성을 흘려내면서 급히 도문 오군자로부터 멀찍이 물러나며 어깨에 꽂힌 비도를 뽑아냈다. 그러자 비도가 꽂혔던 자리에서 붉은 피가 분수처럼 터져 나왔다.

"제길, 쥐새끼들에게 물리다니……."

육반산은 부상을 입은 어깨에 어떤 통증도 느끼지 못하는 듯 퉁명스런 말을 내뱉으며 어깨 근처의 혈을 짚어 출혈을 막았다. 하지만 그도 더 이상 도문 오군자를 공격할 생각은 없는지 자신에게 비도를 꽂아 넣은 전광을 노려볼 뿐 그들을 향해 움직이지는 않았다.

육반산이 도문 오군자에게서 천문시를 얻어내는 것에 실패하자 장내에는 다시 싸늘한 침묵이 흐르기 시작했다. 도문 오군자를 둘러싸고 있던 수십 명의 무림인 중 먼저 나서서 육반산처럼 도문 오군자를 압박하는 자가 나오지 않았다.

하지만 그것은 그들이 도문 오군자를 두려워하기 때문은 아니었다. 장내에 있는 고수 중 육반산과 도문 오군자의 무공을 능가하는 고수는 한둘이 아니었다. 그리고 개중에는 무림에서 대단한 명성을 날리고 있는 고수도 적지 않았다.

"역시 천문시, 대단한 자들이 많이 몰려왔군요."

강변의 전장에서 멀리 떨어진 숲 속, 귀곡육절이 몸을 숨기고 장내의 상황을 살피고 있었다. 먼저 말을 꺼낸 것은 신조였다.

"그래서 일은 더 어렵게 되었군."

곽이산이 눈빛을 빛내며 대답했다.

"일이 더 어렵게 되다뇨?"

"서로 눈치를 보느라 도문 오군자를 그냥 놓아두고 있지 않은가? 배는 점점 가까워져 오는데……."

곽이산의 말대로 어느새 원강의 상류에 나타났던 배는 도문 오군자가 수십 인의 무림인에게 둘러싸여 있는 곳에 근접해 있었다. 아마도 일각이 지나기 전 도문 오군자를 태울 수 있는 곳까지 접근할 수 있을 듯 보였다.

"하지만 배에 오르기는 쉽지 않겠죠."

신조가 말하자 곽이산이 고개를 저었다.

"도문 오군자는 그렇게 허술한 인물들이 아니야. 비록 그 무공은 일류고수에 비해 부족하지만 그들은 강호에서 가장 머리가 빠른 자들이란 말일세. 그들의 도술(盜術)이 강호제일인 것을 잊어서는 안 되지."

"하긴 도둑질을 잘하려면 머리가 좋아야 하지요."

"특히 물건을 가지고 도망치는 일이라면 그들을 따라올 자가 몇 없을 걸세."

"하지만 장내에 있는 고수들도 만만치는 않은 인물들이죠."

"문제는 그들이 서로 눈치를 보고 있다는 것이지. 그 덕에 도문 오군자는 배를 기다릴 시간을 벌고 있고……."

"어? 누군가 나서는데요?"

"저자들은……."

곽이산이 눈을 가늘게 뜨고 도문 오군자를 향해 나서는 삼인을 눈여겨봤다.

"진주언가의 삼 형제군요."

문득 송무군이 입을 열었다.

"진주언가라… 저 도둑들이 어려운 상대를 만났구나."

신조가 송무군의 말에 고개를 저으며 중얼거렸다.

진주언가는 대대로 권법의 강자로 알려진 가문이다. 가문이 번성한 시절에는 구대문파도 그들을 함부로 대하지 못할 정도로 위세가 대단했지만 백여 년간 이어진 구파일방의 번영에 진주언가의 명성도 어느덧 한낱 과거의 추억으로 기억될 뿐이었다. 하지만 과거의 명성이 퇴락했다 해도 강호의 명문은 명문으로서의 전통을 가지고 있는 법, 당금의 진주언가에 세 명의 형제 고수가 나와 진주언가의 부흥을 시도하고 있다는 것은 강호에 적을 둔 자라면 누구나 알고 있는 일이었다.

도문 오군자의 맏이 전광은 세 명의 인물이 앞으로 나서자 자못 긴장한 눈빛으로 세 명의 움직임을 살폈다.

"진주언가의 언중권이라 하오."

오십대 중년의 나이로 보이는 자가 전광을 향해 포권을 취해 보였다.

"진주언가의 세 분 고수에 대한 소문은 익히 들어 알고 있소이다. 곁에 계신 두 분께선 언 대협의 두 동생 분이시겠구려."

나이로 보자면 전광의 나이가 언중권보다 훨씬 많았지만 전광은 감히 언중권에게 하대를 하지 못했다.

"그렇소이다. 이 두 사람이 바로 나의 아우들이외다."

언중권과 언중호, 언중수 삼 인이 바로 당금 진주언가의 부흥을 이끌고 있는 언가의 삼룡이었다. 이들은 진주언가 대대로 내려오는 벽파권(劈破拳)을 극도로 익혀냈다고 알려진 권법의 대가들이었다.

"진주언가의 고명하신 세 분 고수께서 이 늙은 도둑에게 무슨 볼일이 있으신 것이오?"

"천문시라면 어찌 관심을 갖지 않을 수 있겠소이까?"

언중권의 눈에 짙은 욕망의 그림자가 어렸다. 천문시를 얻어 신기루에 들 수 있다면 진주언가는 다시 과거의 영광을 재현할 수 있을 것이기 때문이었다.

"천문시의 주인은 이미 가려졌으니 그리 알아주시구려."

"천문시의 주인이 정해졌다는 말은 처음 듣는구려. 설마 도문 오군자께서 천문시의 주인으로 자처하는 것은 아니겠지요?"

설마 너희 같은 도둑놈들이 어찌 천문시의 주인이 되겠느냐는 의미가 담긴 말, 전광의 입가에 살짝 비릿한 미소가 깃들었다.

"우리가 천문시의 주인이 되지 못하란 법이 있소?"

그러자 언중권이 살짝 눈살을 찌푸렸다.

"욕심이 과하면 몸이 상하는 법이오."

"그건 언가라 하여 다르지 않을 듯한데……."

"어쩔 수 없구려. 말이 통하지 않으니 손을 쓸 수밖에……."

"어디, 진주언가가 과연 과거의 명성을 되찾을 수 있는지 알아봅시다."

전광이 지지 않고 언중권의 말을 받아넘겼다. 그러자 언중권의 눈에서 분노의 빛이 폭사했다.

"비록 본 문이 쇠락하였다고 해도 어찌 감히 도둑의 무리가 진주언가의 이름을 들먹이려 하느냐? 아우들! 이들에게 진주언가의 권(拳)이 살아 있음을 보여주게!"

언중권이 서슬 퍼런 목소리를 뱉어내자 그의 곁에 있던 언중호와 언중수 두 형제가 옆으로 거리를 벌려 서면서 도문의 네 고수를 에워쌌다.

"흐흐흐, 이미 늦었다. 그따위로 발이 느려서야 어찌 천하

의 기보를 손에 넣을 수 있을 것인가?'

전광이 삼면으로 자신들을 에워싸는 진주언가의 세 고수를 보며 음흉한 음소를 내뱉고는 순식간에 신형을 뒤로 빼냈다. 그와 동시에 그의 뒤에 있던 삼 인의 도문 오군자도 전광의 뒤를 따라 강변으로 달려나가기 시작했다.

"도주라… 과연 도둑질을 업으로 삼는 자들답구나."

전광을 포함한 도문의 고수 네 명이 몸을 빼 달아나자 언중권이 비웃음을 흘려내며 두 아우와 눈빛을 교환했다. 재빨리 눈빛을 교환한 진주언가의 세 고수가 훌쩍 허공으로 치솟더니 순식간에 도문 오군자의 조력자가 탄 배가 다가오는 강변을 향해 도주하는 도문 오군자와의 거리를 좁혀갔다.

"역시 언가 삼룡이군."

순간, 누가 먼저랄 것도 없이 장내에 감탄사가 흘러나왔다. 언중권과 그의 아우들이 펼치는 신법은 강호명문의 저력을 여실히 보여주는 것으로 신법이라면 누구에게도 뒤지지 않을 실력을 가진 도문 오군자가 단 한순간에 언가 삼형제의 그늘 아래 들어가는 것이었다.

"받아랏!"

언가 삼형제 중 가장 먼저 도문 오군자를 따라붙은 언중권이 전광을 향해 주먹을 죽 뻗어냈다. 그러자 그의 주먹에서 한가닥 매서운 권기가 뻗어 나와 일 장 앞에서 달리고 있는 전광의 등을 향해 폭멸했다.

"이크!"

순간 전광이 자신의 등줄기를 강타하는 언중권의 권기를 가까스로 피해내며 땅 위를 뒹굴었다.

퍼퍽!

언중권의 권기가 전광이 있던 곳의 땅에 파고들며 둔탁한 소음을 일으켰다.

"제법 몸이 빠르다만 언가의 벽파권은 아직 시작도 하지 않았다."

언중권이 초라한 모습으로 땅 위를 뒹굴다 몸을 바로 세우는 전광을 보며 웃었다. 그의 얼굴에는 이미 상대를 제압한 자의 여유가 드러나 보이고 있었다. 그런데 그 순간 초라한 몰골을 하고 있던 전광도 언중권을 보며 히죽 웃음을 흘러냈다.

"어린 녀석이 존장을 이렇게 거칠게 대하다니. 과연 언가가 망한 데는 다 이유가 있었구먼. 강호의 선배로서 내 충고 하나 하마. 강호에서는 적의 목줄을 따기 전까지는 결코 성공을 자신하는 법이 아니니라!"

그와 동시에 갑자기 도주하던 도문의 네 고수가 일제히 품속에서 검은 물건을 꺼내 들더니 자신들을 따라오는 언가 삼형제를 향해 던져 냈다. 하지만 그들이 던져 낸 물건은 언가 삼형제에게 아무런 위협도 주지 못했다. 언중권과 그의 아우들은 전광 등이 던져 내는 검은 물체를 가볍게 피해내며 입가에 가득 비웃음을 머금었다.

"이따위 암수를……!"

퍼퍼펑!

하지만 그 순간 언가 삼 형제를 지나 땅 위에 떨어진 검은 물체가 천지가 폭멸하는 듯한 소리를 내며 터지기 시작했다.

"조심해! 화탄이다!"

언중권의 경고음이 장내에 울려 퍼졌다. 순식간에 장내에 시뻘건 불길이 솟아오르기 시작했다. 강변의 잘 마른 풀들은 산들거리는 가을바람을 타고 순식간에 장내를 불바다로 만들었다.

"껄껄껄, 강호의 동도들은 들으시오! 하늘의 문을 여는 보물은 이미 주인이 정해졌으니 더 이상 기보에 욕심을 내지 마시구려! 하하하!"

무섭게 타오르는 불길 안쪽에서 전광의 호탕한 웃음이 들려왔다. 장내에는 수십 명의 무림인들이 있었지만 갑자기 일어난 무시무시한 불길을 뚫고 전광을 향해 다가가는 사람은 아무도 없었다.

"아마도 사전에 단단히 준비를 했던 모양이군. 아무리 가을 풀이라지만 화염이 너무 강렬해!"

신조가 무섭게 타오르는 불길을 보며 말했다.

"그들이 미리 이런 준비를 했다는 것은 치밀하게 이번 일을 계획했다는 것을 의미하는 것이지. 도문 오군자가 사전에 치밀한 계획을 꾸며 일을 진행한다면 아무리 점창이라 해도 그들의 손을 피하지 못한 것은 당연하다 할 수 있고……."

곽이산이 어느덧 강기슭에 접안을 시도하는 한 척의 흑선을 보며 중얼거렸다. 과연 흑선은 도문 오군자와 한패임이 분명한 듯 배 위에 모습을 드러낸 인물과 전광이 서로 손을 마주 흔들고 있었다.

"하지만 역시 점창을 건드리는 것은 위험한 일이지요."

그때 문득 송무군이 손을 들어 강변의 초지와 맞닿아 있는 숲의 한쪽을 가리켰다.

"어? 저들은?"

"점창의 고수들입니다. 가장 선두에 선 자는 육보산이군요."

귀곡의 사형제들은 이 년 전 육천문을 방문했을 때 육보산을 본 적이 있었으므로 우거진 숲에서 달려나와 무서운 속도로 불길이 치솟는 강변을 향해 질주하고 있는 청의를 입은 노고수가 점창의 육보산임을 단번에 알아볼 수 있었다.

"재밌게 되었군."

곽이산이 흥미로운 표정으로 초지를 가로지르는 점창의 고수들을 보며 중얼거렸다.

"모두 물러나라! 점창의 앞을 막는 자는 베겠다!"

육보산이 분노 가득한 눈을 부라리며 불길에 길이 막혀 우왕좌왕하고 있는 수십 명의 강호고수들을 보며 소리쳤다. 순간 점창의 고수들이 왔다는 것을 알아챈 무림인들이 파도가 갈리듯 좌우로 좍 물러서며 점창 고수들에게 길을 만들어주었다. 그리고 그 길을 따라 점창 고수 십여 명이 바람처럼 빠르게 타오르는 불길을 향해 돌진했다.

　"오!"

　"저, 저런!"

　순간 장내에 있던 고수들의 입에서 탄성이 터져 나왔다. 불길을 향해 질주하던 점창의 고수들이 뜨거운 열기를 내뿜는 화염 속으로 그대로 몸을 날렸던 것이다.

　아무리 무림고수라도 뜨거운 불길에 몸을 던지는 것은 보통의 용기를 가지고는 할 수 없는 일이었다. 하지만 점창의 고수들은 망설임없이 도문 오군자가 만들어놓은 불길 속으로 몸을 던지고 있었다. 그리고 거짓말처럼 그들의 신형은 길을 가로막는 불길을 무서운 속도로 지나쳐 막 흑선에 승선하려는 도문 오군자를 향해 짓쳐들고 있었다.

　장내의 무림고수들이 자신도 모르는 사이에 몸을 떨었다. 아무리 무공이 뛰어나고 천문시에 대한 열망이 대단하다 하더라도 점창의 고수들이 보이는 움직임은 보는 사람으로 하여금 경악을 금치 못하게 하는 것이었다.

　"서랏! 이 도둑놈들!"

육보산의 옷자락은 불에 그슬려 이곳저곳 구멍이 나 있었고, 그의 얼굴은 뜨거운 열기에 익어 붉게 물들어 있었다. 아무리 대단한 고수라도 뜨거운 불 속을 뚫고 나오면서 온전할 수는 없었던 것이다.

하지만 육보산과 불길을 뚫고 나온 십여 명의 점창파 고수들은 자신들의 몸에 입은 화상을 개의치 않고 막 흑선에 승선을 마친 도문 오군자를 노려보고 있었다.

"정말 대단하오이다. 그 뜨거운 불길을 뚫고 오시다니… 점창의 무공이 대단한 것인지, 아니면 점창의 욕심이 대단한 것인지 모르겠소. 하지만 조금 늦었소이다. 그려, 이제 우린 그만 가봐야 할 것 같소. 물건을 기다리는 사람이 있어서……."

전광이 불길을 뚫고 나온 육보산과 점창 고수들을 질린 눈으로 바라보며 말했다. 배는 이미 강기슭에서 멀어져 이제는 배를 멈추게 할 그 어떤 방해물도 없어 보였다. 그래서인지 전광의 말투에서는 점창의 고수들에 대한 감탄과 함께 승자의 여유가 묻어나고 있었다.

하지만 그때였다. 육보산의 눈에서 한가닥 한광이 번뜩이더니 그의 입에서 뜨거운 열기를 식히는 차가운 음성이 흘러나왔다.

"점창의 물건에 손을 댄 자, 그 누구도 살아 돌아갈 수 없다!"

그와 동시에 육보산과 십 인의 점창 고수 주변의 검게 그을
린 풀들이 그들이 끌어올린 진기에 못 이겨 무섭게 요동치기
시작했다.

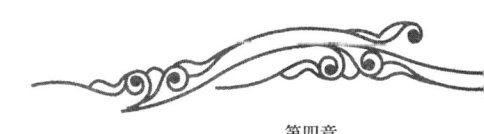

第四章

또 하나의 천문시

육보산을 선두로 점창의 고수들이 미끄러지듯 아직 불이 붙지 않은 강변 쪽 풀밭을 달려나갔다. 그리고 어느 순간 풀 위로 그들의 신형이 올라섰다.

"제길, 초상비(草上飛)라니……."

전광의 입에서 낭패한 소리가 흘러나왔다.

"오제! 빨리 이곳을 벗어나게!"

전광이 다급한 목소리로 강 상류로부터 흑선을 몰아 내려온 도문 오군자의 다섯째 장왕에게 소리쳤다. 초상비를 펼치며 흑선을 향해 달려오는 점창의 고수들에게서 심상찮은 기운을 느꼈기 때문이다.

혹선의 돛이 활짝 펴졌다. 마침 바람은 숲에서 강 쪽으로 불어 돛이 펴지자 배는 순식간에 강변에서 멀어지기 시작했다. 그제야 전광의 얼굴에 여유가 깃들었다. 배와 강변의 거리는 이미 십여 장 이상 벌어져 있었다. 아무리 점창의 고수들이 뛰어난 무위를 지니고 있다 해도 한 번의 도약으로 도달할 거리가 아니었다.

"잘들 계시오."

전광은 여유있는 목소리로 육보산 등을 향해 작별 인사를 하며 고개까지 숙여 보였다.

"갈 수 없다!"

순간 육보산이 신형을 허공으로 쭉 뽑아 올렸다. 육보산은 마치 한 마리 새처럼 물 위로 날아오르더니 도문 오군자가 타고 있는 혹선을 향해 새처럼 날아가기 시작했다.

하지만 사람은 새가 아니다. 허공을 날던 육보산의 신형이 혹선과 강변의 중간 지점에서 수면으로 떨어져 내리기 시작했다. 그 모습을 보고 있던 전광의 입가에 미소가 지어졌다.

"아무리 점창의 고수가 대단하다 해도 하늘을 날 수야 없지."

전광이 득의한 표정을 지으며 수면으로 떨어져 내리는 육보산을 비웃는 순간, 갑자기 수면으로 떨어져 내리던 육보산의 신형 아래로 검은 물체가 파고들었다.

"저, 저런!"

전광의 눈이 화등잔처럼 커졌다. 육보산의 뒤를 따라 수면 위로 몸을 날리던 점창의 고수 외에 강변에 남아 있던 점창 고수 중 한 명이 자신의 검을 육보산이 떨어져 내리는 지점을 향해 던져 냈고, 육보산은 정확하게 그 검을 박차고 다시 허공으로 치솟아올랐던 것이다.

"망할! 아우들! 저들이 배에 내리지 못하게 막아!"

전광의 다급한 외침에 선미에서 육보산과 함께 점창 고수들의 움직임을 보고 있던 도문 오군자들이 날아오는 점창 고수들을 향해 암기를 던져 대기 시작했다.

쐐애애액!

삽시간에 도문 오군자가 던져 낸 암기가 흑선과 점창고수들 사이의 공간을 가득 메웠다.

"이따위 암기로 점창을 막을 수 없다."

암기가 벌 떼처럼 날아들었으나 육보산의 얼굴에는 전혀 당황하는 기색이 보이지 않았다. 대신 그는 손에 들고 있던 검으로 둥글게 원을 그려내며 암기를 막아갔다.

따다당!

육보산이 휘두른 검의 궤적을 따라 푸른색 검기가 일렁이고 도문 오군자가 던져 낸 암기들이 육보산의 검이 만들어내는 검기에 튕겨져 사방으로 비산했다. 그리고 어느새 육보산의 신형이 흑선 위로 떨어져 내리고 있었다.

"핫!"

흑선 위로 떨어져 내리는 육보산의 입에서 한가닥 기합 소리가 터져 나오며 그의 검이 허공을 갈랐다. 빛을 쪼갤 만큼의 빠름, 점창의 사일(射日)이 펼쳐진 것이다.

순간 숲으로부터 불어오는 바람을 받아 터질 듯 부풀어 오른 흑선의 돛 한가운데에 길게 검흔이 생겨났다. 그와 함께 돛과 돛대가 한꺼번에 검푸른 강물 속으로 쓰러져 내렸다. 그 충격으로 흑선의 선체가 중심을 잃고 기우뚱거렸다. 그사이 점창의 고수 두 명이 다시 선상에 내려섰다.

"물건을 내놔라!"

육보산이 냉엄한 목소리를 흘려내며 전광을 향해 손을 내밀었다. 전광의 눈에는 낭패의 기색이 역력했다. 그는 오늘 자신을 포함한 도문 오군자가 이 점창의 고수들로부터 살아날 가능성이 없다는 것을 이미 깨닫고 있었다.

"과연 점창의 무공은 무섭군."

전광이 막막한 위기를 느끼면서도 상대의 무공에 대한 감탄을 흘려냈다.

"모자람을 알았으면 순순히 물건을 내놓아라!"

육보산의 입에서 차가운 요구가 재차 흘러나왔다. 하지만 마음속의 두려움을 감추려는 듯, 전광은 히죽 웃음을 지을 뿐 육보산의 말에 아무런 대꾸를 하지 않았다. 마치 무엇인가 믿을 구석이 있는 사람처럼.

"죽음이 두렵지 않은가?"

육보산이 전광의 표정을 보며 살짝 고개를 갸웃거렸다. 강호무림 도둑의 제왕이라 불리는 자라 역시 다른가 하는 생각도 들었다. 하지만 육보산은 이내 고개를 저었다. 그래 봐야 도둑 나부랭이들, 죽음을 두려워하지 않을 리 없다.

'그렇다면 살길이 있다는 말인데……?'

육보산이 재빨리 흑선을 살폈다. 생각지 못한 동조자가 있을 수 있기 때문이었다. 하지만 흑선 위에서는 도문 오군자와 점창 고수 이외의 기척이 느껴지지 않았다.

"믿는 구석이 있나 보지?"

육보산이 전광을 보며 물었다.

"기보를 주면 우릴 살려줄 거요?"

전광이 육보산의 질문을 무시하며 물어왔다. 육보산은 자신의 말을 무시하는 전광의 태도에 노한 눈빛을 흘려냈으나, 애써 분노를 참으며 전광의 물음에 답했다.

"아니, 점창의 물건에 손을 댄 죄를 묻지 않을 수는 없지. 하지만 순순히 물건을 내어준다면 너희 다섯의 목을 베는 것으로 이 일을 묻어두겠다."

"물건을 내놓지 않는다면?"

"이 일에 연관된 자와 도문에 연이 있는 자는 단 한 명도 살아남지 못할 것이다. 또한 너희는 세상에서 가장 고통스런 죽음을 맞게 될 것이고……."

"이래저래 죽는 것은 마찬가지군."

"애초에 점창의 물건에 손을 댄 것이 잘못이었다."

육보산은 단호했다. 그것으로 도문 오군자의 운명은 결정된 것이나 마찬가지, 단지 어떻게 죽느냐의 문제만 남아 있는 듯 보였다.

"하지만 나에게는 조금 다른 생각이 있소만……."

"너희에겐 선택의 길이 없어."

"글쎄. 과연 이 물건이 영영 사라진다 해도 거래가 되지 않을까?"

전광의 신형은 어느새 뱃머리로 옮겨져 있었다. 그의 한 손은 배의 난간을 넘어 검은 물결이 넘실대는 수면을 향해 있었는데 그 손에는 작은 목갑이 들려 있었다. 전광의 의도는 분명했다. 육보산이 살검을 휘두른다면 천문시를 영원히 원강의 강물 속에 던져 넣어버리겠다는 것이었다. 전광은 지금 점창이 천문시를 얼마나 중하게 생각하는지를 시험하고 있었다.

"쓸데없는 짓!"

육보산이 서늘한 음성으로 경고했다.

"흐흐, 우리 다섯 도둑의 목숨과 천문시, 어느 것의 가치를 높게 계산할지 점창의 판단이 궁금하군."

하지만 전광의 목소리에는 점창이 분명히 천문시를 선택할 것이란 확신이 들어 있었다. 그는 점창에게 있어 이 천문시가 어떤 의미를 가지는지 잘 알고 있는 듯 보였다.

육보산이 살짝 아미를 찡그렸다. 점창의 물건에 손을 댄 다섯 도둑은 점창의 권위를 생각해서라도 도저히 용서할 수 없는 것이었다. 하지만 천문시 역시 포기할 수 없는 물건임에 분명했다.

애뇌산에서 육천문이 사라진 이후 점창은 본격적으로 구대문파의 한자리를 차지하기 위해 움직였다. 운남의 이대강자인 월하장원과도 돈독한 관계를 맺고 있었기에 후고를 걱정할 필요가 없었다.

목표는 언제나 점창과 구파의 한 자리를 다투었던, 하지만 지난 백여 년간 단 한 번도 넘어서지 못했던 사천의 종남! 하지만 가볍게 두드려 본 종남의 저력은 무서웠다. 수년 동안 쇠락의 길을 걷고 있는 것으로 알려졌던 종남의 실력은 점창의 수뇌들이 상상했던 것 이상이었다.

종남을 시험하기 위해 비밀리에 종남의 권역에 발을 들여놓았던 점창의 고수들은 채 보름을 버티지 못하고 운남으로 후퇴했다. 죽은 자가 태반, 돌아온 자 중 몇몇도 회생 불능의 상태에 빠졌을 정도였다.

수십 년을 준비한 종남에의 도전, 하지만 시작부터 점창은 백 년을 이어온 종남의 벽을 실감하고 있었다. 이후 점창의 문도들은 짙은 패배감에 사로잡혀 있었다.

그런데 그때 천운이 점창을 찾아들었다. 천문시! 신기루의 전설을 얻을 수 있다는 그 천문시가 점창의 손에 들어왔던 것이다. 점창은 순식간에 활기를 되찾았다. 신기루의 전설을 얻을 수 있다면 종남을 넘어 구파의 일원이 되는 것은 정해진 일이었다.

점창 최고의 고수 이십 인이 천문시를 지니고 하산했다. 인원은 이십에 지나지 않았으나, 전력으로 보자면 점창의 힘 절반에 해당하는 인물들이었다. 목표는 신기루가 나타난 운남의 남쪽 끝 하구, 원강을 따라 배를 타고 내려오면 보름이 걸리지 않을 거리였다.

하지만 그들은 강을 따라 움직이지 않았다. 누구나 예상할 수 있는 길을 가는 것만큼 위험한 길은 없으니까. 그들은 수로를 포기하고 산길을 택했다. 운남의 원시림은 길을 어렵게 하지만 또한 그만큼 그들의 움직임을 가려주었다.

여행은 순조로웠다. 아무도 그들의 움직임을 눈치 채지 못했다. 신기루의 등장으로 운남에 몰려든 강호인들은 점창이 산에서 내려왔다는 것을 그들이 길을 떠난 지 보름여가 지날 때까지도 전혀 눈치를 채지 못하고 있었다. 하지만 그런 유리한 상황이 오히려 독이 되고 말았다. 아무도 자신들의 행보를 눈치 채고 있지 못한다는 안도감, 그것이 일말의 방심을 불러왔고, 그 빈틈을 중원에서 가장 손이 빠른 자들이 파고들었다.

생각해 보면 어이없는 일이기도 했다. 점창의 최고수 이십 명이 미천한 도둑 다섯의 손을 막지 못했다면 강호의 웃음거리가 되고도 남을 일이었다. 하지만 강호의 웃음거리가 되는 것은 걱정할 일이 아니었다. 천문시! 점창의 부흥을 가져올 그 기보를 잃어버렸다는 것에 비하면 강호인들의 비웃음은 한 근의 무게도 지니지 못하는 것이었다. 그 모든 것들에 우선하는 가장 중요한 것은 점창의 염원을 이루어줄 천문시를 되찾는 것이었다.

그런데 잃어버렸던 천문시를 거의 되찾았다고 생각한 지금, 저 영악해 보이는 늙은 도둑이 그 천문시를 가지고 거래를 시도하고 있는 것이다.

'가치로 보자면야 어찌 버러지 같은 도둑놈 다섯의 목숨에 비할까.'

하지만 쉽게 전광의 제안을 받아들이지 못하는 까닭은 대점창파의 위신이 걸려 있는 문제이기 때문이었다. 점창의 물건에 손을 댄 자들을 살려둔다면 무림에서 점창의 권위는 땅에 떨어질 것이다. 그것도 겨우 도둑질이나 일삼는 패거리들에게 농락당했다는 소문과 함께…….

'그렇다고 천문시를 포기할 수도 없고…….'

육보산이 인상을 찡그렸다. 그러면서 재빨리 자신과 전광의 거리를 눈으로 재보았다.

'한 번의 도약으로 끝낼 수 있는 거리… 하지만 자칫 천문시가 물에 빠지기라도 한다면…….'

전광은 노련한 자였다. 그는 비록 무공에 있어서는 강호의 일류고수에 미치지 못하지만 빠른 손놀림과 명석한 두뇌로 강호에서 가장 뛰어난 도술을 지닌 자로 인정받는 인물이었다. 모험을 하기엔 위험한 자라는 판단이 육보산의 머릿속에 내려졌다.

전광의 눈빛이 반짝였다. 육보산의 갈등을 읽어낸 것이다. 어쩌면 거래를 성사시킬 수도 있을 것이란 기대가 그의 마음속에 생겨났다.

"후후후, 고민할 것이 뭐가 있겠소? 천문시로 말할 것 같으면 우리 다섯의 목숨과 비교할 수 없을 만큼 귀중한 기보인데… 허허! 한 냥의 무게도 나가지 않는 물건이 왜 이리 무거울까?"

전광의 손이 좀 더 배 아래로 내려갔다.

"쓸데없는 위협은 그만두거라. 한 가지만 대답한다면 거래를 응낙하마."

"말해보시오."

전광이 여전히 손을 수면 위로 늘어뜨린 채 물었다.

"이번 일을 사주한 자가 누구냐?"

순간 전광의 눈이 가늘어졌다. 그의 동공에 누군가에 대한 두려움이 빠르게 나타났다 사라졌다.

"사주한 자라니? 그게 무슨 말이오?"

"설마 본 점창을 너희 도둑 다섯이 단독으로 수작을 꾸밀

수 있는 상대라고 말하려는 것은 아니겠지?'

육보산의 안광이 차갑다. 만약 그렇다고 대답한다면 천문시고 뭐고 일검에 전광의 목을 베어버릴 듯한 기세, 전광이 흠칫 몸을 떨며 말꼬리를 흐렸다.

"물론 대점창파를 어찌 우리 도문 오군자가 단독으로 상대할 수 있겠소."

"좋아. 이제 너희를 사주한 자들의 이름을 대라. 그러면 너희의 목숨은 이승에 남을 것이다."

육보산의 추궁에 전광이 잠시 입을 닫고 있더니 이내 굳은 목소리로 대답했다.

"그게 이 거래의 조건이라면 이 거래는 성립할 수 없소."

예상외로 단호한 전광의 말에 육보산의 눈빛이 변했다.

"그렇게 대단한 존재인가?"

"점창의 검에 살아난다 해도 우리의 목숨은 하루를 넘기지 못할 것이오."

"그렇게 말하니 더욱 알고 싶군."

"그렇다면 거래를 끝낼 수밖에!"

전광의 손에 힘이 들어갔다. 육보산은 전광의 눈에서 그가 죽음을 각오했음을 읽었다.

'어쩔 수 없군.'

육보산이 작은 한숨을 내쉬었다. 아무리 마음에 들지 않는 거래라도 천문시를 포기할 순 없었다.

"좋아. 거래를 받아들이지. 오늘 도문 오군자는 정말 운이 좋군."

육보산이 막 넘실거리는 강물에 손에 든 목갑을 떨어뜨리려는 전광을 보며 소리쳤다. 순간 전광의 눈에 쾌재의 빛이 감돌았다.

"현명한 결정을 하시었소, 육 노사!"

"어서 물건이나 내놓아라!"

"옜소. 설마 하니 점창의 고수가 한입으로 두말하지는 않겠지."

전광이 막 물속으로 빠뜨리려던 목갑을 육보산을 향해 던졌다. 강호의 모든 사람이 원하는 천문시가 든 목갑이 너무도 가볍게 허공을 날아 육보산에게로 떨어져 내렸다. 육보산은 목갑이 자신의 곁에 이르자 검을 들지 않은 왼손을 들어 가볍게 허공에 휘저었다. 그러자 전광이 던져 낸 목갑이 마치 빨려들 듯 육보산의 손 안에 들어가는 것이었다.

'제길, 정말 대단하군.'

전광은 허공에서 목갑을 취하는 육보산의 모습에 다시 한 번 등골이 오싹해져 오는 것을 느꼈다. 확실히 오늘 도문 오군자가 점창을 상대로 벌인 일은 그들의 능력을 벗어나는 일이었다는 생각이 들었다.

"맞군."

전광이 육보산의 무위에 몸을 떠는 사이 어느새 목갑을 열

그 목소리가 들렸는지 강기슭에 내려선 육보산이 고개를 돌려 흑선 위의 전광을 바라봤다. 그는 입을 열어 무엇인가를 말하려고 하다가 고개를 젓고는 이내 점창의 고수들과 함께 불길이 사그라진 강변 초지를 향해 몸을 날렸다.

"이만하길 다행입니다, 대형!"

흑선 위에서 육보산과 점창의 고수들을 노려보고 있는 전광의 곁으로 도문 오군자 중 한 명이 다가서며 전광을 위로했다. 그 또한 한 팔이 잘린 채였다. 그러자 전광이 고개를 끄덕였다.

"이만하길 다행이지. 목이 붙어 있고, 물건이 안전하니 말이야. 껄껄껄!"

전광의 입에서 한 팔을 잃은 자라고는 생각할 수 없는 웃음이 흘러나왔다.

"어서 이곳을 떠납시다, 대형! 점창의 늙은 것들은 눈이 밝아 물건이 바뀌었다는 것을 알아챌지도 모릅니다."

그러자 전광이 고개를 저었다.

"아니, 그렇게 서두를 것 없어. 천천히 몸을 돌보며 강을 내려가자고. 이제 점창의 움직임은 무림인들의 시야를 벗어날 수 없을 것이니 그들도 무척 바쁘게 될 거야. 그러니 그들이 물건의 진위를 살필 여유가 날 리 만무하지. 아마 자신들이 가지고 있는 물건이 가짜라는 것을 알기까지는 꽤 오랜 시간이 필요할걸? 그런데 오제(五弟), 여분으로 준비한 돛은 있나?"

전광이 고개를 돌려 묻자 한쪽에 서 있던 도문 오군자 중 한 명이 얼른 대답했다.

"만약을 위해 준비해 둔 것이 있습니다."

"좋아. 그럼 돛을 세우게."

"옛! 대형!"

알 수 없는 생기가 흑선에 감돌았다. 점창의 고수들이 흑선을 떠날 때까지 오로지 살기에 급급한 것으로 보이던 도문 오군자가 점창의 고수들이 사라지자 갑자기 활기를 되찾는 것이었다.

"보물의 주인이 따로 있던가! 인연이 닿는 사람이 임자지. 우리 도문 오군자라고 보물의 주인이 되지 못하란 법이 세상 어디에 있을쏜가! 가자, 아우들. 신기루를 향해!"

전광의 외침과 함께 바람이 불어왔다. 한 팔씩이 잘린 도문 오군자를 실은 흑선은 새로 세워진 돛이 힘을 받자 석양에 물든 붉은 물결 위를 미끄러지듯 달려나가기 시작했다.

"결국 보물은 다시 점창의 손으로 들어간 듯하군요."

점창의 고수들이 흑선에서 내려 불타 버린 초지를 지나 숲으로 사라져 가는 것을 보며 신조가 중얼거렸다. 흑선에서 어떤 일이 벌어졌는지는 자세히 알 수 없었다. 하지만 점창의 고수들이 도문 오군자를 살려두고 흑선에서 내려온 것을 볼 때, 그들이 원하던 것을 얻었음은 분명했다.

"그럼 이제 드디어 점창이 드러난 사냥감이 된 것인가?"

유공무가 도문 오군자를 쫓다가 다시 점창 고수들이 간 방향으로 몸을 날리는 수십 명의 무림고수들을 보며 중얼거렸다. 무림고수들이 숲으로 사라지자 어둠이 내리기 시작한 강변에는 마른풀이 불에 탄 후에 나는 매캐한 냄새만이 감돌고 있었다.

"점창으로서도 곤란하게 되었군. 자신들의 행적이 고스란히 드러나게 생겼으니……."

곽이산이 점창 고수들과 무림인들이 사라진 숲을 보며 중얼거렸다.

"본격적인 혈풍의 시작이라고 봐야겠지요. 그런데 대사형, 우린 이제 어떻게 하죠? 점창의 뒤를 쫓나요?"

황보령이 곽이산을 보며 묻자 곽이산이 고개를 끄덕였다.

"그래야겠지. 천문시를 중심으로 모든 일이 이루어질 테니……."

"그럼 게으름 피울 이유가 없지요. 갑시다, 사형들!"

신조가 무림고수들이 사라진 숲 쪽으로 걸음을 옮기며 사형제들을 재촉했다.

*　　　*　　　*

세 사람이 어두운 숲 속을 미끄러지듯 걷고 있었다. 세 명이 동시에 움직이는데도 불구하고 그들은 마치 숲에 동화된 듯 전혀 기척을 남기지 않았다. 천하의 무림인 중 이런 경지의 움직임을 보일 수 있는 자는 그리 흔치 않았다.

그들은 서로 아무런 대화도 없이 묵묵히 우거진 원시림 사이를 비집고 전진하더니 어느 순간 동시에 발걸음을 멈췄다. 걸음을 멈춘 그들 앞에 넓은 풀밭이 펼쳐지고 그 너머로 검은 물결이 유유히 흘러내려 가고 있었다. 강변을 따라 펼쳐진 풀밭에서는 알싸한 연기 냄새가 나고 있었다.

"훗! 영악한 놈들!"

갑자기 그중 한 명이 웃음인지 콧소리인지 모를 소리를 내며 입을 열었다.

"욕심이 생겼나 보지요."

그러자 그의 옆에 있던 자가 살짝 미소를 지으며 대답했다.

"하지만 분수를 알아야지."

처음 입을 연 자가 이번에는 싸늘한 한기가 느껴지는 목소리를 흘러냈다.

"누구나 보물 앞에서는 이성을 잃게 되는 것이지요. 하물며 천문시라면 더욱 그렇지 않겠습니까?"

"하긴 이해가 안 되는 것은 아니야. 평생 도둑놈 소리를 들으며 살아온 자들이니 당연히 욕심이 나겠지. 하지만 그래도 그 다섯 도둑놈이 욕심을 내기엔 천문시는 너무 귀한 물건이 아닌가?"

"그렇지요. 더군다나 우리와의 약속을 어겼으니 천문시는 그들에게 기보가 아니라 혈보라고 해야겠지요."

"좀 불쌍한 생각도 드는군요. 한 팔씩을 잃었는데… 쯧쯧."

지금까지 말이 없던 인물이 혀를 차며 말했다.

"불쌍한 면이 없진 않지만 본 루(樓)의 계획에 작은 변화를 일으켰으니 당연히 그 대가를 받아야겠지."

"목을 가져오라십니까?"

처음 말을 꺼낸 자가 묵묵히 고개를 끄덕이며 대답했다.

"구 사령이 이번 일을 맡은 것이 도문 오군자에겐 불행인 셈이야. 구 사령은 인정을 보아주는 분이 아니니까."

"그나저나 전 조금 자존심이 상하는군요."

"무슨 말이신가?"

"그 도문의 다섯 도둑놈 말입니다. 결국 우리를 속일 수 있을 것이라 판단했다는 말이 아닙니까? 놈들은 우리가 정말 천문시가 다시 점창의 손에 넘어갔다고 믿을 거라 생각한 것일까요?"

"하하하, 그럴지도 모르지. 하지만 놈들은 우리가 자신들의 움직임을 단 한순간도 놓치고 있지 않았다는 것을 절대 알수 없을 거야. 하지만 나도 역시 별로 기분이 좋진 않군. 졸지에 우리 삼 인이 하찮은 도둑놈들에게조차 쉽게 속아 넘어가는 존재로 인식되어 버린 것이 아닌가? 하하하!"

"가서 알려줘야지요. 우리가 그렇게 우스운 존재가 아니라는 것을. 껄껄껄!"

"좋아. 그럼 이제 쥐새끼 사냥을 한번 해보자구."

"그렇게 하지요, 삼십오 사령!"

두 명의 인물이 삼십오 사령이라고 불린 사내의 말에 고개를 끄덕이더니 도도히 흐르는 원강의 물줄기를 따라 강 하류로 움직이기 시작했다.

처음에는 천천히 움직이는 듯하던 그들의 신형이 어느 순간 사람들의 시야에 잡히지 않을 만큼 빠른 속도를 내더니 순식간에 장내에서 사라졌다. 누군가 그들의 움직임을 보았다면 그들의 움직임이 지난 저녁 도문 오군자에게서 천문시를 회수한 점창의 고수들에 비해 결코 뒤떨어지지 않는다는 것을 쉽게 알 수 있었을 것이다.

*   *   *

원강의 폭이 넓어지는 작은 강변 마을에 한 쌍의 노소가 들어서고 있었다. 오랫동안 여행을 했는지 입고 있는 옷은 허름했고, 얼굴은 거칠어 보였다. 하지만 두 노소는 초라한 겉모습과는 달리 무척 밝은 표정을 하고 있어 보는 사람들로 하여금 저절로 얼굴에 흐뭇한 미소를 짓게 만드는 것이었다.

"할아버지, 저 강이 원강이에요?"

소년이 묻자 노인이 고개를 끄덕이며 대답했다.

"그렇단다. 저 강이 바로 원강이란다. 강을 따라 오랫동안 내려가면 그 끝에는 커다란 바다가 있다지?"

"그래요? 내가 살던 곳도 바닷가였는데……."

"왜? 그곳이 그리운 거냐, 문악아?"

"아뇨. 그냥 가끔 한번씩 생각이 나긴 하지만 돌아가고 싶지는 않아요. 어머니도 안 계신걸요."

"하지만 고향이 있다는 것은 좋은 일이란다. 이 할아비는 도대체 고향이랄 곳이 없단 말씀이야."

"에이, 고향이 없는 사람이 어디 있어요?"

"그건 네가 몰라서 하는 소리다. 사람들 중에는 고향이 없는 사람이 적지 않단다. 특히나 강호의 무림인들은 더더욱 그렇지. 돌아갈 곳이 없어 정처없이 강호를 떠도는 사람이 한둘인 줄 아느냐?"

"그래요? 그건 참 슬픈 일이네요."

"강호의 삶이란 기쁜 일보다는 서글픈 일이 많은 법이지."

노인과 소년은 신기루가 나타났다는 소문을 듣고 살던 곳을 떠나 운남으로 들어온 장사진과 송문악이었다. 두 사람은 다른 무림인들처럼 신기루의 전설이나 천문시 같은 것에 목적을 둔 사람들이 아니었기에 제법 여유있는 여행을 즐기고 있었다.

곤명 이남으로 들어서자 점창이 천문시를 손에 넣었다는 소문이 들리기 시작했다. 원강이 가까워지면서 곳곳에서 혈풍이 불어 두 사람의 행보가 한층 조심스러워지기는 했으나,

두 사람에게는 여전히 즐거운 여행이었다.

더군다나 운남은 중원과 기후도 다르고 살고 있는 사람들의 생활 습성도 달라 처음 보는 것들이 많았으므로 그 새로운 구경거리 덕에 송문악은 강호의 혈풍을 피부로 느끼지 못하고 있었다.

"그런데 할아버지, 우린 이제 어디로 가는 거죠?"

사실 송문악은 장사진이 왜 운남으로 왔는지 정확히 알지 못했다. 장사진은 스스로 천문시를 얻어 신기루의 문을 여는 것에는 전혀 관심이 없다고 말했다. 그럼에도 불구하고 장사진이 이 혈풍의 소용돌이 속에 빠진 운남으로 발길을 옮긴 이유는 무엇일까? 송문악은 몇 번이고 그 이유를 물었으나, 장사진은 그에 대해 별반 대답을 해주지 않고 있었다. 그래서 이제 원강의 물결을 마주하게 되자 송문악은 앞으로 자신들의 행선지가 궁금해졌던 것이다.

"이곳에서 하루 이틀 쉬고 나서 배를 하나 구해 신기루가 나타났다는 하구로 가보자꾸나."

"어? 할아버지는 신기루에는 관심이 없다고 하셨잖아요?"

"물론 나는 신기루의 전설 따위야 관심이 없다."

"그런데 왜 신기루가 나타난 곳으로 가시려는 거예요?"

"난 신기루에는 관심이 없지만, 어떤 식으로든 신기루에 관련된 사람들에게는 관심이 많기 때문이지. 이 할아비는 궁금한 것은 참지 못하거든!"

송문악의 시선은 멀리 원강을 바라보고 있어 말을 하는 동안 장사진의 눈에서 서늘한 빛이 흘러나오는 것을 보지 못했다.

"신기루에 관련된 사람이라면 누굴 말하는 것이에요? 그리고 뭐가 궁금하신 건데요?"

"흐흐흐, 욘석아! 그걸 설명하자면 몇 날 며칠이 걸릴 테니 그건 나중에 말해주도록 하마. 일단 오늘 쉴 곳을 정하고 배를 구해보도록 하자꾸나."

"헤헤, 그럼 이제 배로 여행을 하겠군요."

"그렇지."

"아! 다행이다. 이제 다리 아플 일은 없겠네."

송문악의 말에 장사진이 송문악의 머리를 쓰다듬었다. 중원에서 운남까지는 적지 않은 거리였다. 이제 열네 살의 소년인 송문악에게는 더더욱 쉬운 길이 아니었던 것이다.

"그래, 이제 힘든 여행은 끝이다."

장사진이 원강의 푸른 물을 보며 조용히 중얼거렸다. 하지만 그의 눈빛은 힘든 여행을 끝낸 자의 것이 아니었다. 그는 오히려 지금보다 훨씬 힘든 일을 앞둔 자의 표정을 하고 있었다.

배는 쉽사리 구해지지 않았다. 원강을 터전으로 대대로 고기를 잡아 생활하는 강변 마을의 주민들에게 배는 유일한 삶의 수단이었으므로 쉽게 배를 내놓지 않았다. 그 덕에 장사진과 송문악은 하루를 더 마을에 머물며 이제는 나이가 들어 더 이상 노를 저을 수 없는 노인에게서 겨우 낡은 고깃배 하나를 살 수 있었다. 그것도 그들이 가지고 있는 금전의 절반을 지불하면서…….

"너무 비싸게 주었어요."

송문악이 투덜거렸다. 수면 위에 반 장 정도의 높이로 강을 향해 길게 이어놓은 접안대의 기둥에서 배를 묶고 있는 밧줄을 풀고 있는 송문악은 무척 화가 난 표정이었다.

"필요한 사람이 손해를 보는 수밖에……."

그런 송문악을 보며 장사진이 달래듯 말했다.

"하지만 유행촌이라면 이 정도 배는 오늘 산 값의 반값으로 살 수도 있다고요."

"물론 그렇긴 하지만 물건 값이란 결국 때와 장소, 그리고 필요에 따라 결정되는 것이란다. 그게 세상 사는 이치지. 우린 그 정도 값을 주고라도 꼭 이 배가 필요했으니 결국 값을 비싸게 치른 것은 아니다. 더군다나 덕분에 그물도 몇 채 얻지 않았느냐?"

그러자 송문악이 심술궂은 표정으로 대답했다.

"저 그물에 걸리는 고기는 아마 없을걸요? 저렇게 구멍이 숭숭 난 그물에 어떤 고기가 걸려들겠어요."

"그거야 알 수 없는 일이지. 더군다나 우리는 제법 고명한 그물 치는 법을 알고 있지 않느냐?"

"아! 천마금진이 있었군요?"

"오냐. 천마금진을 이용해서 저 그물을 친다면 우린 맛있는 생선을 매일 먹을 수 있을 거다."

"정말 그렇겠군요, 할아버지. 그런데 언제 떠나실 거예요?"

"지금 당장 떠나도록 하자. 배를 구하느라 생각보다 일정이 늦었다. 넌 객잔으로 가서 짐을 찾아오너라. 난 하구까지 가는 동안 쓸 물건들을 구해올 테니."

"알았어요, 할아버지. 잠시 후에 다시 이곳에서 만나요."

송문악이 장사진에게 손을 흔들어 보이고는 자신들이 묵던 객잔을 향해 뛰어갔다.

"으음… 문악이를 데리고 온 것이 잘한 일인지 모르겠구나. 이미 운남은 위험한 곳으로 변했고, 하구로 다가갈수록 점점 더 위험해질 텐데… 하긴 그렇다고 어린아이를 혼자 놓아두고 올 수도 없는 일이었지."

장사진이 시선을 돌려 유유히 흘러내려 가는 강물을 바라봤다.

"양 형님! 이젠 우리가 만나야 할 때가 된 것 같소. 난 이제 양 형님의 정체를 어렴풋이 알게 되었다오."

장사진의 처량한 목소리가 물결을 따라 흘러내려 갔다.

*　　　*　　　*

　차가운 새벽 물이 뱃전에 부딪쳤다. 도문 오군자의 대형 전
광은 뱃머리에 앉아 멀리 바라다 보이는 작은 어촌 마을을 응
시하고 있었다. 이른 새벽 그물을 걷으러 나가려는 사람들이
있는지 마을의 몇몇 집에서 불빛이 흘러나오고 있었다.

　"대형!"

　그때 그의 뒤쪽으로 한 명의 사내가 다가왔다.

　"어서 오게, 오제. 일찍 일어났구먼."

　"무엇을 그리 골똘히 보고 계십니까?"

　사내가 묻자 전광이 피식 웃음을 흘렸다. 그러면서 손을 들
어 강기슭의 어촌 마을을 가리켰다.

　"들르시게요?"

　오제라 불린 사내가 놀란 듯 되물었다. 전광이 고개를 가볍
게 끄덕였다.

　"위험합니다, 대형!"

　"알고 있다."

　전광의 흰 머리카락이 새벽바람에 날린다. 그는 늙었다.
하지만 그의 눈빛은 늙어 있지 않았다.

　"그들이 우리를 쫓고 있을 수도 있습니다. 또 점창에서도
천문시가 바뀐 것을 눈치 챘을 수도 있고요."

"물론 그걸 모르는 것은 아니야."

"그런데 왜?"

"마을에서 배를 갈아탄다."

"예?"

"일을 벌이기 전 준비해 둔 것이 있어. 그것들을 배 한 척을 구해 저곳에 실어두게 하였다. 꼭 그들과 점창의 고수들이 아니더라도 무림에서 칼깨나 쓴다는 자라면 누구라도 우리를 위협할 수 있는 상황이다. 대비를 해야지. 그렇지 않고 무턱대고 하구로 내려간다는 것은 곧 죽자는 말이나 다름없다."

"준비라면?"

오군자의 다섯째가 궁금한 듯 물었다.

"몇 개 유용한 물건들을 준비해 뒀지."

"상황이 이렇게 되리라는 것을 예상하고 계셨군요."

"형제들이 한 팔을 잃을 줄은 몰랐다."

"한 팔 정도야. 천문시에 비하면……."

전광이 고개를 저었다.

"그게 그렇지가 않아. 이건 사실 무모한 계획이었다. 평소의 나라면 절대 이 일을 시작하지 않았을 거야. 난 구 할의 성공이 보장되지 않으면 절대 일을 시작하지 않으니까."

"그런데 왜 이번 일을 실행하신 겁니까?"

"그건 이미 우리의 목숨이 그들 손에 들어갔기 때문이지.

그들이 요구한 대로 천문시를 그들에게 가져갔다고 해도 그들은 우리의 목숨을 빼앗았을 거야. 그들은 천문시가 자신들 손에 들어왔다는 것을 숨기고 싶을 테니까. 그러니까 애초에 그들이 우리 오 형제를 찾아왔을 때 이미 우리의 목숨은 경각에 달렸던 것이지."

"그렇군요. 그래서 결국 대형께서는 아예 천문시를 우리가 가지기로 결심하신 것이군요."

사내가 전광의 말에 고개를 끄덕이며 대답했다.

"신기루는 얼마나 대단한 전설인가? 그 전설을 얻는 자는 항상 천하제일인의 자리에 올랐다. 어차피 죽을 목숨, 그 전설에 도전해 보는 것도 나쁘지는 않다고 생각했다네. 만에 하나 성공한다면 우리의 한계를 벗어나 천하에 군림하는 것이요, 실패한다고 해도 아쉬울 것 없지. 어차피 죽을 목숨이었으니까."

"대형의 말씀이 옳습니다. 어차피 죽을 것, 큰 물건 한번 훔쳐 보는 것도 괜찮지요. 그런데 저 마을에는 누가……?"

"무각이 기다리고 있네."

"어쩐지… 무각 그 아이가 보이지 않는다 했지요."

그때였다. 어촌 마을 강기슭에서 불빛이 여러 번 반짝거렸다.

"신호군. 오제, 저 불빛이 반짝이는 곳으로 배를 몰아가게."

"예, 대형!"

오군자의 다섯째가 재빨리 움직여 키를 잡았다. 하류를 향해 유유히 흘러내려 가던 배가 물결을 거스르며 방향을 틀었다.

"무슨 일입니까, 대형!"

갑자기 배가 흔들리자 놀란 오군자의 세 명이 선실에서 뛰어나왔다.

"모두들 준비해라. 배를 갈아탄다."

"예?"

전광의 세 의형제가 놀란 듯 되물었다.

"무각이 저곳에서 기다리고 있다. 그곳에서 배를 갈아탄다."

그제야 전후 사정을 깨달은 사내들이 재빨리 선실로 들어가 배를 옮겨 탈 준비를 하기 시작했다.

"사부, 이쪽입니다."

전광이 탄 흑선이 서서히 강기슭으로 다가가자 어둠 속에서 젊은 사내의 목소리가 들려왔다.

"무각이냐?"

"예, 사부. 기다리고 있었습니다."

"배를 띄워라!"

전광이 짧게 명을 내리자 어둠 속 수풀에 숨겨졌던 또 다른 배가 모습을 드러내더니 천천히 전광이 탄 흑선 곁으로 다가 왔다.

"어서 오십시오, 사부!"

두 척의 배가 옆구리를 맞댔다. 흑선에 타고 있던 도문 오 군자가 새로운 배로 재빨리 옮겨 탔다.

"사부!"

그러자 배를 몰아 흑선으로 다가왔던 젊은 사내가 전광 앞 에 허리를 숙여 보였다.

"그래, 무각아! 시킨 대로 잘 준비해 두었구나."

"사부, 사숙… 도대체 어찌 된 일입니까?"

무각이라 불린 사내가 울먹이는 목소리로 물었다. 어둠에 가려 있던 도문 오군자의 잘린 팔이 그제야 그의 눈에 들어왔 던 것이다.

"어쩌다 보니 그렇게 되었다. 자, 시간이 많지 않으니 이야 기는 나중에 하기로 하고 다시 강 중심으로 나가자꾸나."

"흑선은……?"

무각이 물었다.

"일단 강 한가운데로 다시 끌고 나간 후 강물에 흘려보낸 다. 사람들은 여전히 도문 오군자가 흑선에 타고 있는 줄 알 테지."

"알겠습니다, 사부. 그럼 제가 흑선을 몰도록 하지요."

"그리하도록 해라!"

전광이 고개를 끄덕이자 무각이 재빨리 도문 오군자가 타고 온 흑선으로 건너가 흑선을 다시 강의 중심으로 몰고 나가기 시작했다.

"아우들은 선실로 들어가 상처를 치료하게. 아마 무각이 좋은 약재들을 준비해 두었을 것이야."

"대형이 먼저 치료를 하도록 하십시오. 자칫 상처가 썩을 수도 있습니다. 배는 제가 몰지요."

오군자 중 다섯째가 말하자 전광이 고개를 끄덕였다.

"알겠네. 그렇게 하지. 그럼 잠시 자네가 배를 몰게. 신속하게 강의 중심으로 나아가게나."

"알겠습니다, 대형!"

그렇게 새로운 배로 옮겨 탄 도문 오군자가 다시 강의 중심으로 배를 몰아가려는 순간, 갑자기 어두운 공기를 뚫고 음울한 음성이 강기슭으로부터 들려왔다.

"갈 때 가더라도 부탁한 물건은 놓고 가야지 않겠는가?"

순간 치료를 위해 선실로 들어가려던 전광의 신형이 굳은 듯 멈춰졌다. 그의 동공이 두려움으로 흔들렸다.

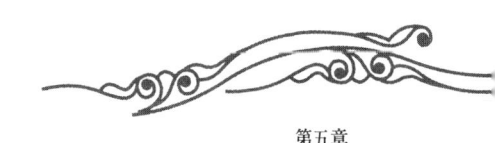

第五章

천마금진(天馬禁陣)

두 척의 배가 서서히 강물을 따라 내려가고 있었다. 강변에서는 새파란 안광을 흘려내며 세 명의 고수가 강물을 따라 내려가는 배의 속도에 맞추어 걸음을 옮기고 있었다. 배는 강의 중심으로 가지 못했다. 사람들이 더 이상 배를 젓지 않았기 때문이다. 배는 그저 흐르는 강물에 선체를 맡기고 있을 뿐이었다.

전광은 물건을 요구하는 자들을 너무 잘 알고 있었다. 보름 전 만난 신비의 고수들, 개개인의 무공이 그가 지금껏 강호를 종횡하며 보아왔던 그 어떤 고수들에 비해서도 뒤지지 않았다.

도문 오군자가 처음부터 천문시나 신기루의 전설을 노리

고 운남으로 온 것은 아니었다. 그들은 단지 수많은 군상이 모여들 운남에서 짭짤한 손맛을 보길 원했을 뿐이었다. 신기루에 들기 위해 무림고수들이 벌이는 치열한 쟁투도 제법 재미있는 구경이 될 것이었다.

그런데 그들이 곤명에 들러 오랜 여행으로 모두 소비해 버린 금전을 보충하려 밤일을 계획하던 그날, 그들이 찾아왔다. 단 일초의 손놀림으로 도문 오군자의 혈도를 제압하는 전율적인 무위. 처음 전광은 이들이 구대문파 중 어느 일파의 고수들이 아닐까 생각했었다. 그리곤 재빨리 머리를 굴려 자신들이 구대문파의 심기를 건드릴 어떤 일을 했었는지를 기억해 내려 했다. 하지만 아무리 생각해도 도문 오군자가 구대문파의 심기를 건드릴 만한 일을 한 적은 없었다.

도행(盜行)을 함에 있어 뒤따를 위험을 회피하여 형제들의 안전을 도모하는 것을 언제나 일순위로 삼았던 전광이었다. 그 때문에 전광은 구대문파의 이름이 연관된 물건이라면 아무리 귀하고 손쉬운 도행이라도 행하지 않았었다.

'구파가 아니라면 도대체 이들은 누구란 말인가?'

마혈을 제압당해 옴짝달싹할 수 없는 상황에서도 전광은 재빨리 머리를 굴렸지만 도대체가 상대의 정체를 짐작할 수 없었다.

"점창의 손에서 천문시를 훔쳐 내라. 천문시를 가져오면 황금

일천 냥을 주겠다. 물론 거절하면 목숨을 내놓아야겠지."

자신들을 제압한 정체불명의 고수 입에서 흘러나온 말을 듣는 순간, 전광은 자신과 의형제들이 사상 최악의 위기에 봉착했다는 것을 깨달았다. 상대의 눈빛과 행동으로 보건대 그들은 반드시 자신들이 한 말을 지킬 위인들이었다.

"점창은 우리 도문 오군자가 상대하기엔 너무 강하오."

전광이 애써 핑곗거리를 주억거렸지만 상대는 틈을 주지 않았다.

"우린 그저 도문의 은밀한 발과 빠른 손이 필요할 뿐이다. 기회는 우리가 만들어주지. 너희는 그저 물건을 가져 나와 우리가 원하는 장소로 가져오기만 하면 되는 것이야. 아주 간단한 일이지. 물론 너희가 최선을 다했는데도 불구하고 물건을 손에 넣지 못한다면 그것도 괜찮다. 너희의 책임을 추궁하지도, 더 이상 너희를 찾지도 않을 것이다."

그들의 능력은 상상 이상이었다. 그들은 정확하게 자신들이 한 말을 지켰다. 그들은 약속한 시간에 정확히 그 대단하다는 점창, 운남의 패자이자 과거 구파일방의 한자리를 다투었던 점창의 최고고수 스무 명이 만들어낸 방어막에 미세한 균열을 만들어냈던 것이다.

물건은 전광의 손에 들어왔다. 하지만 전광은 물건을 손에 쥐자 오히려 고민에 빠졌다. 과연 이 물건을 신비의 의뢰자들에게 가져다주어도 되는 것일까. 그들이 과연 물건을 받은 후 약속한 천 냥의 황금을 주고 자신들을 살려둘 것인가? 전광은 다른 길을 선택했다. 의뢰자들의 기색으로 보아 물건을 가져다주어도 자신을 포함한 도문 오군자의 목숨을 보장받기 힘들다는 생각이 들었던 것이다.

그리하여 전광과 도문 오군자는 천문시와 신기루를 건 일생일대의 모험을 시도했다. 그리고 그 모험은 순조롭게 진행되었다. 비록 자신과 의형제들이 한 팔씩을 잃기는 했지만, 전광은 점창과 의뢰인, 그리고 천문시를 노리는 무림인들 모두를 속이고 현 강호에서 가장 귀한 물건을 손에 넣었던 것이다.

"우린 물건을 지킬 능력이 부족했소. 물건은 다시 점창의 손으로 들어갔소. 당신들도 지켜보았을 것 아니오. 물건이 다시 점창의 손으로 들어가는 것을. 애초에 약속하지 않았소? 능력이 모자라 물건을 손에 넣지 못한다면 책임을 추궁하지 않기로. 그리고 더 이상 도문을 찾아오지 않기로 말이오."

전광이 차분한 목소리로 강기슭을 따라 두 척의 배와 보조를 맞춰 움직이고 있는 의뢰인들을 보며 말했다.

"물론 그런 약속을 했지."

"그런데 다시 찾아왔구려. 결국, 약속을 지키지 않겠다는 것이오?"

"전광, 그대는 실수를 했어!"

"실수……?"

"우린 도문 따위가 속일 수 있는 사람들이 아니야. 천문시는 지금 너의 품속에 있지 않은가?"

"무슨 소릴 하는 거요?"

"발뺌을 하겠단 말인가? 하긴 순순히 내놓을 것이란 생각은 하지 않았어. 더군다나 이렇게 많은 말을 너와 나눌 거란 생각은 전혀 하지 않았지. 물건이 네 품속에 있는지 없는지는 네 배를 갈라보면 알 수 있으니까."

배를 따라 강기슭을 걷던 삼 인의 의뢰인이 문득 걸음을 멈췄다. 전광에게 말을 건네던 사내의 하얀 치아가 드러났다. 섬뜩한 살기를 담은 미소가 전광의 가슴을 철렁이게 했다.

"무각!"

전광의 입에서 다급한 외침이 터져 나왔다.

"예, 사부!"

"얼른 이곳을 벗어나라! 우린 상관하지 말고!"

무각이 몰고 있는 흑선은 전광이 타고 있는 배보다 강변에서 조금 더 멀리 떨어져 있었다. 도주를 한다면 혹 성공할 수도 있는 거리, 전광의 손이 품속으로 들어가 자그마한 목갑을 꺼내 들었다. 그리곤 망설임없이 목갑을 무각이 타고 있는 흑선으로 던졌다.

"어서 가거라!"

"사부!"

무각이 당혹한 목소리로 전광을 불렀다.

"가거라! 넌 도문 오군자의 유일한 후인이니 꼭 살아남아야 한다."

"사부……."

무각의 목소리가 불안감으로 심하게 떨렸다. 하지만 그 와중에도 무각의 흑선은 서서히 전광이 타고 있는 배와 멀어지고 있었다.

"헐! 정말 애절한 이별이군. 하지만 이별을 슬퍼하지 말거라. 곧 함께 같은 길을 가게 될 테니. 오늘은 도문의 맥이 끊기는 날이야!"

한가닥 비웃음과 함께 전광과 무각의 대화를 듣고 있던 강변 삼 인의 신형이 허공으로 떠올랐다. 그들의 손에는 어느새 요요롭게 번쩍이는 검이 들려 있었다.

강변과 배 사이의 거리는 오 장, 그러나 삼 인의 의뢰인은 이미 이런 상황을 예측하고 있었는지 수면에 작은 나무토막들을 던져 내고는 그 나무들을 발판 삼아 순식간에 도문 오군자가 타고 있는 배 위로 날아올랐다.

쐐애액!

순간 한 팔만 남은 도문 오군자가 일제히 배를 향해 날아오르는 삼 인을 향해 암기를 발출했다. 어두운 밤이라 모습을 감춘 암기는 상대에게 충분한 위협이 되는 물건이었지만, 도문 오군자를 방문한 이 삼 인의 신형을 멈추게 하지는 못했다.

차창!

허공에서 번뜩이는 삼 인의 검에 막혀 도문 오군자가 던져낸 암기들이 속절없이 물속으로 떨어져 내렸다. 동시에 암기를 막아낸 삼 인의 검이 지체없이 뱃전에 일렬로 늘어서서 암기를 날리고 있던 도문 오군자를 향해 휘둘러졌다.

"큭!"

한줄기 검광이 번쩍이자 드디어 도문 오군자 중 한 명이 맥없이 강물로 떨어져 내렸다.

"악!"

"우욱!"

뒤이어 검광 하나에 비명 한마디, 도문 오군자는 순식간에 두 명으로 줄어들었고, 삼 인의 의뢰인은 어느새 배 위에 우뚝 서 있었다.

"이놈들!"

전광의 입에서 악에 받친 소리가 흘러나왔다. 눈에서는 끊임없이 분노의 혈광이 일렁인다. 하지만 전광의 분노는 삼 인의 의뢰인에게 어떤 위협도 되지 못했다.

"애초에 우릴 속이려 든 것이 너희의 잘못이었다."

"흐흐흐, 물건을 가져다주었다면 우리의 목숨을 살려줬을 거란 이야기냐?"

전광이 비웃으며 되물었다.

"저런, 과연 눈치가 빠르군. 맞았어. 너희가 물건을 가져왔다고 해도 우린 너흴 죽였을 거야."

"도대체 너희의 정체가 뭐냐?"

전광이 오랫동안 궁리를 했지만 해답을 얻지 못한 의문을 입에 올렸다. 이런 엄청난 무위를 지닌 자들이 이토록 비밀스럽게 움직이고 있다는 것은 강호에 전혀 알려지지 않은 사실이었다.

"죽은 뒤에 말해주지."

하지만 상대의 반응은 여전히 싸늘했다.

"제길, 죽은 뒤에 들어봐야 무슨 소용이 있겠는가?"

전광이 투덜거렸다.

"가진 재주를 모두 부려봐라. 그래 봐야 죽는 것은 변함이 없을 테지만. 스스로 목숨을 끊는 것도 좋고……."

의뢰인 중 한 명이 검을 들어 전광을 가리키며 말했다.

"스스로 목숨을 끊을 수야 없지. 제자에게 시간이라도 벌어줘야 할 것 아닌가?"

전광이 품속에서 암기를 뭉텅이로 꺼내 들며 으르렁거렸

다. 그러자 의뢰인 중 우두머리인 듯한 자가 고개를 돌려 이미 멀찍이 강 중심으로 나가고 있는 무각이 탄 흑선을 흘낏 바라보았다.

"부질없는 짓이다. 오늘 도문은 명맥이 끊기게 될 거야."

"흐흐, 그거야 두고 봐야 알 일이지. 이래 봬도 내 제자는 제법 출중한 인물이란 말이야."

"그래 봐야 일개 도둑일 뿐이지. 그만 죽어줘야겠다. 아무리 일개 도둑이지만 너무 멀리 달아나면 골치 아파지니까."

말이 끝남과 동시에 사내의 검이 번뜩였다. 전광은 한가닥 빛줄기가 자신의 미간에 와 닿았다고 느꼈다. 하지만 그 순간 전광의 혼백은 이미 그의 몸을 떠나고 있었다.

투두둑.

이마에 한 점 혈흔이 생겨난 전광이 배 위에 무너져 내리고, 그가 들고 있던 암기들이 이리저리 흩어져 떨어져 내리며 요란한 소리를 만들어냈다.

"이놈들!"

전광의 죽음을 본 유일한 생존자 도문 오군자의 다섯째가 전광을 죽인 인물을 향해 암기를 던지며 달려들었다. 그러자 그 순간 뒤에 남아 있던 두 명의 의뢰인 중 한 명의 신형이 흐릿하게 변하더니 어느새 도문 오군자의 마지막 생존자 앞을 가로막으며 시퍼런 검광을 일으켰다.

"크흑!"

도문 오군자의 다섯째 역시 가슴에 긴 혈선을 만들어내며 그의 의형제들 곁에 나뒹굴었다.

　"이렇게 해서 천하에서 가장 뛰어난 도둑 다섯이 한날한시에 세상을 떠난 것인가?"

　삼 인의 의뢰인 중 우두머리인 듯한 자가 무감정한 목소리로 중얼거렸다.

　"그들은 의형제였으니 한날한시에 함께 세상을 떠난 것도 복이라고 할 수 있겠지요. 그나저나 조금 귀찮게 되었습니다, 삼십오 사령!"

　마지막 생존자의 목숨을 끊은 자가 일행의 삼십오 사령이라 불린 자를 보며 난감한 표정을 지어 보였다.

　"조금 멀긴 하군."

　삼십오 사령이라 불린 일행의 우두머리가 강 중심으로 나가고 있는 무각이 탄 흑선을 보며 고개를 끄덕였다.

　"배를 좀 몰아야겠습니다."

　"그렇게 하게."

　우두머리가 고개를 끄덕이자 한 명의 흑의인이 선미로 달려가 선미에 붙어 있는 노를 잡고 젓기 시작했다. 외노(外櫓)는 능숙한 뱃사람이 아니면 젓기 힘든 것이지만, 사내는 뛰어난 공력으로 노질의 부족함을 메우며 무각이 탄 흑선을 추격하기 시작했다.

"죽일 놈들, 죽일 놈들, 내가 이 원한은 반드시 갚아주마!"

무각은 자신이 탄 배를 향해 빠르게 다가오고 있는 세 명의 의뢰인을 보며 욕을 쏟아냈다. 뺨은 흘러내린 눈물로 번들거리고 있었고, 눈은 붉게 선 핏줄로 충혈되어 있었다.

"그만 멈춰라. 도주는 쓸데없는 짓이다."

어느새 다가온 의뢰인들의 배가 부지런히 노를 젓는 무각의 흑선 뒤로 따라붙었다. 공력의 차이는 배의 속도에도 영향을 미쳐 무각의 흑선은 그를 따라오는 자들의 배보다 절반의 속도도 내지 못했던 것이다.

무각은 노 젓기를 멈췄다. 적들의 말이 아니더라도 자신이 더 이상 흑선을 몰고 도주하는 것은 불가능하다는 것을 깨달았기 때문이다.

'그렇다고 순순히 너희에게 잡혀 죽을 수도 없지.'

무각이 질끈 입술을 깨물었다. 어느새 그의 손에 날카로운 도가 들려 있었다.

"호오, 대적해 보겠다는 것이냐?"

삼십오 사령이라 불린 의뢰인의 우두머리가 재미있다는 듯 흑선에서 도를 빼 드는 무각을 보며 물었다. 하지만 무각은 적의 비웃음에도 아랑곳하지 않고 들고 있던 도를 힘차게 휘둘렀다. 순간 우지끈거리는 소리와 함께 흑선의 한쪽 모퉁이가 박살나며 배의 난간을 이루는 몇 개의 판자가 강물 위로 떨어져 내렸다.

"뭐냐? 배와 함께 수장이라도 되겠다는 것이냐? 그것도 괜찮은 생각이다만 물건은 주고 죽어야겠다."

건너편 배에서 여전히 적의 비아냥이 들려왔지만 무각은 상대의 말에 전혀 신경 쓰지 않는 듯 보였다. 대신 그는 자신이 도를 휘둘러 강물에 떨궈낸 판자들이 강물을 따라 천천히 흘러내려 가는 것을 보고 있다가 판자들과 배의 거리가 어느 정도 벌어지자 몸을 날려 훌쩍 배의 난간 위로 올라섰다. 그리곤 어스름히 보이는 건너편 배의 의뢰인들을 향해 낮지만 처절한 목소리를 토해냈다.

"살아난다면 반드시 이 원한을 갚겠다. 하늘이 허락지 않아 죽는다면 죽어서라도 네놈들을 저주할 것이다. 흐흐흐, 그리고 천문시 또한 영원히 이 원강의 강물 속에 잠길 것이다. 하하하!"

원한에 찬 저주와 광소를 내뱉은 무각이 훌쩍 몸을 날려 검은 원강의 강물 속으로 뛰어들었다.

"이런 망할 녀석이!"

순간 무각의 갑작스런 행동에 놀란 삼 인의 의뢰인이 낭패한 기색으로 다급히 노를 저어 무각이 타고 있던 흑선 가까이로 접근했다. 두 배의 거리가 좁혀지자 의뢰인들은 누가 먼저랄 것도 없이 몸을 날려 무각이 타고 있던 흑선 위로 내려선 후 급히 무각이 서 있던 난간으로 달려갔다. 하지만 어두운 밤 검은 물속으로 사라진 무각의 모습은 어디에서도 찾을 수 없었다.

"쥐새끼 같은 놈!"

"물속에 오래 있지는 못할 겁니다. 곧 머리를 내밀겠지요."

삼십오 사령의 곁에 있던 의뢰인 중 하나가 섬뜩한 안광을 흘려내며 말했다.

"놈을 살려두면 일이 복잡해질 수도 있어. 반드시 놈을 죽여야 하네. 우리의 존재가 무림에 알려져선 안 되네. 육십이 사령은 배를 움직이게. 그리 멀리 가지는 못했을 거야."

"알겠습니다!"

육십이 사령이라 불린 자가 흑선의 뒤쪽으로 다가가더니 천천히 배를 저기 시작했다. 그를 제외한 두 명의 의뢰인은 검은 강물에 시선을 고정시킨 채 물속으로 뛰어든 무각이 물 밖으로 고개를 내밀 때를 기다리고 있었다. 그렇게 얼마간의 시간이 흘렀을까. 문득 삼십오 사령의 눈에 기광이 서렸다.

"놈!"

그의 입에서 일갈이 터지며 그가 들고 있던 검이 허공을 갈랐다.

파직!

검푸른 물 위를 빛처럼 날아간 검이 널찍한 판자로 보이는 물체를 정확히 반으로 가르고 물속으로 사라졌다. 그사이 배가 검이 날아간 곳으로 빠르게 다가가고 있었다.

"불을!"

검을 던진 삼십오 사령이 짧게 말하자 의뢰인 중 한 명이 배 안에 있던 화섭자를 가져와 불을 붙였다. 그러자 돌연 어둡던 수면이 환하게 밝아졌다.

"핍니다!"

화섭자를 들고 있던 자가 강물 한곳을 가리키며 소리쳤다. 과연 그가 가리킨 곳에서 붉은 핏물이 강물로 번져 나가고 있었다. 하지만 무각의 신형은 어디에도 보이지 않았다.

"가라앉은 것일까?"

삼십오 사령이 고개를 갸웃거렸다.

"글쎄요. 하지만 살아 있다고 해도 검에 맞은 몸으로 물속에서 목숨을 부지하기는 힘들 겁니다. 강변까지 헤엄을 쳐 가기에는 거리가 너무 멀고, 또 우리의 눈을 피할 수 없겠지요."

"불을 끄게."

삼십오 사령이 명령하자 화섭자를 들고 있던 자가 들고 있던 화섭자를 그대로 강물에 던져 넣었다. 그러자 사방은 다시 짙은 어둠에 휩싸였다.

"자세히 살펴보게."

삼십오 사령이 두 명의 의뢰인에게 다시 명령했다. 주위를 밝히는 불을 끄고 자세히 살피라고 명령하는 것은 언뜻 이해가 가지 않는 명령이었지만 기실 어두운 밤에 밝히는 불은 근거리의 시야는 밝혀줄 수 있지만 원거리의 시야는 가리는 법이었다. 그래서 의뢰인들의 우두머리는 화섭자를 끄라고 명령했던 것이다.

불빛이 사라지자 잠시 모든 사물이 어둠에 묻혔지만, 어둠에 눈이 익숙해지자 이내 넓은 수면 전체가 희미하게 시야에 들어오기 시작했다. 삼 인의 의뢰인은 무림인 특유의 발달된 감각으로 무각의 흔적을 찾기 시작했다. 하지만 적지 않은 시간 동안 사방을 살폈지만 무각의 모습은 어디에서도 발견되지 않았다.

"죽은 모양입니다."

"죽었다 하더라도 시체가 떠올라야 정상일 텐데……."

"삼십오 사령께서 던져 내신 검이나, 그놈이 들고 있던 도의 무게에 의해 가라앉았을 수도 있지 않겠습니까?"

삼십오 사령은 조금 미심쩍은 표정을 짓기는 했으나 이내 곧 고개를 끄덕였다.

"하긴 이 넓은 강을 물들일 정도로 피를 보는 부상을 입고 살아나기란 불가능한 일이겠지."

"이렇게 되면 결국 천문시는 물속에 잠기게 되었군요."

"애초에 천문시야 있으나 없으나 별 상관이 없는 물건이 아닌가? 놈들의 입만 막으면 그뿐이지. 잠행하던 점창을 무림인들의 사냥감으로 만들어놓았으니 이번 일은 계획대로 된 것이라고 할 수 있네. 이미 하구로 이르는 길은 혈풍에 휩싸이고 있을 걸세."

"그렇다고 하더라도 점창에서 회수한 천문시가 가짜란 것을 알게 되면 일이 복잡해질 수 있지 않겠습니까?"

"그들이 그것을 알기는 쉽지 않을 걸세. 하지만 만약 알게 되더라도 별 상관은 없네. 그때는 다른 천문시를 출현시키면 되는 것이고… 물론 도문 오군자의 이름을 빌어서 말이야."

"이제 하구로 가시겠습니까?"

"아닐세. 점창의 뒤를 따를 걸세. 하구의 일은 구 사령께서 맡고 계시니 걱정할 일이 없을 것이고……."

"십방성인들께서는 모두 하구로 오신답니까?"

"그거야 나도 알 수 없지. 하지만 십칠 년 만에 신기루를 등장시키는 것이니 그분들도 관심을 가지시지 않겠는가?"

"이번에는 꼭 그분들을 뵐 수 있었으면 좋겠습니다."

"나도 그렇다네. 한번 기대해 보세. 자, 이제 움직이세. 가급적 점창을 시야에서 놓치지 말라는 것이 구 사령의 명이셨네."

"알겠습니다, 삼십오 사령!"

삼 인의 의뢰인을 실은 흑선이 다시 강기슭을 향해 움직였다. 그들이 사라진 검푸른 강물 위에는 몇 개의 판자만이 강물을 따라 흘러내려 가고 있었다.

*　　　*　　　*

운남의 남동쪽으로 흐른 원강은 이족(異族)의 땅인 안남을 지나 바다로 흘러간다. 그 원강이 이족의 땅으로 흘러들어 가는 길목에서 한 번 크게 굽이치며 그 폭이 웬만한 호수에 못지 않게 넓어지는 곳이 있다. 운남 최남단의 도읍인 하구에서 그리 멀지 않은 곳에 형성된 이 호수 아닌 호수는 워낙 오지에 위치했기 때문인지 사람의 발길이 닿지 않는 천혜의 험지였다.

그런데 근자에 들어 이 천험의 오지에 사람들의 발길이 이어지기 시작했다. 그리고 그들은 모두 도검을 손에 쥐고 형형한 안광을 뿌려대는 무림인들이었다.

무림인들의 출입이 시작되자 그나마 위험을 무릅쓰고 오지의 호수에서 고기를 잡던 몇몇 원주민들의 발길조차 끊어져 호수는 온전히 무림인들만의 공간이 되어버렸다. 그리고 그 무림인들의 행렬 중 원강의 강줄기를 따라 낡은 고깃배에 몸을 실은 채 호수로 접근하고 있는 두 노소가 섞여 있었다.

낡은 고깃배는 강기슭에 대어져 있었다. 강기슭과 이어진 숲의 작은 공터에 장사진과 송문악이 모닥불을 피우고 밤을 나고 있었다. 남방의 한낮 기온은 견디기 힘들게 무더웠지만 밤은 어디나 추운 법이다. 송문악은 모포를 몸에 둘둘 말아 찬 밤공기를 막아내며 잠이 들어 있었고, 장사진은 어느새 깨어나 죽어가는 불씨에 마른 나무토막을 던져 넣고 있었다.

마른 나무가 들어가자 죽었던 불씨가 금세 살아나 장사진과 송문악이 노숙하는 공간을 차지했던 습기 찬 새벽 공기가 이내 달아나 버렸다. 어둡던 공간에 빛이 생겨나자 장사진의 얼굴이 불빛에 어른거렸다. 장사진은 강의 아래쪽 천험의 호수가 자리 잡은 방향을 무심히 바라보고 있었다. 그리고 어느 순간 조용히 중얼거렸다.

"양 형님… 당신이 정말 그들의 일원이라면 이 동생은 당신을 용서하기가 쉽지 않을 것 같구려. 물론 내 생각대로라면 양 형님의 무공은 나 같은 것이 상대할 수 없는 대단한 것이겠지만, 난 정말 최선을 다해볼 생각이라오."

일렁이는 불빛 속에서 장사진의 눈이 차갑게 번쩍였다. 그때 갑자기 따뜻해진 공기 때문인가 송문악이 몸을 꿈틀거렸다. 송문악의 기척을 느낀 장사진이 고개를 돌렸다. 그의 눈빛이 어느새 부드러워져 있었다.

"그전에 문악을 무군에게 돌려줘야 할 텐데… 만날 수 있으려나."

장사진의 주름진 손이 부드럽게 송문악의 머리를 쓸었다. 그러자 송문악의 눈이 살짝 움직였다.

"깨어 있었느냐?"

장사진의 물음에 송문악이 눈을 떴다.

"궁금한 게 있어요."

아마도 송문악은 꽤 오래전부터 잠에서 깨어 있었던 모양이다. 송문악에게서는 갓 잠을 깬 사람의 어눌한 표정이 없었던 것이다. 오히려 그의 눈은 별처럼 빛나고 있었고, 또렷한 목소리로 장사진에게 말을 건네고 있었던 것이다.

"말해보거라."

장사진은 여전히 송문악의 머리를 쓰다듬으며 인자한 미소와 함께 고개를 끄덕였다.

"할아버지는 대체 어떤 사람이죠?"

"응? 그게 무슨 말이냐, 문악아?"

"제가 알고 있는 할아버지는 귀곡의 문도이고 아버지의 의숙이시며, 아버지의 사부이신 전대 귀곡주께서 신기루의 전설을 찾아가실 때 그것을 반대하고 홀로 은거하신 분이에요."

"그래, 정확히 알고 있구나."

"하지만 전 요즘 그것만이 할아버지의 전부는 아니라는 생각이 자꾸 들어요."

"왜 그런 생각을 하게 되었느냐?"

장사진이 여전히 웃는 얼굴로 물었다.

"제가 그런 생각을 하게 된 것은 신기루가 나타났다는 소문을 듣고 운남으로 여행을 떠난 직후부터였어요. 지난 두 달 동안 할아버지는 제가 알고 있던 분과는 전혀 다른 분처럼 보였어요. 그리고 지난 몇 년간 저에게 가르치셨던 것들과는 무척 다른 것들을 가르치셨지요. 가끔은 할아버지의 표정이 무섭기까지 했어요. 그래서 전 할아버지가 제가 알고 있는 것과는 전혀 다른 분일지도 모른다는 생각을 하게 된 거예요."

장사진은 이 어린 소년이 총명하다는 것을 알고 있었지만 새삼스럽게 아이의 세심한 관찰력에 감탄했다. 확실히 지난 두 달의 여행 동안 그는 조금 흥분되어 있었고, 조금은 조급한 마음이 들어 있었다. 또한 그가 송문악을 맡은 이후 줄곧 가르쳐 오던 것과는 사뭇 다른 종류의 것들을 송문악에게 전수하였던 것이다.

"그런 생각을 하고 있었구나, 문악아!"

여전히 장사진이 송문악의 머리를 손으로 쓰다듬으며 부드러운 목소리로 대답했다.

"그렇지 않아도 오늘쯤은 너에게 해줄 말이 있었다."

그러자 송문악이 얼른 일어나 장사진 앞에 책상다리를 하고 앉았다. 장사진은 호기심으로 가득 찬 눈동자를 보고는 약간 어두운 표정을 지었다.

"문악아, 사실 이 이야기는 그리 즐거운 이야기는 아니란다."

하지만 아이의 호기심은 줄어들지 않았다. 송문악은 오히려 약간 장사진 앞으로 다가들며 장사진의 이야기에 귀를 기울였다.

"하하, 즐겁진 않지만 제법 재미있는 이야기이긴 하지."

장사진이 마른 나무를 들어 불을 한번 들쑤시고는 신기루가 나타났다는 강 하류 쪽을 바라보며 천천히 입을 열었다.

"이 일은 나도 그 선후를 잘 모르므로 너에게 정확한 내막을 이야기해 줄 수는 없다. 또한 어린 네가 내가 하는 이야기를 이해할 수 있을지도 모르겠구나. 하지만 그럼에도 불구하고 내가 너에게 이 이야기를 하는 것은 나 또한 이 기회에 일의 전말을 다시 한 번 되새겨 보고 싶기 때문이란다. 문악아! 넌 네 아비와 이 할아비가 어느 곳의 사람이란 것은 알고 있지?"

"예, 할아버지. 귀곡 출신이시잖아요."

"맞다. 우린 모두 귀곡의 문도지. 그런데 문악아, 넌 귀곡의 역사가 얼마나 되었는지 아느냐?"

문악은 장사진의 물음에 대답하지 못했다. 왜냐하면 그간 귀곡에 대한 이야기를 장사진은 애써 입에 올리지 않았기 때문이었다.

"한 백 년쯤 되었나요?"

"아니, 그렇지가 않단다. 사실 귀곡은 그리 오래된 문파가 아니다. 귀곡은 지금부터 정확히 삼십 년 전에 생겨났단다."

"네? 그것밖에 안 돼요?"

"그렇다. 그리고 십칠 년 전에 뿔뿔이 흩어졌으니 귀곡이라는 문파가 온전한 모습으로 강호에서 활동한 시간은 정확히 십삼 년밖에 안 되는 것이지."

"생각보다 무척 짧네요."

"그렇다. 귀곡의 역사는 그렇게 짧은 것이다. 내가 왜 귀곡의 역사에 대해 먼저 이야기를 꺼냈냐 하면 이 귀곡이라는 문파가 만들어진 사연이 모든 일의 시작이라고 생각되기 때문이다."

"귀곡은 어떻게 만들어지게 된 건가요?"

"지금으로부터 삼십이 년 전 황산 인근에 신기루가 등장했다. 물론 신기루가 등장하자 지금처럼 강호의 모든 무림인들이 황산으로 몰려들었지. 당연히 천문시가 등장했고, 황산은 곧 혈풍에 휩싸이게 되었다. 그리고 그 혈풍의 와중에 네 명의 무림인이 인연을 맺게 되었다. 바로 나를 비롯한 방 대형과 구양회 이형, 그리고 양소용 삼형 이렇게 우리 네 사람이 인연을 맺게 된 것이지. 당시에도 지금처럼 구파일방의 위세는 하늘을 가릴 정도로 대단하였기에 신기루에 들 인물이 구파일방의 고수 중에서 나올 것이란 의견이 지배적이었다. 그런데 모두의 예상을 뒤엎고 한 명의 인물이 구파일방의 고수들에 앞서 천문시를 손에 넣은 후 신기루로 들어갔다. 넌 그가 누군지 아느냐?"

"그걸 제가 어떻게 알겠어요. 전 그때 태어나지도 않았잖아요."

"하하, 네 말이 맞다. 이 할아비의 질문이 멍청했구나. 그걸 네가 알 리가 없지. 당시 모든 사람의 예상을 뒤엎고 천문시를 얻어 신기루에 들어간 사람은 육절기인 무극산이라는 사람이었다."

"육절기인 무극산이요?"

"그래, 육절기인 무극산! 그건 정말 놀라운 일이었지. 당시 무림에서 육절기인 무극산이라는 이름을 알고 있는 사람은 손에 꼽을 정도로 적었거든. 그러니까 그는 마치 하늘에서 뚝 떨어진 존재와 같았다고나 할까. 그런데 그런 사람이 신기루에 들었으니 이 얼마나 놀라운 일이겠느냐? 더군다나 그나마 육절기인 무극산을 알고 있던 극소수의 사람들조차도 그가 천문시를 얻어 신기루의 문을 열 만한 고수일 것이라고는 전혀 생각지 못했다고 하더구나."

"그는 철저히 자신을 감추고 있었던 모양이군요."

"그렇다고 봐야겠지. 아니, 꼭 그렇지만도 않은 것 같구나. 그를 알고 있는 사람들이 그를 육절기인이라 부른 것은 그가 남다른 재능을 가지고 있기 때문이었다. 그러니 애초에 그는 무척 다재다능한 사람이었다는 말이지. 단지 사람들은 그가 신기루에 들 정도의 뛰어난 무공을 가지고 있었다는 것을 몰랐을 뿐이라고 볼 수 있지. 그런데 문악아, 넌 그 육절기인 무극산이란 사람이 왜 육절기인이라고 불렸는지 아느냐?"

"할아버지……."

송문악이 장사진을 흘겨봤다.

"이크, 이 할아비가 또 실수를 했구나. 그의 이름도 모르는데 그가 왜 육절기인이라 불렸는지는 더더욱 알 수가 없겠지. 자, 들어보거라. 그가 육절기인이라 불린 것은 그에게 여섯 가지 특별한 재주가 있기 때문이었다. 그 여섯 가지 재주가 무엇인가 하면 말이지. 먼저 그는 의술에 무척 조예가 깊었다. 그가 자신의 황금침으로 침술을 전개하면 이름난 강호의 명의도 감탄할 수밖에 없는 실력을 가지고 있었지. 그리고 그는 도, 검, 창, 궁 네 가지 병기를 아주 능숙하게 다루었단다. 보통 여러 가지 병기를 모두 능숙하게 다루는 것은 무척 어려운 일인데 그는 그 모든 병기에 능했지. 물론 병기에 능숙하다고 해서 그것을 곧 무공의 고수라 할 수는 없지만, 어쨌든 그가 그 네 가지 병기를 다루는 기술은 예사롭지가 않았다고 하더구나. 마지막으로 그는 매우 특별한 기술을 하나 더 가지고 있었는데, 그것은 바로 천하에 산재한 곤충들을 자유자재로 부릴 수 있는 재주였다."

"어? 그건 신 백부와 비슷하네요?"

"흐흐흐, 그렇지? 자, 이쯤 되면 넌 그가 누군지 알겠느냐?"

장사진의 말에 송문악이 고개를 갸우뚱거렸다.

"글쎄요? 잘 모르겠는데요…….

"이런 녀석, 똑똑한 줄 알았는데 이제 보니 아둔한 면도 있군."

"할아버지, 그만 절 놀리시고 어서 말씀해 주세요. 육절기인 무극산이 누구죠?"

"하나만 더 이야기해 주면 너도 곧 알게 될 거다. 그가 그렇게 여섯 가지 재주에 능했던 것은 그가 여섯 가지 기보를 가지고 있었기 때문이다. 그중에 하나는 벌레를 부릴 수 있는 옥적이고, 또 하나는 푸른 빛이 감도는 보검이었지. 나머지는 각각 두 개의 봉으로 분리되는 한 자루의 창, 강철을 뚫을 수 있다고 알려진 작은 철궁, 바위를 가를 수 있다는 장도, 그리고 만병을 치유할 수 있다는 백 개의 금침……!"

"어, 그것들은?"

송문악이 무엇인가가 머리에 떠올랐는지 장사진을 바라봤다.

"네 짐작이 맞다. 넌 그중에 이미 몇 개를 보았다."

"그럼 아버지가 가지고 계시던 그 푸른 검과 신조 백부의 옥적이 바로……?"

송문악이 눈을 동그랗게 뜨자 장사신이 고개를 끄덕였다.

"네 짐작대로다. 지금 육절기인 무극산의 여섯 보물은 네 아비와 네 아비의 사형제들이 하나씩 가지고 있단다. 무림에서는 그것을 귀곡육보라 부르지. 하지만 사람들은 그 귀곡육보가 육절기인 무극산의 유산이라는 것은 알지 못한단다. 왜냐하면 신기루에 들기 전 육절기인 무극산을 아는 사람이 극히 적었을뿐더러, 평소 그가 그 여섯 개의 기보를 밖으로 잘 드러내지 않았기 때문이다. 그리고 가장 중요한 것은 무극산과 귀곡을 연결시킬 어떤 근거도 없었기 때문이지."

"육절기인 무극산의 기보가 어떻게 귀곡에 전해진 것이지요?"

"하나의 사실을 알면 그 의문은 간단히 해결되지. 그것은 육절기인 무극산에게는 세상에 알려지지 않은 한 명의 제자가 있었다는 사실이다. 그리고 그는 신기루에 도전하기 전 그의 제자에게 그 여섯 개의 기보를 물려주었다. 그가 바로 귀곡주이자 나의 의형이신 방국진이다."

"아……!"

송문악의 입에서 자신도 모르는 사이에 감탄사가 흘러나왔다. 송문악은 송무군을 만난 이후 점차 무림이라는 곳에 대해 하나둘 알게 되기 시작하면서 아버지 송무군이 속해 있는 귀곡이란 곳이 구파일방이나 강호의 명문대파에 비하면 그리 대단한 문파가 아니라는 것도 알게 되었다. 그런데 대단치 않게 생각했던 귀곡이 신기루에 든 인물로부터 시작되었다는 사실은 그가 미처 상상하지 못했던 사실이었다.

"그런데 왜 귀곡은 지금처럼……?"

갑자기 송문악이 고개를 갸웃거렸다.

"왜 지금처럼 보잘것없는 문파가 되었냐고?"

송문악이 미안한 듯 살짝 장사진의 시선을 피했다.

"괜찮다. 지금 귀곡이 보잘것없는 문파가 돼버린 것은 사실이니까. 자, 이제 그 이유를 설명해 주마. 가장 큰 이유는 육절기인 무극산이 신기루에 들어간 뒤 돌아오지 못했기 때문이다. 지금까지 신기루가 나타난 것은 십여 회 정도 되지만 신기루에 들어갔다 무사히 돌아온 사람은 오직 네 명뿐이다. 불행히도 육절기인 무극산은 그 네 명 속에 포함되지 못한 것이지."

"음… 그렇다면 천문시를 얻어 신기루에 들어가도 또 다른 관문이 있단 이야기군요?"

송문악의 물음에 장사진이 어두운 얼굴로 대답했다.

"그거야 모르지. 또 다른 관문이 있는지, 아니면 사람들이 모르는 다른 이유가 있는지⋯⋯. 어쨌든 당시 방 대형은 육절기인의 무공을 온전히 물려받지 못한 상태였다. 비록 육절기인 무극산이 물려준 여섯 개의 기보에 육절기인이 익힌 무공의 정수가 숨겨져 있다고 해도 이끌어주는 사람 없이 그것들을 찾아내 완벽하게 연성하는 것은 쉬운 일이 아니었던 것이다. 그래서 십칠 년 전 신기루가 다시 나타났을 때 방 대형은 사부인 육절기인의 수준에 훨씬 못 미치는 무공을 가지고 신기루에 도전하게 되었던 것이다."

"할아버지께서 방 곡주님이 신기루에 도전하는 것을 말리신 이유가 그것 때문이었군요."

송문악은 이미 장사진이 귀곡을 떠나 홀로 은거한 연유에 대해 들어 알고 있었다.

"물론 그것도 한 이유이긴 하다. 난 방 대형이 육절기인의 무공을 모두 완성한 뒤 신기루에 도전하기를 원했지. 하지만 너도 알다시피 신기루란 것은 언제 어느 때 나타날지 모르는 것이거든. 방 대형께서는 다시 수십 년을 기다릴 인내심이 부족하셨던 것이겠지."

"할아버지께서 귀곡주님의 출도를 반대하신 이유가 그것 말고 또 있으신 건가요?"

송문악의 질문에 장사진이 무겁게 고개를 끄덕였다.

"그렇다. 내가 대형의 출도를 반대한 데에는 또 다른 이유가 있다."

"그게 뭔데요?"

"이미 얘기했지만 귀곡이란 곳은 사실 방 대형의 문파라할 수 있다. 방 대형을 제외한 구 의형과 양 의형, 그리고 나는 그저 곁에서 방 대형을 도왔을 뿐이지 귀곡을 우리 모두의 문파라고 생각지는 않았었단다. 제자를 들인 것도 오직 방 대형뿐이셨다. 그 이유는 우리 네 사람이 한 뿌리에서 나온 것이 아니기 때문이었다. 각자 서로 다른 뿌리가 있었기 때문에 귀곡이라는 하나의 문파에 종속되는 것은 아무래도 문제가있었던 것이다."

"할아버지의 사문은 어디예요?"

"지금부터 그걸 이야기하려던 참이다. 내 사부님은 유사록이라는 분이신데 강호에 그리 많이 알려지신 분은 아니다. 하지만 그 지혜만큼은 강호의 그 누구에게도 뒤지지 않는 분이셨지."

"헤헤, 할아버지의 박학다식하신 지식을 보면 짐작할 수있어요."

송문악이 오랜만에 맑게 웃어 보였다.

"인석아, 내 실력은 사부님의 십분지 일도 따라가지 못한다."

"와, 정말요? 그럼 정말 똑똑한 분이셨군요."

"그렇지. 정말 뛰어난 두뇌를 가진 분이셨지. 그분께서 육절기인 무극산이 신기루에 들었던 그해에 나에게 이런 말씀을 하셨다. '사람들은 모두 신기루의 전설에 대한 욕망에 사로잡혀 있으면서도 그 신기루가 누구에 의해 만들어지는 것인지에 대해서는 관심이 없다. 그것은 구파일방조차도 마찬가지구나' 라고 말이야."

"정말 듣고 보니 그러네요. 정말 신기루는 누가 만들어낸 걸까요? 신기루를 만들어낼 정도의 인물이라면 정말 대단한 존재들일 텐데요."

"그 당연한 의문을 사람들은 언제부터인가 잊고 지내기 시작했다. 사람들은 오로지 신기루의 전설을 풀었을 때 얻을 수 있는 기연에만 집착할 뿐이었지."

"신기루에 들어갔다 온 사람들은 신기루를 만들어낸 사람들을 알지 않을까요?"

"그게 참 묘하단 말이야. 지금껏 신기루에 들었다 돌아온 네 명의 천하제일고수들은 한결같이 이후 신기루에서 있었던 일에 대해선 철저히 함구를 하였단 말이야. 그래서 신기루는 더더욱 신비한 곳이 되어버린 거지. 그런데 모두 잊고 있던 이 의문을 지나쳐 버리지 못하는 사람이 있었지."

"헤헤, 바로 할아버지의 사부님이시군요?"

"요놈, 역시 넌 똑똑해!"

"밝혀내셨나요?"

송문악의 질문에 장사진이 천천히 고개를 저었다.

"육절기인 무극산이 신기루에 들던 그때 나의 사부님도 황산에서 목숨을 잃으셨단다. 사부님은 신기루의 보물에는 관심도 없으셨는데 말씀이야. 도대체 사부님이 죽을 이유가 없었단 말이야. 사부님과 같은 분이 쓸모없는 혈풍에 휘말려 목숨을 잃으셨을 리도 없고……."

"정말 즐거운 이야기가 아니네요."

송문악이 시무룩하게 말했다.

"역시 즐거운 이야기는 아니지. 자, 어쨌든 당시 황산의 신기루가 사라진 이후 우리 네 사람은 의형제를 맺었다. 공통점이 있었지. 모두 신기루에 연관되어 자신의 친인들을 잃어버렸다는 것! 이후의 일은 네가 알고 있는 대로다. 방 대형은 귀곡을 세웠고, 우린 방 대형을 도와 귀곡에 머물면서 다시 신기루가 나타날 때를 기다렸지. 그리고 십칠 년 전 다시 신기루가 나타났다. 당연히 우리 네 명 의형제는 신기루에 도전해야 했지만, 난 네가 알 듯이 대형이 신기루에 도전하는 것을 만류했다. 그 첫 번째 이유는 이미 말했듯 우리 중 가장 고수였던 방 대형의 무공이 지난날 육절기인의 무공에 다다르지 못했기 때문이고, 두 번째는 사부의 뒤를 이어 신기루의 이면을 조사하던 내게 몇 가지 의문이 생겼기 때문이다."

"어떤 의문인데요?"

"음… 그것은… 그것은 지금 너에게 말해주기 어렵다. 왜냐하면 난 그저 몇 가지 가설을 세워놓긴 했지만 그것들을 증명할 확실한 증거를 찾지 못했기 때문이다. 내가 만든 가설은 좀 위험한 가설이기에 확신할 수 있을 때에만 다른 사람에게 말할 수가 있단다. 만약 틀린 가설이라면 그것은 자칫 나와 네 목숨을 앗아갈 수도 있어. 그러니 넌 좀 더 기다리거라. 어쩌면 이번 기회에 난 이 일의 전말을 알 수 있을지도 모르니까."

장사진의 말에 송문악이 실망한 듯한 표정을 지어 보였지만 더 이상 질문을 던지지는 않았다.

"자, 이제 네 질문에 대한 대답이 되었느냐? 내가 어떤 사람이냐고 물었었지? 이제 내가 어떤 사람인 줄 알겠느냐?"

"네. 약간요……."

"좋아. 한 가지만 더 말해주마. 지난 두 달간 내가 너에게 암송시킨 것은 바로 내가 나의 사부로부터 물려받은 천비심천문(天秘深天文)이라는 비결이다. 이것은 일종의 심공이기는 하지만 무슨 대단한 상승심법은 아니다. 그러니 이 천비심천문이 급격하게 공력을 높여주거나 하지는 않는단다. 단지 머리를 맑게 하는 것이 그 주된 효용이니 꾸준히 익히도록 하거라. 혹 모르지 않느냐? 네가 그 천비심천문의 정수를 깨달아 나의 사부님과 같이 천하에 제일가는 현자가 될 수 있을지도. 넌 아둔한 나보다 훨씬 총명하니까."

"예, 할아버지. 열심히 익힐게요."

"좋아. 오늘은 이만 이야기하도록 하자. 어느새 날이 밝았구나. 어제저녁에 던져 놓은 그물에 고기가 얼마나 걸렸나 가 보자꾸나."

"아마도 꽤 큰 놈들이 걸렸을 거예요. 천마금진을 펼쳐 놓았으니까요."

장사진과 송문악은 누가 먼저랄 것도 없이 자리에서 일어났다. 서서히 하늘이 밝아오고 있었다. 강으로부터 밀려드는 아침 안개가 그들이 노숙했던 공터까지 밀려들어 시야를 방해했다. 하지만 두 사람은 밀려드는 안개에 개의치 않고 강을 향해 걸어가기 시작했다. 그렇게 얼마를 걸어간 후 안개 밑에서 찰싹거리는 물결 소리가 들리자 두 사람은 걸음을 멈추고 강기슭에 매어놓은 낡은 고깃배에 올라탔다.

"문악아!"

장사진이 막 고깃배를 강 쪽으로 밀어놓고 훌쩍 배에 뛰어오르는 송문악을 불렀다.

"예, 할아버지."

"한 가지 더 말해둘 것이 있다."

장사진의 시선은 송문악에게 있지 않았다. 그는 그물이 던져져 있을 강의 한 부분을, 아니, 어쩌면 그 너머의 안개 깔린 수면을 바라보고 있었다.

"말씀하세요, 할아버지."

문악은 왠지 모를 비장감에 자신도 모르게 몸을 떨었다.

"이번에 하구에 들어 네 아비를 만난다면 넌 이제 네 아비 곁으로 돌아가거라."

"할아버지!"

송문악이 놀란 듯 장사진을 바라봤다.

"하구는 위험한 곳이지. 어린아이의 목숨도 그 위험에서 비켜설 수는 없다. 네 신변을 지키는 것은 나보다 무군, 그 아이가 훨씬 낫단다. 그리고… 혹 내게 일이 생긴다면……."

"절대 그런 일은 없을 거예요."

송문악이 앞서서 장사진의 말을 막았다.

"나도 그럴 거라 생각한다만… 그래도 만일의 일은 모르는 것이지."

"전 더 이상 할아버지 말을 듣지 않을래요."

송문악이 장사진으로부터 조금 뒤로 물러나 앉았다.

"원 녀석도. 알았다, 알았어. 내 더 이상 말하지 않으마."

장사진이 달래듯 말을 건넸으나 송문악은 정말 더 이상 장사진과 대화를 나누고 싶지 않은지 고개도 돌리지 않고 묵묵히 노를 젓고 있었다. 그렇게 얼마를 가자 송문악이 노 젓는 것을 멈추고 자리에서 일어났다. 지난 저녁 그물을 내린 곳에 도착한 것이었다.

"자, 그럼 건져 올려볼까?"

장사진이 소매를 걷어 올리고는 그물을 걷어 올릴 준비를 했다. 송문악은 이미 그물의 한쪽 귀퉁이를 끌어올리고 있었다.

"이거 묵직한걸?"

장사진이 손끝에 걸리는 그물의 묵직함에 만족한 미소를 지으며 입을 열었다.

"헤헤, 정말 묵직해요. 할아버지, 큰 놈들이 많이 걸렸나 봐요. 역시 천마금진이야."

시무룩하던 송문악이 묵직한 그물에 기분이 바뀌었는지 활달한 목소리로 대답했다.

"어서 끌어 올려보자꾸나. 이영차!"

장사진과 송문악이 신이 나서 힘차게 그물을 끌어 올리자 이내 그물 전체가 배 위로 끌려 올라왔다.

"으챠!"

쿵!

두 사람이 마지막 힘을 다해 그물을 배 위로 끌어 올리려는 순간 갑자기 올라오던 그물의 끝 부분이 배 위로 올라오지 못하고 뱃전에 부딪치며 큰 소리를 울려댔다.

"뭐지?"

그물에 걸린 것이 고기가 아니라는 것을 직감한 두 사람이 배의 옆구리에 걸쳐진 그물로 시선을 돌렸다. 그리고 그 순간 송문악의 입에서 비명 소리가 터져 나왔다.

"헉! 사람이에요, 할아버지!"

第六章

기보를 쫓는 사람들

송문악의 눈은 경이로움으로 가득 차 있었다. 어린 송문악의 눈에 비치는 장사진의 움직임은 눈부심 그 자체였다. 송문악은 자신이 알고 있던 사람이 과연 지금의 장사진인가를 의심할 지경이었다.

장사진이 그동안 보이지 않았던 움직임을 보인 것은 고기를 잡으려고 던져 놓았던 그물에 엉뚱하게도 흑의(黑衣)를 입은 한 명의 무림인이 끌려 올라온 이후였다. 그는 팔뚝에 길게 검상이 나 있었고, 오랫동안 물에 있어서인지 피부는 이미 시체처럼 퍼렇게 변해 있었다. 손으로는 그의 몸보다도 작은 판자를 꽉 움켜쥐고 있었는데, 마치 그 판자가 자신의 생명줄

인 듯 손톱과 손가락 일부가 판자 안으로 박혀 들어가 있었다.

"어서 배를 강변으로 대어라!"

그때까지도 송문악은 장사진이 강에서 건져 올린 시체를 왜 다시 강에 밀어 넣지 않았는지 의아하게 생각하고 있었다. 물론 사람의 도리상 죽은 자에게 봉분 하나 정도는 만들어주는 것이 당연하다고 할 수 있지만, 요 며칠간 원강을 타고 내려오면서 송문악과 장사진은 종종 죽은 자의 시신이 강물을 따라 흘러내려 가는 것을 목격했고 그때마다 장사진은 그 시체들을 그대로 강물에 흘러가게 내버려 두었기 때문이다.

"이제 곧 수많은 시체를 볼 텐데 그 모두를 다 묻어줄 수는 없는 일이지. 강호의 죽음은 이렇게 비참한 것이야."

송문악이 배 옆으로 흘러내려 가는 시체를 그냥 두고 보는 장사진에게 묻어주어야 하는 것이 아니냐고 물었을 때 장사진이 한 말이었다. 당시 송문악은 어린 마음에 생각보다 할아버지가 무척 냉정한 분이구나라는 생각까지 했던 터였다. 그런데 그렇게 무심했던 장사진이 그물에 끌려 올라온 흑의 장한에 대해서는 전혀 다른 모습을 보이고 있는 것이다.

"묻어주시게요?"

송문악은 장사진의 의도를 묻지 않을 수 없었다. 한편으로는 아는 사람인가 하는 생각도 들었다.

"인석아, 죽은 사람이나 묻지 산 사람을 왜 묻느냐?"

"살아 있다고요?"

"그래, 이 사람은 살아 있다. 하지만 손을 쓰지 않으면 곧 죽을 것이야. 그러니 어서 배를 강변으로 대어라!"

송문악은 이미 퍼렇게 변한 흑의 사내의 얼굴을 직접 두 눈으로 보고 있었기에 장사진의 말을 쉽게 믿을 수 없었으나 장사진의 지시에 따라 급히 배를 강기슭으로 저어갔다.

그리고 그때부터 장사진은 지금껏 송문악에게 한 번도 보여주지 않았던 모습들을 드러내기 시작했다. 시체 모습을 하고 있는 흑의 사내를 강변으로 옮기는 사이 장사진은 재빨리 흑의 사내의 옷을 벗기고는 사내의 온몸을 손으로 두들기기 시작했다. 장사진의 손놀림은 무척 빨라 노를 젓고 있는 송문악의 곁눈질로는 미처 손의 움직임을 따라갈 수 없을 정도였다.

강변에 배를 대자 장사진은 그때부터 더욱 놀라운 움직임을 보이기 시작했다. 장사진은 사내의 몸과 송문악의 몸을 각각 옆구리에 끼고는 바람처럼 지난밤 두 사람이 야숙을 했던 곳으로 돌아와서는 모닥불을 다시 활활 타오르게 살려놓고 송문악에 말했다.

"넌 이 사람의 몸 곳곳을 주물러 주도록 해라. 이 할아비가 가르쳐 준 타혈법을 기억하고 있지?"

"예, 할아버지."

"오냐. 그 순서대로 이 사람의 몸을 주물러 주도록 해라. 난 잠시 할 일이 있구나."

과거 장사진은 송문악에게 전신의 피를 잘 돌게 해주어 건강을 유지하는 타혈법을 가르쳐 준 적이 있었다. 장사진은 그 타혈법을 가르쳐 주고는 매일 아침과 점심, 그리고 잠자기 전에 송문악의 몸에 그 타혈법을 직접 시전해 주었는데 송문악은 나중에 장사진에게서 의술을 정식으로 배운 후 그것이 고명한 추궁과혈의 방법이란 것을 알게 되었다. 어쨌든 송문악에게 흑의 장한을 맡겨놓은 장사진은 이내 분주하게 주변을 날아다니기 시작했다.

희뿌연 그림자만을 남겨놓는 장사진의 움직임은 송문악의 시선이 따라갈 수 없을 정도로 빨랐으며, 그저 노숙을 준비하거나 물고기를 손질할 때 쓰기 위해 준비했던 중도(中刀)는 한 번 휘둘러질 때마다 어른 팔뚝만 한 굵기의 나무들을 베어 넘겼다. 장사진은 그렇게 베어 넘긴 나무의 가지들을 쳐내어 이십여 개의 긴 통나무를 준비한 후 그것들을 양손에 하나씩 들고 송문악과 흑의 사내, 그리고 활활 타오르는 모닥불 주변에 빙 둘러 꽂기 시작했다.

그렇게 이십여 개의 나무 기둥들이 노숙지 근처에 꽂혀지자 갑자기 나무 기둥으로 둘러싸인 안쪽 공기의 흐름이 바뀌기 시작했다. 그리고 어느 순간 마치 가을날 산들바람이 불어오듯 새로운 공기들이 흑의 사내를 주무르고 있는 송문악의 볼에 와 닿는 것이었다.

송문악은 이내 장사진이 한 일이 무엇인지 깨달았다. 장사진은 그 짧은 시간에 이십여 개의 나무 기둥을 이용해 숙영지 주변에 진을 펼쳐 놓았던 것이다.

"잠시 기다리거라."

진 펼치는 것을 마친 장사진이 송문악에게 한마디를 남겨두고는 훌쩍 노숙지를 떠나더니 곧 다시 돌아왔다. 그런데 다시 돌아온 장사진의 두 팔은 하늘로 높게 향해 있고 그 위에는 장사진과 송문악이 타고 온 고깃배가 들려 있었다.

두 사람이 타고 온 배는 비록 작고 낡은 배였지만 그 무게는 장정 여러 사람이 매달려야만 들 수 있을 정도로 무거운 것이었다. 그런데 장사진은 그 배를 두 손으로 번쩍 들어다 진 안에 내려놓았던 것이다. 송문악은 장사진의 그런 모습에 놀라 흑의 장한을 주무르던 손도 멈추고 멍하니 장사진의 얼굴을 바라봤다.

"이 할아비가 오늘 힘 좀 썼구나."

송문악의 놀란 표정을 본 장사진이 짐짓 우스갯소리를 해댔다.

"할아버지, 정말 대단해요. 전 할아버지가 무공에 능하시다는 것은 알았지만 이토록 대단하실 줄은 몰랐어요."

"이 녀석아, 뭘 이런 걸 가지고 그러느냐. 이 정도 배를 들어 나르는 일은 강호고수들에게는 손쉬운 일이다. 그러니 그리 놀랠 것이 없느니라."

비록 말은 그렇게 했지만 장사진처럼 고깃배를 들고도 전혀 흔들리지 않고 신법을 전개할 수 있는 사람은 무림에서 그리 흔히 볼 수 있는 것이 아니었다. 장사진의 공력은 그를 알고 있던 사람들이 생각하는 것보다도 훨씬 정순했던 것이다.

"저도 그렇게 될 수 있어요?"

송문악이 장사진의 무공이 부러운지 기대에 찬 목소리로 물었다.

"물론 넌 나보다 훨씬 대단한 사람이 될 수 있지. 네가 만약 내가 지난 두 달 동안 너에게 알려준 천비심천문을 꾸준히 익히고 또 네 아비가 남겨준 그 방 사형의 호흡법을 매일 빠뜨리지 않고 수련한다면 말이다. 하지만 무공이라는 것은 하루아침에 완성되는 것이 아니니 아주 오랜 시간 꾸준히 익혀야 한단다. 알겠느냐?"

"예, 할아버지. 문악은 반드시 그렇게 할 거예요."

"좋아. 이 할아비는 네가 분명 그리할 것이란 것을 믿는다. 하지만 지금은 그것보다도 그 사람의 의식을 되살리는 것이 중요하겠구나."

"앗! 이런, 타혈을 그만 멈추고 있었네."

송문악은 깜짝 놀라 급히 사내의 몸에 손을 가져갔다.

"됐다. 피부색에 변화가 오는 것을 보니 타혈은 그만 해도 될 성싶구나. 자, 이제는 내가 맡으마."

장사진의 말에 송문악이 흑의 사내를 장사진에게 내어주고 한쪽으로 비켜 앉았다. 송문악에게서 흑의 사내를 넘겨받은 장사진은 자신이 덮고 자던 모포를 땅 위에 펴고는 그 위에 사내를 곧게 눕혔다. 그리곤 품속에서 조심스럽게 조그만 주머니를 꺼내더니 주머니 안에서 하얗게 빛나는 은침을 십여 개 꺼내 들었다.

"와!"

장사진이 꺼내 든 은침은 무척 깨끗하고 맑은 빛을 내어 보고 있던 송문악의 입에서 저절로 감탄사가 흘러나왔다.

"흐흐, 인석아. 이 할아비가 가지고 있는 이 은침은 그리 놀라운 물건이 아니다. 네가 나중에 네 아비의 사저인 백적경 그 아이가 가지고 있는 봉황신침을 보게 된다면 이 할아비의 은침은 그야말로 보잘것없다는 것을 알게 될 것이다."

"봉황신침이요?"

"그래, 바로 귀곡육보 중 하나이지."

송문악의 질문에 고개를 한 번 끄덕인 장사진이 이내 정신을 집중해 손에 든 은침을 하나하나 흑의 사내의 몸에 꽂아 넣기 시작했다. 장사진이 사내의 몸에 은침을 꽂아 넣는 모습은 무척 신중해 손에 든 십여 개의 은침이 모두 사라졌을 때는 장사진의 이마에 송골송골 땀이 맺힐 지경이었다. 더불어 그 모습을 보고 있던 송문악마저 손에 축축이 땀이 배어 나왔다.

"자, 모두 되었다. 이제 이자의 운명은 하늘만이 알게 되겠지."

"그런데 할아버지는 혹 이 사람이 누군지 아시는 건가요?"

송문악의 물음에 장사진이 고개를 가로저었다.

"아니다. 나도 오늘 처음 보는 사람이란다."

그러자 송문악이 의아한 눈으로 장사진을 보며 물었다.

"그럼 왜 이 사람을 구한 거예요?"

"그게 무슨 말이냐? 죽어가는 사람을 보았으면 당연히 구해야지. 그럼 죽게 놓아두란 말이냐?"

"무… 물론 그렇기는 하지만……."

송문악이 장사진의 반문에 달리 대답할 말이 없어 우물거렸다. 그러자 장사진이 빙그레 미소를 지으며 다시 입을 열었다.

"넌 아마 알지도 못하는 사람을 위해 왜 이렇게 부산하게 움직였느냐 이걸 물어보고 싶었던 거겠지?"

그러자 송문악의 얼굴에 다시 생기가 흘렀다.

"네, 맞아요. 할아버지, 할아버지께서 이 사람을 살리기 위해 움직이시는 것을 보니까 마치 예전부터 이 사람을 알고 있던 것처럼 느껴졌거든요. 전 할아버지께서 그렇게 급히 움직이시는 것은 처음 보았어요."

"맞다. 사실 난 이 사람을 살리기 위해 조금 바쁘게 움직였지. 평소의 나답지 않은 행동이란 걸 나도 알고 있단다. 하지만 이 사람은 어쩌면 그럴 만한 가치가 있는 사람일지도 모르겠다."

"그럴 만한 가치가 있다니요?"

"그건 이 사람이 깨어나면 물어보자꾸나."

"죽을지 살지 모르신다면서요?"

"이 녀석아, 말이 그런 거지. 이 할아비가 죽을 자에게 그렇게 정성을 쏟았겠느냐?"

그때였다. 웃는 낯으로 송문악에게 말을 하던 장사진의 표정이 급변하며 급히 손을 입으로 가져가 송문악에게 조용히 하라는 신호를 보냈다. 장사진의 표정이 심상치 않은 것을 깨달은 송문악이 입을 열려다가 급히 입을 닫고는 장사진의 눈이 향하는 곳으로 시선을 주었다. 그러자 불현듯 진(陣) 바깥쪽 숲에 몇 명의 인물이 모습을 드러내고 있었다.

진 안에서 송문악과 장사진이 숨을 죽이고 진 밖의 동정을 살피는 사이 숲에서 세 명의 인물이 모습을 드러냈다. 그리고 그들은 강호에 몸을 담고 있는 사람이라면 누구라도 쉽게 그 정체를 짐작할 수 있는 사람들이기도 했다. 깨끗하기는 하지만 이곳저곳을 꿰맨 누추한 옷차림, 허리에는 매듭을 묶은 줄이 허리띠를 대신해 둘러져 있다. 천하에 이런 모습을 하고 강호를 종횡하는 자들은 오직 한곳, 바로 구파일방의 일방으로 불리는 개방의 인물들밖에 없었다.

"이보게 황룡, 점창이 곤욕을 치르고 있다고?"

"그렇습니다, 교 장로님. 점창이 도문 오군자의 한 팔씩을 자르고 천문시를 회수한 이후 드디어 기보쟁탈전이 시작된 것이지요. 천하의 무림인들이 달려드는데 점창이라고 쉽게 그들을 물리칠 수는 없는 일입니다."

"구파의 움직임은?"

"형제들의 전언에 따르면 구파의 고수들은 이미 신기루가 나타난 호숫가에 미리 당도해 있다고 합니다."

"허허, 참 걸음들도 빨라. 벌써 가서 기다리고 있단 말이지."

이번에는 다른 거지 노인이 감탄하듯 말했다.

"그렇습니다, 강 장로님!"

"결국 이번에도 우리 구파일방 중 한곳에서 천문시를 얻어 신기루에 도전하는 사람이 나오겠지?"

"하지만 천문시는 아직 점창이 보유하고 있습니다."

숲에서 모습을 드러낸 개방의 인물들은 황룡 연심환과 나이가 지긋해 보이는 두 명의 노인이었다. 황룡은 곤명에서 송무군을 만날 때의 호방함과는 달리 조심스런 모습으로 두 노인과 이야기를 주고받고 있었다.

"물론 지금이야 점창이 천문시를 가지고 있지만 그들이 끝까지 천문시를 보유할 수 있을 거라곤 생각할 수 없지. 구파와 본 방이 이렇게 그들을 기다리고 있으니 말이다."

"하지만 점창의 저력은 무시할 수 없네, 동생!"

노인 중 다른 늙은 거지가 황룡 연심환과 대화를 주고받던 노인에게 신중한 목소리로 말을 건넸다.

"물론 그렇긴 하지요. 그들도 과거 한때 구파의 일원이던 시절이 있었으니까요. 하지만 지난 백여 년간 점창은 줄곧 구파의 아래에 놓여 있었습니다. 지금에 와서는 그 간격을 도저히 좁히기 어려울 정도지요. 지난번 점창이 야심차게 종남의 안방에 자파의 고수를 보냈던 모양이지만 결국 극심한 피해만 입고 물러나지 않았습니까? 그러고도 전혀 종남에게 불만을 제기하지 못했지요. 종남이라면 구파 중에서는 가장 세력이 약한 곳인데 말입니다."

"물론 그야 그렇지. 하지만 그래서 더더욱 점창은 이번 신기루의 일에 전력을 다할 것이란 말일세. 신기루의 전설을 푸는 것만이 그들이 다시 구파의 한자리를 차지하는 길이라 생각할 테니. 최선을 다하는 자는 항상 조심해야 하는 법일세."

"알겠습니다, 형님! 점창에 대해 좀 더 신경을 쓰지요. 그나저나 이번만큼은 형님께서 신기루에 드셔야 할 텐데……."

"그게 어디 원한다고 되는 일이던가?"

"물론 운이 따라야 하는 일이긴 하지만 그동안 신기루의 전설을 얻은 인물을 배출한 구파의 문파가 네 곳이나 되니 이쯤 해서 우리 개방에서도 신기루의 전설을 얻은 인물이 나와 야 방의 체면이 서는 것이 아니겠습니까?"

"하하, 자네는 그 공명심이 항상 문제야. 그 나이가 되어서 도 그 공명심을 버리지 못했는가?"

"저도 역시 이번에는 교 장로님께서 반드시 신기루의 전설 을 얻으실 거라 믿고 있습니다. 하구에 몰려든 무림인의 수가 일천에 육박한다고는 해도 그중 교 장로님의 무위를 따를 자 가 몇이나 있겠습니까?"

이번에는 황룡도 나서 강 장로라 불린 거지 노인을 거들었 다.

"껄껄! 그것 보십시오, 황룡도 그렇다지 않습니까. 형님! 이번에는 반드시 형님께서 신기루에 드셔야 합니다."

"원… 이 사람들이……."

교 장로라 불린 노인이 연심환과 또 다른 거지 노인에게 못 마땅한 표정을 지어 보이며 혀를 찼다.

세 명의 개방 고수가 송문악과 장사진이 숨어 있는 진의 존 재를 눈치 채지 못하고 대화를 나누고 있을 때, 진 안에서 개 방의 세 명 고수를 지켜보던 장사진의 눈에는 무척이나 놀란 기색이 떠올라 있었다. 그의 시선은 황룡이 교 장로라 부른 사람의 얼굴에 고정되어 있었다.

"누구예요, 할아버지?"

송문악이 장사진의 놀란 표정을 보고 묻자 장사진이 황급히 송문악의 입을 가로막았다. 아무리 진으로 사람들의 이목을 피하고 있다고는 해도 개방의 고수들은 안심할 수 없는 존재들이었던 것이다.

하지만 그때 장사진의 등줄기에 식은땀을 흘러내리게 하는 일이 또 발생했다. 죽은 듯 누워 있던 흑의 사내의 입에서 가는 신음 소리가 흘러나왔던 것이다. 기겁을 한 장사진이 재빨리 흑의 사내의 아혈과 마혈을 제압하고는 진 밖의 기척을 살폈다.

"그런데 이 숲은 뭔가 이상하군."

아니나 다를까, 교 장로라 불린 자가 고개를 갸웃거리며 주위를 살폈다.

"그게 무슨 말입니까, 형님? 그저 평범한 숲인데 이상하다뇨?"

"그러게 말일세. 그저 평범한 숲인 것은 맞는데… 느낌이……."

"원 형님도… 아무래도 신기루가 가까워지니 긴장이 좀 되신 모양이십니다?"

"그런가?"

교 장로라 불린 노인이 고개를 끄덕이더니 황룡 연심환을 보고 물었다.

"왜 아직 연락이 없지?"

"이제 곧 연락이 올 겁니다. 점창의 고수들이 진로를 바꾼 이후 형제들이 그들의 진로를 미리 예측하느라 시간이 조금 더 걸리나 봅니다."

"누가 가 있지?"

"십풍 전원이 투입되었습니다."

"그 녀석들이라면 믿을 수 있지. 좀 더 기다려 보지."

교 장로라 불린 자가 황룡 연심환의 말에 고개를 끄덕이자 이번에는 강 장로라는 자가 입을 열었다.

"그런데 곤명에서 자넨 어딜 다녀왔던 게야? 이거 정신이 없어 그걸 미처 못 물어봤군."

"아, 그때 말입니까? 누굴 좀 만나고 왔습니다."

"누굴?"

강 장로가 다시 묻자 황룡이 머리를 긁적이며 입을 열었다.

"청명검 송무군이라고……."

"청명검 송무군? 보자… 그 옛날 귀곡의 그 청명검?"

"예, 장로님!"

"쯧쯧, 자네는 다 좋은데 가끔 실속없는 짓을 한단 말이야. 귀곡은 방국진이 있던 시절에야 제법 한가락 하는 문파였지만, 십칠 년 전 그가 실종된 이후에는 거의 멸문의 지경에 처해 있는 문파가 아닌가? 그런 문파의 후예를 무엇 하러 만나러 다니는 건가? 가뜩이나 중요한 시기에……."

"그것이 사실 청명검 송 형님과 제가 의형제를 맺은 터라… 하도 오랜만에 소식을 들어 안 가볼 수가 없었습니다."

"의형제?"

"예!"

"허허, 갈수록 태산이군. 청명검 송무군이 제법 무림에서 의협 소리를 들었던 인물이라는 것을 모르는 바는 아니지만 황룡 연심환이 의형으로 모셨다? 기사(奇事)가 많은 강호라지만 이것이야말로 기사로군. 개방의 차기 방주감이 귀곡의 일개 제자와 의형제를 맺다니… 아니 그렇습니까? 형님!"

강 장로의 말에는 황룡에 대한 불만이 가득해 보였다.

"그에게서 무언가 특별한 것을 보았나 보구나?"

교 장로가 강 장로의 말을 무시하며 황룡을 보고 물었다.

"그렇습니다, 대장로님! 제가 강호를 수십 년 돌아다녀 보았지만 송 형님만한 사람을 보지 못했지요."

"어떤 점이 그렇게 대단하더냐? 귀곡의 무공은 실종된 방곡주 이외에는 언급할 것이 못 될 텐데?"

"물론 처음 송 의형과 의형제를 맺은 것은 무공 때문이 아니었습니다. 수년 전 사천에서 귀혈방의 일을 처리할 때 만났었는데, 비록 그 무공이 구파의 고수들과는 차이가 있었지만 송 의형은 당시 귀혈방의 칠당주 마중원을 베었지요. 그때의 그 패기와 협심은 정말 대단했었습니다. 그래서……."

"그의 심성에 반했다?"

교 장로가 되물었다.

"예, 그렇게 된 일입니다. 그런데……."

"왜, 무슨 문제라도 있나?"

"사실은 이 문제로 대장로님께 가르침을 청하고 싶었습니다만……."

"말해봐. 어차피 시간도 좀 있으니……."

"무공이란 것이 공력의 변함 없이도 절정에 이를 수 있는지요?"

"공력이 없이 절정에 오른다라… 넌 왜 그런 질문을 하는 것이냐?"

교 장로의 눈에 살짝 기광이 서렸다.

"지난번 곤명에서 송 의형을 뵈었을 때 송 의형께서는 막 부상에서 벗어나고 계셨습니다. 비록 상처는 완쾌되었지만 몸이 부실해진 것은 어쩔 수 없어 무척 기력이 쇠약해 보이셨지요. 그런데 겉으로는 분명 기력이 쇠한 것이 맞는데 전 마치 한 자루의 잘 벼려진 검을 대하는 듯한 느낌을 송 의형께 받았습니다. 그런 느낌이란 것은 솔직히 본 개방뿐 아니라 구파의 인물들을 통틀어서도 쉽게 경험하지 못했던 것인지라… 사천에서의 송 형님을 생각하자면 제가 잘못 본 것이 아닌가 하는 생각도 들긴 합니다만……."

황룡 연심환의 말에 교 장로와 강 장로가 저마다 생각에 잠겼다. 그러다 문득 강 장로가 입을 열었다.

"귀곡주 방국진의 진전이 그에게 이어진 것일까요?"

그러자 교 장로가 천천히 고개를 저었다.

"귀곡주는 공력도 대단한 사람이었지. 과거 화산파의 계연수와 손속을 섞을 때 공력에서도 전혀 밀리지 않았다지 않았는가? 그러니 청명검 송무군이 방국진의 진전을 이었다면 공력 또한 대단했어야 한다네. 그런데 그는 여전히 공력이 대단치 못하다고 하지 않았나."

"그의 공력이 낮은 것은 확실한 것이냐?"

강 장로가 황룡 연심환에게 묻자 연심환이 고개를 끄덕였다.

"소질이 보기에는 그러했습니다."

"황룡이 사람을 잘못 보았을 리는 없고… 그렇다면 그가 공력의 뒷받침 없이 자신만의 검을 깨달았다는 것인데……."

"불가합니다, 형님! 그런 깨달음은 구파일방의 절대기재들조차도 수많은 비급과 좋은 스승을 두고도 쉽게 이루지 못하는 경지인데……."

강 장로가 고개를 저으며 교 장로의 의견에 반대했다.

"하긴… 그리 쉬운 일은 아니지. 하지만 세상에는 생각지 않은 일이 가끔 일어나기도 하니까 아주 아니랄 수도 없고… 내가 직접 그를 보지 않으면 무어라 말해줄 수 없을 것 같군."

교 장로가 연심환을 보며 말하자 연심환이 머리를 조아렸다.

"제가 괜한 질문으로 두 분 장로님의 머리를 어지럽혔습니다. 죄송합니다."

"아니야. 꽤 흥미있는 이야기였어. 만약 그가 정말 스스로 자신만의 검을 찾았다면 황룡의 의형이 될 자격이 충분한 인물이라고 할 수 있지. 그나저나 이제야 오는가 보군."

교 장로가 말끝에 고개를 들어 강 하류 쪽 숲을 바라봤다. 그러자 과연 교 장로의 시선이 머문 숲에서 삼 인이 모습을 드러냈는데 그들의 행색 또한 황룡을 비롯한 삼 인의 고수와 크게 다르지 않았다.

"대장로를 뵙습니다!"

숲에서 나타난 삼 인은 유연한 신법으로 교 장로 앞에 허리를 숙여 보였다.

"갔던 일은?"

황룡이 나서서 삼 인에게 질문을 던졌다.

"예, 점창의 고수들은 지금 백마곡으로 방향을 잡고 있습니다."

"백마곡?"

"그렇습니다. 신기루가 나타난 하구의 호수로 이어지는 지름길인데 보통은 계곡이 깊고 산이 험해 사람들의 왕래가 없는 곳입니다. 하지만 그곳을 통과하면 바로 신기루가 눈에 들어오게 되지요."

"위험을 감수하고 시간을 단축시키려 하는군. 결국 점창의 손실이 많다는 이야기인가?"

강 장로가 혼잣말처럼 중얼거렸다.

"그렇습니다, 장로님! 알아본 바에 의하면 점창의 스무 명 절정고수 중 이미 다섯이 목숨을 잃었다고 합니다."

"호? 다섯씩이나? 생각보다 훨씬 손해가 큰걸. 아직 구파가 나서지도 않았는데……."

강 장로가 놀란 듯 말을 이었다.

"그런데… 십대괴객 중 일부도 모습을 드러냈습니다."

"뭐? 십대괴객이? 그자들도 신기루에 관심이 있단 말인가? 지금껏 그자들은 신기루가 나타난 곳에 모습을 보인 적이 없는데……?"

말을 하는 강 장로뿐 아니라 교 장로와 황룡 연심환도 십대괴객이라는 말에 놀란 표정을 지었다.

"십대괴객 중 매혼자 음영인에 의해 점창의 장로 기척신이 목숨을 잃는 것을 본 자가 있다는 소식입니다."

사내의 말에 삼 인의 개방 고수가 고개를 끄덕였다.

"매혼자라면 기척신이 상대하기 버거운 인물이지. 그나저나 십대괴객이 신기루의 일에 관여한다면 일이 훨씬 복잡해지겠군."

강 장로가 고개를 저으며 말했다.

"하지만 십대괴객이야 홀로 움직이는 자들이니 결국 위협이 되지는 못할 겁니다."

연심환이 자신의 생각을 말하자 다른 사람들도 고개를 끄덕였다.

"그렇긴 하지. 자, 그럼 우리도 백마곡으로 가보지. 십대괴객이 모습을 드러냈다면 구파의 다른 곳에서도 생각보다 일찍 천문시를 노릴지 모르니까."

교 장로의 말이 떨어지자 황룡을 비롯한 개방의 고수들이 바람처럼 남쪽 숲을 뚫고 사라졌다.

장사진의 제지로 입을 닫고 있던 송문악은 개방 고수들의 말을 들으며 황룡 연심환을 유심히 살펴보고 있었다. 뜻밖에도 그가 아버지 송무군의 의제라는 사실을 듣게 되자 자연스럽게 황룡에게 관심이 가게 되었던 것이다.

황룡의 겉모습에서 드러나는 호탕한 기운과 영웅스런 모습에서 가슴 한쪽이 뿌듯해져 옴을 느낀 송문악이 개방의 고수들이 사라지자 곧바로 장사진에게 황룡에 대해 묻기 위해 입을 열려는 순간, 장사진이 급히 손을 들어 다시 송문악의 말을 가로막았다. 그리곤 재빨리 눈으로 개방의 고수들이 사라진 곳을 가리켰다.

송문악이 장사진의 눈짓에 따라 시선을 돌리자 과연 개방의 고수들이 이야기를 나누던 곳에 흑의를 입은 정체불명의 인물 둘이 홀연히 모습을 드러냈다.

"일은 그럭저럭 구 사령께서 계획한 대로 진행되는 것 같구려."

"결국 점창은 이번에 완전히 몰락하겠군."

"신기루의 늪이란 한 번 빠져들면 도저히 헤어 나올 수 없는 것이 아니겠소. 그나저나 이번에는 너무 지나치게 종남이 이득을 보겠군."

"구 사령이 주도한 일이니 그야 어쩔 수 없지요. 더군다나 이번 일의 주목적이 된 곳이 결국 점창과 월하장원이니 종남이 이득을 보는 것이야 당연한 일이 아니겠소?"

"그렇지요. 그건 그렇고 이번에는 과연 누가 신기루에 들 것 같소이까?"

"그야 알 수 없지요. 저기 개방의 대장로 교착신도 강력한 후보자 중 하나이고… 화산의 천선검 유해진, 그리고 무당의 청송자 백로인도 역시 대단하지요."

"종남의 검선 한교옹은 어떻소?"

"그는 아무래도 앞서 언급한 인물들에 비하면 조금 미치지 못하지요."

"음… 이십이 사령의 안목은 일백사령 중 으뜸이니 그렇다면 결국 이십이 사령께서 언급하신 세 명 중 한 명이 신기루에 들겠구려."

"하하하, 이거 그렇게 말씀하시니 송구스럽습니다. 제가 감히 십구 사령 앞에서 하찮은 안목을 드러냈군요."

"하찮은 안목이라니요. 이십이 사령의 안목이 하찮다면 나

같은 사람은 눈뜬장님이란 말입니까?"

두 사내는 서로 상대를 치켜세우더니 서로를 마주 보고 기분 좋은 웃음을 흘려냈다.

"자, 그만 가봅시다. 백마곡에 일대 혈풍이 불 텐데 그 구경을 놓칠 수는 없지요. 십칠 년 만의 잔치구려……!"

"그렇지요. 어서 가시지요, 십구 사령!"

두 사람이 대화를 멈추고는 이내 앞서거니 뒤서거니 하면서 개방의 고수들이 사라진 곳으로 몸을 날리는 것이었다.

진 안의 삼 인은 두 명의 인물이 숲에서 사라진 이후에도 한동안 말을 하거나 움직이지 않았다. 또 다른 누군가가 다시 나타날지 모르기 때문이었다. 하지만 일각여의 시간이 흘러도 모습을 드러내는 사람은 더 이상 없었다.

"이제 모두 간 모양이구나."

장사진이 송문악을 보며 입을 열자 그제야 송문악도 깊은 숨을 내쉬며 장사진에게 말을 건넸다.

"아버지가 이곳에 와 계신 모양이에요?"

그러자 장사진이 입가에 미소를 지으며 대답했다.

"그야 당연하지. 귀곡육절은 반드시 신기루가 나타난 곳에 있을 사람들이니까."

"그 개방의 황룡이란 사람은 어떤 사람인가요?"

"흐흐, 네 녀석은 새로 생긴 숙부에 대해 알고 싶은 모양이구나?"

장사진의 말에 송문악이 머리를 긁적였다. 송문악은 이미 한눈에 황룡 연심환이 마음에 든 상태였다.

"그는 구파일방의 영웅이라 할 수 있지. 또한 성격도 호탕하고 호협한 것이 강호에 몇 안 되는 대협이라 할 수 있단다. 넌 좋은 숙부를 얻은 것이다."

"히히, 제가 봐도 대단한 분 같아 보였어요."

"좋아. 그 황룡에 대한 이야기는 나중에 하기로 하고 일단 이 사람과 이야기를 나누어봐야겠다."

장사진이 고개를 돌려 마혈과 아혈이 제압된 채 눈만 껌벅이고 있는 흑의 장한을 내려다보았다. 사내는 비록 혈도를 제압당한 상태였지만 귀와 눈은 열려 있었으므로 주위에서 벌어진 모든 일을 알고 있었다. 그리고 당연히 장사진과 송문악 두 사람이 자신에게 적대적인 사람들이 아니라는 사실을 알고 있었다. 그래서인지 그의 눈빛에서는 자신을 내려다보는 장사진에 대한 어떤 적의도 드러나지 않았다.

"자넨 살아났네. 자네가 살아난 것은 나와 이 아이가 늦지 않게 자넬 구했기 때문이기도 하지만 또한 자네가 아직 죽을 운명이 아니기 때문이기도 하겠지. 자네도 듣고 보아서 알겠지만, 우린 자네의 적이 아닐세. 자네의 혈도를 제압한 것은 진 밖의 사람들이 혹여 우리의 기척을 알아챌까 두려웠기 때문일세. 이제 자네의 혈도를 풀 생각인데 자네는 설마 다른

행동을 해 사람들을 불러 모을 만큼 우매한 사람은 아니겠지?'

장사진은 흑의 사내가 혈도의 제약에서 풀려난 이후 보일 행동을 걱정하고 있는 것이었다. 흑의 사내가 눈을 한 번 깜박였다. 장사진이 입가에 웃음을 지었다.

"처음 봤을 때부터 알아봤어. 자네는 현명한 사람일 거라는 걸 말이야. 살아난 방법이 너무 독특했거든!'

장사진의 손이 가볍게 움직이자 사내의 마혈과 아혈이 순식간에 풀렸다. 하지만 오랫동안 움직이지 않던 몸을 움직이려면 약간의 시간이 필요한 법, 사내는 몸을 약간씩 움질거리며 가장 먼저 움직일 수 있는 입을 열어 자신의 목소리를 장사진과 송문악에게 들려줬다.

"노인께서는 누구십니까? 왜 날 구해주신 겁니까?'

적의나 혹은 경계심이 담긴 말은 아니었다. 단순히 호기심이 담겨 있는 질문일 뿐이었다.

"사실 난 물에 떠내려가는 사람이라고 누구나 구해줄 만큼 그렇게 좋은 사람은 아닐세. 그러니 내가 다 죽어가는 자네를 구한 데는 그만한 이유가 있지."

"그 이유를 말씀해 주시겠습니까?'

"물론 말해줄 수 있네. 자넬 구한 첫 번째 이유는 한 가지 물건 때문이고, 두 번째 이유는 이미 말했지만 자네가 살아난 방법이 무척 독특하기 때문이었지. 난 본시 호기심이 많은 사람이라네."

어느 틈에 사내는 움직일 수 있을 만큼 몸에 피가 돌았다. 사내는 누워 있던 몸을 가볍게 일으키더니 무엇을 찾는 것처럼 벗겨진 자신의 상체를 더듬었다.

"물건은 여기 있네."

사내의 행동은 장사진이 내민 하나의 물건에 의해 정지됐다. 오래되었지만 그래서 더 고급스러워 보이는 하나의 목갑, 사내의 눈에 번쩍하며 기광이 스치고 지나갔다.

"목갑 안의 물건을 보셨습니까?"

여전히 목갑은 장사진의 손에 들려 있었다.

"보았네."

"그런데도 절 살리셨습니까?"

"난 그 물건에 대해선 별 욕심 없다네."

장사진의 말에 흑의 사내가 물끄러미 그를 바라봤다. 그러더니 한숨을 내쉬며 허탈한 목소리로 말했다.

"이것 때문에 목숨을 버리는 사람도 있지요. 그런데 노인께는 이것이 별로 욕심나는 물건이 아니라니 죽어버린 사람들의 목숨 값이 참 허망하군요."

"그 물건은 소유자의 목숨과 함께 움직이는 물건일세. 즉, 그 물건을 가지고 있으려면 자신의 목숨을 버릴 각오도 되어 있어야 한다는 말이지. 난 내 목숨을 그 물건에 저당잡힐 생각이 없는 사람일세. 그런데 자네 이름은 뭔가?"

장사진의 질문에 흑의 사내가 망설임없이 대답했다. 그는 이미 이 두 명의 노소에 대한 경계심을 풀어버린 지 오래였다.

　"무각이라 합니다."

　"무각(無脚)?"

　장사진이 고개를 갸우뚱거렸다. 들어본 듯도 하고 또 전혀 생소한 이름 같기도 했다.

　"도문이라는 곳을 아시는지요?"

　"아! 도문 오군자의 후계자!"

　"제 이름을 알고 계시는군요."

　"물론 도문 오군자의 유일한 후계자인 무각을 모를 내가 아니지. 그런데 자넨 어쩌다 이런 지경이 된 것인가?"

　장사진의 물음에 무각의 표정이 어두워졌다. 물에 뛰어들기 전 죽음을 맞이한 도문 오군자의 얼굴이 불현듯 떠올랐기 때문이다.

　"이야기를 하자면 참으로 복잡하지요."

　"말하기 어려운 문제면 대답하지 않아도 되네."

　"생명의 은인께 말하지 못할 문제는 아니지요. 그리고 어르신은 현명한 분이신 듯하니 조언을 구하고 싶기도 합니다. 그런데 두 분께서는 어떤 분들이신지……."

　"아이구, 이런. 이제 보니 우리 소개를 미처 하지 못했군. 그래 놓고는 자네에게 질문만 퍼붓고 있었으니 자넨 분명 이

늙은이를 예의도 모르는 자라고 욕을 하고 있었겠구먼. 허허허!'

"그럴 리가 있습니까? 노인께서는 이 무각의 생명의 은인이신데요."

무각이 황급히 고개를 저으며 말했다.

"하하하, 농이로세. 그럼 우리 소개를 좀 할까? 자넨 혹시 귀곡이라는 곳을 들어봤나?"

"귀곡이라면… 그 귀곡육절의……?"

"맞네. 바로 그 귀곡일세. 난 그 귀곡육절의 의숙이 되는 사람으로 이름은 장사진이라고 하네. 그리고 이 아이는 귀곡육절의 여섯째인 청명검 송무군의 아들이지."

"반가워요, 아저씨! 전 송문악이라고 해요."

송문악이 천진스런 웃음을 지으며 무각에게 인사를 건넸다.

"귀곡 분들이셨군요. 좀 전 황룡에 대해 말씀 나누시는 것을 듣고 짐작은 했었습니다. 나도 반갑네, 송 공자! 난 무각이라 하네."

송문악은 무각이 자신을 공자라 부르며 어른 대하듯 하자 기분이 좋아졌는지 밝은 웃음을 지어 보였다.

"자자, 이제 인사는 그쯤 하고 자네에게 무슨 일이 벌어졌나 그 이야기 좀 해보게."

장사진의 말에 잠시 밝아졌던 무각의 얼굴이 다시 어두워졌다. 그는 자세를 고쳐 앉고는 천천히 며칠 전 세 명의 의뢰인이 도문 오군자를 찾아온 이후 도문에 불어닥친 불행에 대해 이야기하기 시작했다.

第七章

기보쟁탈전

온기를 전해주던 모닥불은 사그라진 지 오래였다. 작은 바람에도 모닥불이 남겨놓은 재들이 이리저리 흩날렸다. 햇빛에 밀려난 원강의 안개들이 허공으로 증발하고 숲과 풀밭으로 이루어진 강기슭은 다시 아름다운 본래의 모습을 드러냈다. 진 주변의 냉기는 이미 아침 햇살의 온기에 밀려나고 있었다. 하지만 무각의 이야기를 듣고 있는 장사진의 표정은 서늘했다.

"결국 그 상처는 자네 스스로 만든 것이군. 어쩐지 상처가 그리 깊지 않더니만……."

"그자가 검을 던져 제가 잡고 있던 판자를 두 동강 내는 순간이 저에게는 기회였습니다. 일부러 몸에 상처를 내 피를 흘린 후 물속 깊이 들어가 그들이 제가 죽었다고 생각하게 만들었지요."

"하지만 오랫동안 물속에 있는 것이 쉬운 일은 아니었을 텐데?"

"도문의 무공은 무림고수들에 비하면 보잘것없지만, 도행을 위해 익히는 몇몇 무공들 중 아주 쓸 만한 것이 몇 개 있습니다. 전 그중 하나인 구명사심술(求命死心術)이란 귀식대법에 제법 능합니다. 구명사심술을 펼친 후 판자 아래에 숨어 판자에 손가락을 박아 넣고 제 목숨을 운명에 맡겼던 것입니다. 만약 어르신께서 절 구해주시지 않았다면 전 원강의 고혼이 되어버렸을 겁니다."

"도문의 특성상 귀식대법이 고절할 수밖에 없겠지."

장사진이 고개를 끄덕였다. 도문은 도행을 업으로 삼는 사람들인만큼 자신의 호흡을 죽이는 일에 능할 수밖에 없었다.

"그 구명사심술은 쉽게 배울 수 있나요?"

송문악이 호기심을 드러내며 무각에게 물었다.

"처음 배우는 사람은 어렵겠지만, 무공을 오래 익혔거나 의술을 익혀 인체의 혈이나 호흡의 원리를 이해한 사람은 그리 어렵지 않게 익힐 수 있네. 왜, 관심이 있으신가?"

"타문의 절기를 탐내는 것은 무례다!"

송문악이 미처 대답을 하기 전에 장사진이 송문악에게 주의를 주었다. 장사진은 자신들이 무각의 목숨을 구해준 것을 빌미로 도문의 절기를 요구하고 있다는 느낌을 무각에게 주기 싫었던 것이다.

"예, 알았어요. 할아버지."

송문악이 장사진의 말에 조금 아쉬운 듯한 표정을 지었지만 순순히 뒤로 물러났다.

"괜찮습니다, 어르신. 물론 다른 때라면 저도 구명사심술의 구결을 타인에게 전하는 것을 꺼려했겠지만 지금은 도문의 유일한 생존자는 저뿐이고, 전 도대체 이 신기루라는 것이 어떤 곳인지 반드시 구경을 해야 직성이 풀릴 듯싶습니다. 그러니 제 목숨은 언제 죽을지 모르는 상태라고 할 수 있지요. 따라서 송 공자와 같은 재능있는 분에게 도문의 구명사심술을 전할 수 있다면 저도 무척 반가운 일이지요."

무각의 말에 송문악이 기대감을 담은 눈빛으로 장사진을 바라봤다. 하지만 장사진은 구명사심술을 송문악에게 전하는 문제는 미뤄두고 다른 것을 무각에게 물었다.

"자넨 그 천문시를 가지고 신기루로 갈 생각인가?"

장사진의 말투에는 걱정이 서려 있었다.

"그럴 생각입니다."

"자네의 몸은 지금 정상이 아니네. 그리고 정상적인 몸을 가지고 있다 해도 신기루는 자네에게 무리일세. 이건 결코 자네를 무시해서 하는 말이 아니야. 단지 천문시를 가지고 있다고 해서 신기루에 들어갈 수 있는 것은 아니란 말을 하고 싶은 걸세."

장사진의 말에 무각이 고개를 끄덕였다.

"어르신의 말씀이 옳습니다. 어쩌다 천문시가 제 손에 들어오긴 했지만 제가 이 천문시를 가지고 신기루의 문을 여는 것은 거의 불가능에 가깝지요. 하지만 그래도 갈 수 있는 데까지는 가볼 생각입니다. 그리고 꼭 신기루에 들지 못한다 해도 그들이 어떤 자들인지 알아볼 수 있는 기회가 오지 않겠습니까?"

"그 의뢰인들 말인가?"

"그렇습니다."

"자네의 입장이 그렇다면 어쩔 수 없지. 그럼 일단 신기루가 있다는 호수까지 함께 가도록 하세. 자네 손에 천문시가 있다는 것은 아무도 모르고 있으니 일단 신기루가 있는 곳까지 가는 것은 문제가 없겠지."

"하지만 무각 아저씨에게 살수를 썼던 자들은 무각 아저씨를 알고 있잖아요?"

"그렇구나. 내가 미처 그것을 생각지 못했군."

장사진이 아차 하는 표정으로 말했다.

"그것은 별로 걱정할 것이 없습니다. 도문에는 얼굴을 바꾸는 여러 재주들이 있으니 변장을 하면 그들도 절 알아보지 못할 겁니다. 더군다나 그들은 절 주의 깊게 본 적이 없으니 더더욱 모습을 바꾼 저를 알아보지 못할 겁니다."

"과연 도문에는 쓸모있는 기술들이 많구먼. 허허허!"

장사진이 너털웃음을 터뜨리자 무각이 겸연쩍은 웃음을
지어 보였다.

"모두 사람을 속이는 잔재주들이지요……."

하지만 잠시 후 무각이 타고 남은 재와 장사진이 가지고 있
던 몇 가지 물건을 빌어 자신의 모습을 바꾸고 나자 장사진과
송문악은 도문의 변장 기술이 결코 잔재주에 지나지 않는 게
아니라는 것을 알게 되었다. 주변에 있는 재료들만으로 자신
의 모습을 바꾼 무각은 삼십대의 장한에서 어느새 오십대의
노인으로 완벽하게 변해 있었던 것이다.

"이제 전 아저씨를 무 할아버지라고 불러야겠어요. 무 할
아버지!"

송문악이 무각의 모습에 감탄하며 입을 열자 무각이 노인
으로 변한 얼굴에 웃음을 지으며 대답했다.

"당연히 그래야 하네, 송 공자. 그래야 다른 사람이 날 완
전히 노인으로 생각할 게 아닌가?"

"자, 그럼 무 노제, 이제 그만 천천히 백마곡으로 가보세."

장사진도 농을 하며 무각을 무 노제라 부르자 무각이 허리
를 굽신거리며 능청스럽게 대답했다.

"예, 예. 장 형님, 앞서 가시지요."

무각의 말에 세 사람은 서로를 보며 한바탕 웃음을 터뜨리

고는 이내 길을 떠날 준비를 하기 시작했다.

* * *

"이건 함정이야!"

한 노인이 날카롭게 검을 휘둘러 세 명의 장년 사내를 일검에 베어버리며 소리쳤다.

"아악!"

그의 주위에서 다시 몇 마디의 비명 소리가 들려왔다. 그리고 잠시 후 노인의 곁으로 십여 명의 피에 절은 노고수들이 몰려들었다. 그 노고수들 중에는 육보산도 포함되어 있었다.

"사형! 점점 위험해지고 있습니다. 사람들이 저희 점창의 말을 믿으려 하질 않습니다."

육보산이 사형이라 부른 자는 일검에 삼 인의 장년 사내를 베어버린 노검수였다.

"보물에 혈안이 된 자들이 우리의 말을 믿을 것 같은가? 점창은 완벽한 함정에 빠졌어. 도문 오군자를 사주한 자들을 밝혀내지 못하는 한, 우린 이곳에서 모두 뼈를 묻게 될 것이다. 이런 상태로 신기루에 도착한다 해도 가짜 천문시로는 신기루에 들 수 없을 테니 말일세. 결국 우리가 모두 죽어야 사람들은 점창의 손에 있는 것이 가짜라는 것을 깨달을 걸세."

"어쩔 수 없지요. 덤벼오는 자들은 모두 베어버리는 수밖에."

서늘한 살기를 뿜어대며 말을 하는 자는 육보산의 사제 청상인이었다.

"끝없이 밀려드는 무림인들을 모두 상대할 수는 없는 일일세. 이미 열 명의 문도가 죽임을 당했어. 그들은 바로 본 점창의 최고수들일세. 뭔가 방법을 찾아야 해. 이곳에서 우리마저 모두 죽는다면 본 점창이 다시 일어서기까지는 수십 년이 걸릴 걸세. 어쩌면 영영 그럴 기회가 없을지도 모르고……."

"다른 방도가 없지 않습니까?"

청상인이 육보산을 보며 답답한 듯 되물었다. 육보산의 말이 옳다는 것을 모르지는 않았다. 하지만 천문시를 노리고 달려드는 무림고수들은 점창의 고수들에게 생각할 시간을 주고 있지 않았다.

"월하장원의 인물들은?"

그때 두 사람의 대화를 듣고 있던 육보산의 사형이란 노인이 짧게 물었다.

"아직 보이지 않습니다."

육보산이 대답했다.

"약속을 깨는 것인가?"

"모르겠습니다. 천문시를 노리는 무림인들의 기세에 약속대로 움직이지 않을 수도 있겠지요."

"흐흐, 단후명 이놈… 감히 이 남유교와의 약조를 깨려 한단 말이지…….."

노인의 입에서 낮은 실소가 흘러나오고, 눈에서 살광이 번뜩였다. 그 서슬에 육보산과 청상인 같은 고수도 흠칫 놀라며 뒤로 물러섰다. 그리고 새삼스럽게 그들은 지금 눈앞에서 분노하고 있는 인물이 누구인가를 떠올렸다.

남유교, 점창제일고수… 점창의 장문인인 여금석조차도 한 수 양보할 수밖에 없는 인물이 바로 눈앞에서 분노하고 있는 자신들의 사형 남유교였다.

'왜 사형의 본모습을 잊고 있었지?'

육보산은 문득 자신과 점창의 고수들이 남유교라는 인물의 본색을 잊어버리고 있었다는 사실을 깨달았다. 점창 장문인 여금석을 놔두고 남유교가 신기루의 전설에 도전하는 점창의 대표라는 사실, 그리고 그가 마음먹었다면 점창의 장문인은 여금석이 아니라 그가 되었을 거란 사실이 불현듯 육보산의 머릿속에 떠오른 것이다.

'사형은 고수다. 그것도 천하제일을 노릴 수 있는 고수! 무공 수련에 방해가 된다고 장문인 자리조차 사제에게 양보한 무골!'

육보산은 어쩌면 지금 점창이 처해 있는 위기를 극복할 수 있을지도 모른다는 생각이 들었다.

'사형이 본색을 드러내기만 한다면… 사형은 또 얼마나 냉혹한 사람이던가!

"그들과 만나기로 한 곳이 바로 이 백마곡의 입구지?"

남유교가 혼잣말처럼 물었다.

"예, 사형!"

잊고 있던 남유교의 본색이 생각난 육보산이 얼른 그의 질문에 대답했다.

"그런데 모습을 나타내지 않았어. 단후명… 쥐새끼 같은 놈!"

운남에서 월하장원의 단후명을 쥐새끼라고 부를 사람은 아무도 없다. 아니, 운남이 아니라 전 무림을 통틀어도 단후명을 쥐새끼로 볼 사람은 별로 없었다.

'하지만 사형이라면 가능하지!'

단후명은 대리 월하장원에서 장주 단지홍을 제외하고는 가장 강한 고수로 알려진 자였다. 대리단씨의 정통을 잇고 있다고 자부하는 월하장원의 위세는 운남에서만큼은 구파일방을 능가한다. 그런 곳의 제이고수를 남유교는 쥐새끼라 부르고 있었다. 그리고 육보산은 그런 남유교에게서 어떤 어색함도 느끼지 못하는 것이었다.

"신기루로 가시겠습니까? 아니면 대리로 귀환을……?"

청상인이 문득 질문을 던졌다.

천문시가 가짜라는 사실을 점창의 고수들은 이 백마곡 입구에 와서야 알아챘다. 그동안은 무림인들의 추격을 피해 회수한 천문시를 살펴볼 여유가 없었던 것이다. 그러다가 월하장원의 고수들과 합류하기로 약조한 이 백마곡 입구에 와서야 그들은 물건에 문제가 생겼다는 것을 깨달았다.

미처 백마곡에 모습을 드러내지 않은 월하장원의 고수들을 기다리며 살펴본 천문시는 그들이 애당초 점창을 떠날 때 가지고 나왔던 물건과 닮아 있었지만 결코 그 물건이 아니었던 것이다. 문제가 생긴 곳도 쉽게 짐작할 수 있었다. 점창의 손에서 천문시가 벗어났던 때는 도문 오군자의 귀신같은 솜씨에 당했을 때밖에는 없었으니 물건이 바뀌었다면 바로 도문 오군자에 의해서였을 것이다.

하지만 점창의 고수들은 백마곡을 떠나 도문 오군자를 찾으러 다닐 수도 없었다. 왜냐하면 지금 이곳 하구 인근에 모여든 무림인들은 모두 점창의 손에 천문시가 있다 믿고 있기 때문이었다. 월하장원의 고수들을 기다리는 동안 기습을 당한 것도 이번으로 세 번째, 함께 온 문도 수는 정확히 반으로 줄어들어 있었다. 청상인의 질문처럼 진퇴를 결정해야 하는 시간인 것이다.

"사정은 회군이 합당하다. 하지만……."

남유교가 말꼬리를 흐렸다.

'사형의 분노가 심상치 않구나.'

육보산은 남유교의 말에서 분노의 크기를 읽었다. 남유교는 냉혹하기도 하지만 일을 처리함에 있어서는 무척 냉정한 사람이기도 했다. 천문시가 가짜로 드러나고 계속되는 무림인들의 공격으로 문도들의 피해가 극심해진 지금, 예전의 그였다면 당연히 이 혈풍의 장에서 단호하게 발을 뺐을 것이다.

지금이라도 점창이 길을 돌려 대리로 돌아간다면 하구에 몰려든 무림인들은 점창의 손에 있는 천문시가 가짜라는 사실을 믿을 것이므로 더 이상의 희생은 줄일 수 있었다. 그러나 그렇지 않고 계속 하구에 남아 뒤바뀐 천문시를 찾거나 혹은 백마곡을 통과해 신기루가 나타난 원강의 호수로 향한다면 점창은 강호무림인들의 공격을 피할 길이 없을 것이다.

이렇게 환히 눈에 보이는 앞일을 놔두고 남유교가 결정을 망설이고 있었다. 남유교의 심정을 짐작하는 것은 어려운 일이 아니었다. 점창제일고수인만큼 남유교의 자존심은 지나칠 만큼 강하다. 그런 그가 겨우 다섯 명의 도둑에게 농락당한 일을 그대로 넘길 수 있을까. 그리고 철썩같이 약조한 월하장원의 배신을 그대로 받아들일 수 있을 것인가. 육보산의 입에서 작은 한숨이 흘러나왔다.

"그 다섯 도둑놈과 그 배후의 놈들을 찾아 벤다. 가능하다면 단후명, 그놈의 목까지… 그 일이 끝난 후에 대리로 돌아간다. 그전에는 절대 대리로 돌아가지 않는다."

남유교의 입에서 결정이 내려졌다. 살아남은 열 명의 점창고수는 예상하고 있었던 일인 듯 아무 말 없이 군건한 안광을 빛내며 남유교의 결정을 받아들였다. 그렇게 점창이 하구에 남아 있는 것으로 행보를 결정하고 있을 때 이미 또 다른 적이 그들 앞에 모여들고 있었다.

"후후후, 이제 그만 결정들을 보셨소?"

점창의 고수들이 모여 서 있는 백마곡 입구의 공터에 음침한 목소리가 울려 퍼졌다. 순간 남유교를 비롯한 점창 고수들의 안색이 어두워졌다. 세 번째의 기습이 끝나고 잠시 숨을 돌리고 나니 또 다른 자들이 모습을 드러내고 있는 것이다. 그리고 이것은 그들이 하구에 남아 있는 한 끊이지 않을 일이었다.

더군다나 음소를 흘려내며 점창의 고수들에게 말을 건네는 자는 지난 십여 일간 백마곡으로 향하던 점창의 고수들을 가장 끈질기게 추격하던 인물 중 하나였다.

"그대는 싸울 때는 모습을 감추었다가 싸움이 끝나면 항상 모습을 드러내는군. 이제 다시 싸움이 시작되면 모습을 감추겠지?"

육보산이 점창의 고수들을 대신해서 어느새 수십 명으로 불어난 무림인들 가운데 앞에 나서 무리를 선동하는 자를 보며 물었다.

"하하하, 본시 이 묘왕은 모든 일을 말로 푸는 것을 좋아하지. 몸으로 싸우는 것은 싫어하는 사람인지라……."

묘왕 충이수, 강호에서 이 이름을 모르는 사람은 없다. 그는 바로 구파일방만큼이나 유명한 강호십대괴객 중 일인이기 때문이었다. 십대괴객은 하나의 무리로 뭉쳐진 자들은 아니었지만, 뛰어난 무공과 기지를 가진 자들로 개개인의 역량으로는 절대 구대문파의 고수들에 뒤지지 않는 자들이었다.

그중에서도 묘왕 충이수는 무공도 뛰어나지만 기계(奇計)에도 능해 사람들 간에 싸움 붙이기를 좋아해서 그가 어떤 일에 끼어들면 반드시 큰 사단이 일어나기 마련이었다.

"그동안 십대괴객은 신기루나 천문시에는 관심을 두지 않더니 이번에는 무슨 바람이 불어 신기루의 일에 뛰어든 것이오?"

십대괴객이 유명한 또 하나의 이유는 그들이 강호에서 활동한 지 무척 오래되었지만, 그들은 언제나 신기루의 전설을 뒤쫓는 무림인들을 비웃을 뿐 자신들은 절대 신기루의 전설을 얻으려 들지 않았기 때문이었다.

"능력없는 자들이나 요행을 바라는 법이지."

이 말은 바로 신기루를 쫓는 무림인들을 두고 눈앞의 묘왕 충이수가 과거에 내뱉은 말이었다.

"흐흐, 물론 신기루의 보물 따위야 나에게는 아무런 관심도 없소이다. 하지만 생각해 보니까 이곳에 오면 수많은 사람들이 모여 있어 재미있는 일이 무척 많을 것 같더란 말이외다. 강호의 모든 무림인이 이 하구로 향하니 홀로 중원에 남아 있기가 영 심심해서 그냥 한번 와본 것뿐이오이다."

"그냥 구경 삼아 온 사람치고는 지나치게 천문시에 관심이 많구려?"

"흐흐, 본래는 관심이 없었는데 점창에서 가짜 천문시를 무림인들에게 던져 주는 것을 보니 흥미가 생겨서 말이오. 본시 싸움을 붙이는 일은 내가 제일 좋아하는 일인데 그 일을 점창의 고수들도 하려는 것을 보니 반가운 마음도 들고……."

남유교는 백마곡에 도착하여 천문시가 가짜라는 것을 아는 순간, 자신이 가지고 있던 천문시가 든 목갑을 점창을 쫓던 무림인들에게 던져 주었던 것이다. 물론 그 안에 든 천문시가 가짜이고 점창도 도문 오군자에게 속았다는 말과 함께였으나, 대부분의 무림인들은 여전히 남유교의 품속에 진짜 천문시가 있을 것이라 믿고 있었다.

"도문 오군자에게 속아 천문시를 도둑맞은 것은 분명 사실이오."

"으음, 그렇구려. 하지만 그 말이 사실이라 해도 이곳에 있는 사람 중에 그 말을 믿을 사람이 없는 것이 문제구려. 이러면 어떻소?"

묘왕 충이수가 고개를 끄덕이며 한 가지 제안을 내놓았다.

"말해보시오."

"문제는 진짜 천문시가 과연 점창의 손에 있느냐 없느냐가 아니겠소? 그러니 허락을 한다면 이곳에 모인 강호의 영웅 중 몇 분이 직접 점창 고수들의 품속을 조사해 보는 것이…….

그래도 천문시가 나오지 않으면 점창의 손에 천문시의 진품이 없다는 것이 확인될 것이고."

"갈!"

순간 남유교의 입에서 노호성이 터져 나왔다.

"감히 점창의 몸을 수색하겠다고? 네놈에게 과연 그럴 만한 자격이 있다고 생각하느냐? 십대괴객이라 하여 제법 이름을 높여주니까 눈에 보이는 것이 없는 모양이구나."

남유교의 눈에서 시퍼런 살기가 쏟아져 나왔다. 하지만 남유교의 노기에도 묘왕 충이수는 뒤로 물러서지 않았다.

"아아, 나에게 그렇게 화를 낼 필요는 없지 않겠소? 난 그저 점창이 거짓을 말하지 않는다는 것을 증명해 주려는 마음에서 한 말이올시다. 싫으며 그만두면 될 것이고……."

"그 방법 말고도 우리의 말이 거짓이 아님을 증명해 줄 방법은 많다."

"그렇소? 이 충이수는 제법 똑똑하다고 자부하는 사람인데 나에겐 딱히 다른 방법이 떠오르지 않는구려. 가르침을 내려 주시겠소, 남 노사?"

"무림에서 진실을 증명하는 방법은 오로지 하나지."

남유교의 목소리가 낮게 가라앉았다. 왠지 모를 스산함이 장내에 감돌았다.

"바로 검!"

말이 떨어지는 것과 동시에 남유교의 신형이 충이수와의 공간을 가르며 날아갔다. 그리고 그보다 더 빠르게 남유교의 검이 한차례 휘둘러졌다. 순간 한줄기 시퍼런 검기가 남유교의 검으로부터 뻗어나가 충이수의 이마를 갈라갔다.

"헉! 검강!"

기가 승해 강을 만든다. 천하의 검객 중 검강을 만들어내는 자는 손으로 꼽을 수 있다. 그 검강이 점창제일고수 남유교의 손에 의해 나타난 것이다.

"이런 젠장!"

여유있던 충이수의 표정이 일그러지면서 입에서 욕지거리가 흘러나왔다. 그러면서도 어느새 허리춤에서 구절편을 뽑아내 검을 잡은 남유교의 손을 공격하여 남유교의 검강을 비껴내려 했다.

"어림없다!"

남유교의 입가에 차가운 비소가 흘렀다. 어느새 그는 충이수가 던져 낸 구절편의 한쪽 마디를 왼손으로 잡아 자신의 몸 쪽으로 끌어당기며 시퍼런 검강이 서린 검을 횡으로 그어버렸다.

"으헉!"

순간 충이수가 도저히 남유교의 검강을 막아낼 자신이 없는지 한마디 비명을 질러대고는 자신이 아끼는 무기인 구절편을 놓아버리며 급히 뒤로 물러섰다.

파직!

하지만 남유교의 검강을 온전히 피해내지 못한 충이수의 가슴에 불로 지진 듯한 상처가 만들어져 있었다.

"이 망할 놈의 늙은이, 어디 두고 보자! 오늘 이 백마곡이 점창의 무덤이 될 것이다!"

뒤로 물러나며 가슴의 상처를 움켜쥐고 남유교를 노려보던 충이수가 남유교를 향해 욕지거리를 내뱉고는 황급히 점창 고수들을 둘러싸고 있는 무림고수들 사이로 사라졌다.

남유교는 도주하는 충이수에게 싸늘한 시선을 한번 보낸 후 자신의 검을 가슴 앞에 들어올린 후, 점창의 고수들을 둘러 싼 수십 명의 무림인들을 보며 서늘한 목소리로 경고했다.

"점창에 천문시가 없다는 것은 이 남유교의 이름을 걸고 맹세한다. 만약 이 내 말을 믿지 못하는 자가 있다면 나의 검에 그 진위 여부를 물어보라!"

남유교의 목소리가 숲 곳곳으로 전해졌다. 숲에는 모습을 드러내지 않은 수많은 무림인들이 숨어 있었다. 지금 점창 고수들을 둘러싸고 있는 수십 명의 무림인은 천문시를 쫓고 있는 무인 중 극히 일부에 지나지 않았다. 백마곡은 험했고, 기회는 언제라도 생길 수 있었으므로 신중한 자들은 오히려 숲에 숨어 기회를 엿보고 있었던 것이다.

그렇게 보자면 오히려 지금 앞에 나서 점창 고수들의 앞을 가로막고 있는 인물들은 천문시를 쫓는 사람들 중 능력이 떨어지는 자들이라 할 수 있었다. 보통 능력이 부족한 자들은 일을 추진하는 것이 성급하기 마련이었고, 특히 눈앞에 보물이 나타나면 이성을 잃고 앞으로 나서는 경우가 대부분이었다.

그래서인지 그들은 더 이상 점창을 압박하지 못했다. 십대 괴객 묘왕 충이수를 일검에 패퇴시키는 남유교의 무공, 더불어 강호의 검객들이 꿈에서라도 보길 원하는 검강의 경지를 선보인 남유교의 경고 앞에 감히 반발할 수 있는 자는 모습을 드러낸 무림인 중엔 없었던 것이다.

"점창의 이름으로 말한다. 누구라도 도문 오군자의 위치를 말해주거나 그들을 내 눈앞에 끌고 오는 자는 점창의 은인이 될 것이다. 그가 원하는 것은 무엇이든 들어주겠다."

이렇게까지 말을 하자 드디어 사람들 사이에는 정말 점창이 천문시의 진본을 가지고 있지 않은가 하는 의심이 생기기 시작했다. 남유교의 말에는 사람들을 설득시키는 힘이 들어 있었고, 눈치 빠른 자들은 이미 남유교의 말에서 진실을 알아냈던 것이다.

스스슥!

갑자기 몇 명의 인물이 숲에서 사라졌다. 그들의 목적지는 쉽게 짐작할 수 있었다. 남유교의 말이 진실이라는 것을 알아채고 도문 오군자를 향해 움직이는 자들이 생겨난 것이다.

갑자기 장내가 부산하게 흔들렸다. 도문 오군자를 쫓을 사람들과 아직은 남유교의 말을 신뢰할 수 없어 점창 고수들의 움직임을 주시하는 사람들로 갈리고 있기 때문이었다.

"내 말을 믿지 못해 점창의 뒤를 따르는 것을 탓하진 않겠다. 하지만 점창을 향해 검끝을 겨눈다면 그자는 반드시 그 대가를 치를 것이다. 사제들, 움직이세."

남유교가 다시 한 번 주변에 남아 있는 무림인들에게 경고를 하고는 살아남은 점창 고수 십여 명을 인솔하고 백마곡 안쪽으로 신형을 날리기 시작했다.

점창 고수들이 움직이기 시작하자, 갑자기 숲에서 거대한 움직임이 시작됐다. 점창을 중심으로 움직여 온 천문시의 추격자들이 점창의 뒤를 따라 일제히 움직이기 시작했기 때문이다.

그 때문인지 남유교 등이 움직인 후 일각여 동안 백마곡 입구의 숲에서는 마치 거대한 벌 떼들이 움직이는 듯한 소음이 끊이지 않고 일었다. 그 소음들이 차차 사그라지고 어느덧 숲에 다시 고요한 침묵이 찾아왔을 때, 문득 사람의 말소리가 들려왔다.

"이렇게 되면 일이 좀 틀어진 것인가?"

장내에 모습을 드러내는 삼 인, 도문 오군자의 목을 베었던 삼십오 사령과 두 명의 동료였다.

"점창의 남유교가 대단한 자라고 소문이 자자하더니 과연 그렇군요. 일검에 묘왕 충이수를 패퇴시키고, 그 기세를 몰아 단숨에 상황을 반전시키다니… 과연 구파의 한자리를 탐낼 만한 저력입니다."

"이제는 어쩔 수 없이 새로운 천문시를 내놓아야겠군."

"누구에게 그 행운을 주실 생각입니까?"

"그야 나도 모르겠네. 일단 구 사령을 만나보면 무슨 말씀이 있지 않겠는가?"

"구 사령께서도 백마곡에?"

삼십오 사령이 고개를 끄덕였다.

"점창의 최후를 보시겠다는 생각이시군요."

"역시 그게 구 사령께는 가장 중요할 테지. 어서 가세. 아마도 우릴 기다리고 계실 거야. 구 사령 앞에서는 말과 행동들을 조심하게. 그는 무척 자존심이 강한 양반일세."

"명심하지요."

대화를 마친 삼 인의 의뢰자가 순식간에 백마곡 안으로 진입해 들어갔다. 그들마저 사라지자 한동안 혈풍이 불어왔던 백마곡 입구는 이제야 본래의 어둡고 깊은 숲으로 돌아갈 수 있었다.

*   *   *

송무군은 번쩍 눈을 뜨며 무의식중에 청명검에 손을 가져 갔다. 등줄기를 따라 한줄기 차가운 땀이 흘러내렸다.

'또 꿈이군.'

최근 들어 눈을 붙일 기회가 많지 않았지만, 눈을 붙인다고 해도 송무군은 깊은 잠에 들 수 없었다. 풍화촌으로 화옥청과 송문악을 찾아 되돌아간 이후 잠잠했던 악몽이 하구로 신기루를 찾아 오면서 다시 시작되었기 때문이다.

"깨어났나?"

문득 송무군의 귓가에 감정이 실리지 않은 목소리가 들려왔다. 곽이산이었다.

"자넨 통 잠을 못 이루는군."

곽이산이 송무군을 향해 입을 열기는 오랜만의 일이었다. 하구로 오면서 곽이산은 꼭 필요한 말이 아니면 송무군에게 말을 건네지 않았다. 어쩌면 그것은 당연한 일이기도 했다. 청명검을 노려 송무군을 최후의 순간까지 밀어붙인 사람이 곽이산이었다. 귀곡육절이 다시 하나의 무리로 움직이고 있다고 해서 그 일이 지워지는 것은 아니었다.

"항상 꿈을 꾸지요."

송무군이 조금 허망한 듯 대답했다. 그로서는 솔직히 곽이산에 대해 특별히 원망하는 마음을 가지고 있지는 않았다. 오히려 송무군은 곽이산이라는 사람의 마음을 이해하고 있었다. 그가 지난 세월 꽤 오랫동안 무던히 참아왔다는 것도 고마웠다. 그의 성정으로 보건대 좀 더 일찍 독하게 손을 쓸 수도 있었을 것이다. 그럼에도 그는 송무군에게 독하게 손을 쓰지 못했다. 그는 어쩌면 송무군 스스로 자신에게 청명검을 가져오길 기대하고 있었는지도 몰랐다. 결국 그 기다림에 지쳐 그는 석두웅 등 흑도의 무리들을 동원했을 것이다.

"무슨 꿈을 꾸는가?"

"매번 같지는 않습니다. 귀곡의 시절이 나타날 때도 있고… 아내와 아이의 얼굴이 보일 때도 있지요. 그리고 사부와 사숙들… 동해의 다도해와 그 혈투들……."

"나는 그 꿈에 나오지 않는가?"

곽이산의 질문에 송무군이 대답을 하지 않고 씁쓸하게 웃었다.

"멍청한 질문을 했군. 어찌 내가 자네 꿈에 나오지 않겠는가? 단지 좋은 모습이 아니겠지."

송무군은 여전히 대답하지 않았다. 꿈속에서 곽이산이 언제나 자신에게 마창의 끝을 겨누고 있다 말할 수는 없는 문제였다.

"사제……."

"예, 대사형!"

"이번 신기루의 일이 끝날 때까지만 참아주게."

송무군의 눈이 번쩍였다. 눕거나 혹은 나무에 기대어 잠을 청하고 있던 귀곡육절의 사형제들 중 누군가가 잠결에 몸을 꿈틀거렸다.

"사형······!"

"욕망이라는 것은 부질없는 것이라는 것을 알면서도 헤어 나올 수 없는 것이지. 나도 모르는 것은 아니었네. 청명검의 주인으로 나보다는 사제가 훨씬 어울린다는 것을. 하지만 자네도 알다시피 난 욕심이 많은 사람일세. 귀곡육보를 포기하는 것은 쉽지 않았다네. 난 적어도 사부님의 경지에는 도달하고 싶었다네. 하지만 시간이 지나 우리 사형제가 뿔뿔이 흩어지고 귀곡이 폐문의 처지에 놓이게 되자 난 알게 되었지. 왜 사부가 귀곡육보를 우리 여섯 사람에게 골고루 나누어 주었는지 말이야."

곽이산의 목소리는 평소와 무척 달랐다. 그의 목소리에는 감정이 깃들어 있지 않았다. 그것은 다른 때와 다르지 않았다. 하지만 그럼에도 불구하고 그의 목소리는 다른 때와 달랐다. 적어도 송무군은 그렇게 느꼈다. 약간의 우울이 배어 있는지도 몰랐다.

"왜 흩어지면 그 귀함이 절반에도 미치지 못하는 귀곡육보를 나누어 주셨을까? 예전에는 사부의 그 행동을 원망하였는데, 요즈음에는 조금씩 사부의 마음을 이해하게 되었다고나 할까. 사제는 왜 사부께서 귀곡육보를 우리 여섯 사람에게 나누어 주었다고 생각하는가? 여섯 제자를 같은 무게로 사랑하셔서?"

곽이산이 송무군에게 물었다. 송무군은 이 질문에 대한 답을 알고 있었다. 그도 이와 같은 생각을 안 해본 것이 아니기 때문이었다.

"우리 사형제가 언제나 함께하기를 바라셨겠지요. 귀곡의 이름으로……."

송무군의 말에 곽이산이 고개를 끄덕였다.

"맞아. 사부는 본시 심기가 깊은 양반이었지. 사부는 이미 우리 여섯 사형제의 품성을 모두 파악하고 계셨던 거야. 만약 한 사람에게 여섯 개의 기보를 모두 주어 사부의 진전을 잇게 하면 나머지 다섯 사람은 귀곡을 떠날 것이라는 것을 아신 거지. 하지만 귀곡육보가 우리 여섯 사형제에게 하나씩 있으면 그 귀곡육보가 하나로 모여지기 전에는 누구도 귀곡의 이름에서 벗어나지 못할 것이라 생각한 것이야. 우린 모두 욕심이 많은 사람들이니까. 허허허. 음흉한 사부 같으니라구. 그런 식으로 우리 여섯 사형제를 귀곡에 묶어두려 하시다니."

결국에는 너털웃음까지 터뜨리는 곽이산을 송무군은 아픈 시선으로 바라보고 있었다. 귀곡육보가 나뉘어진 것을 가장 아쉬워한 사람이 바로 대사형 곽이산이었으므로, 또는 대제자로서 사부의 진전을 온전히 받아내지 못한 자의 자괴감 같은 것이 항상 곽이산에게는 내재해 있었던 것이다.

"사제!"

"예, 대사형!"

"이번 일이 끝나면 자네가 귀곡을 맡게."

송무군은 자신의 이마가 서늘해짐을 느꼈다. 곽이산의 의도를 파악하기 어렵다. 자신을 시험해 보는 것인가?

"달리 생각할 것도 없는 일이었지. 청명검을 자네에게 주셨으니 그것은 곧 귀곡을 자네에게 맡긴다는 의미인 게야. 더군다나 사부가 자네의 목숨을 담보로 청명검을 맡겼다면 더더욱 그렇지. 사부의 그 의도를 몰라 지금껏 우리 여섯 사형제가 반목한 것은 아니네. 단지… 자네를 귀곡의 곡주로 인정하기엔 우리 모두의 욕심이 너무 많았다는 것이 문제였을 뿐. 하지만 십칠 년이란 시간은 몹시 긴 시간일세. 나와 같은 사람도 지쳐 가는데 다른 사제들은 오죽했을까. 이번이… 이번이 마지막일세. 내가 대사형으로서 귀곡육절을 이끄는 것은……!"

"대사형!"

"이번만 이 사형의 욕망을 이해해 주게. 신기루… 한 번은 반드시 도전해 보고 싶었네. 이번 일이 끝나면 마창을 사제에게 맡기겠네."

곽이산이 두 개로 나뉘어져 있는 묵빛 마창을 들어 보였다. 그의 얼굴에 한가닥 미소가 흘렀다. 송무군은 곽이산의 웃음이 무척 편안해 보인다고 생각했다.

"으음……!"

잠들어 있는 듯하던 신조가 불편한 듯 몸을 뒤척이며 작은 소리를 냈다. 하지만 그의 입가에는 작은 미소가 지어져 있었다.

아침이 밝아오자 귀곡육절은 백마곡 중심부를 향해 숲을 헤쳐 나가기 시작했다. 앞서 간 자들이 남겨놓은 흔적은 숲 이곳저곳에 남겨져 있었다.

"많이도 죽었군. 퉤!"

신조가 오래된 소나무 밑동에 기대어 죽은 무림인의 시체를 보며 입 안에 고인 침을 뱉어냈다. 백마곡 중심부로 갈수록 시체는 눈에 띄게 늘어나고 있었다.

하지만 살기가 만연한 숲을 이동하면서도 귀곡육절의 표정은 그 어느 때보다도 밝았다. 신조 등이 보이던 곽이산에 대한 적대감조차 이제는 사라져 귀곡육절은 하룻밤 새 온전한 사형제의 모습으로 돌아와 있었던 것이다.

차차창!

갑자기 여섯 사형제가 가는 방향 앞쪽에서 병장기 부딪치는 소리가 날카롭게 들려왔다.

"또 싸움인가?"

신조가 눈살을 찌푸렸다. 요 며칠 동안 귀곡육절은 신물이 날 정도로 많은 싸움을 구경했다. 신기루가 나타난 하구 인근에서는 무림인들 간의 싸움이 끊임없이 벌어지고 있었다. 싸움은 반드시 천문시에 의해 일어나는 것은 아니었다. 수많은 무림인들이 몰려들다 보니 서로 간에 도검이 아니면 해결할 수 없는 원한을 가진 인물들도 많았고, 또 신기루에 대한 욕망에 사로잡힌 무림인들의 날카로워진 신경 탓에 사소한 마찰도 곧 목숨을 가르는 싸움으로 발전하기 일쑤였다.

"이번엔 뭔가 좀 다른 것 같은데?"

앞서 가던 곽이산이 입을 열었다.

"다르다뇨, 대사형?"

신조가 친근한 어조로 물으며 곽이산 옆으로 다가갔다. 그것은 지난 십칠 년 귀곡의 여섯 사형제들 사이에서 전혀 볼 수 없던 모습이었다.

"보게. 드디어 본격적인 싸움이 시작된 모양이야."

곽이산이 한 손을 들어 절벽으로 둘러싸인 계곡 안쪽을 가리켰다. 그러자 과연 곽이산의 손이 가리킨 곳에 수백 명의 무림인이 몰려 있는 것이 눈에 들어왔다.

"이건… 보통 싸움이 아니군요."

신조가 눈을 동그랗게 뜨며 말했다.

"이곳에서 저렇게 많은 사람들이 몰려들 일은 오직 하나밖에 없지."

"천문시!"

신조가 곽이산의 말을 받아 외쳤다.

"맞았어. 바로 천문시가 나타난 것이지."

"가봐야겠군요."

유공무의 말에 곽이산이 고개를 끄덕였다.

"이 백마곡만 지나면 바로 신기루가 나타났다는 호수일세. 지금부터는 한시도 천문시의 행방에서 멀어져서는 안 되네. 우리가 알고자 하는 일, 만나고자 하는 사람이 이곳에 있다면 반드시 천문시 곁에 나타날 것이니까."

"흐흐, 운이 좋으면 천문시를 얻을 수도 있고요."

신조가 능글맞은 웃음으로 곽이산의 말을 거들었다. 여섯 사형제는 서로 눈빛을 교환하고는 이내 수백 명의 무림인이 기보쟁탈전을 벌이고 있는 백마곡 깊은 계곡으로 달려가기 시작했다.

날이 밝은 지 오래였으나 수천 길 절벽으로 둘러싸인 백마곡의 안쪽은 빛이 들어오지 않아 어두운 저녁처럼 을씨년스러웠다. 그곳에 수백 명에 이르는 무림인들이 삼삼오오 짝을 지어 계곡의 중앙에서 무서운 대결을 벌이고 있는 이십여 명의 모습에 시선을 고정시키고 있었다.

"뭐야, 저들은?"

신조가 달려오던 걸음을 급히 멈추며 소릴 질렀다.

"저들은?"

귀곡육절의 다른 사형제들 역시 신조의 주위로 다가서며

의구심 어린 눈빛을 발했다.

"점창과 월하장원의 고수들이 아닙니까? 아니, 도대체 저 두 문파의 고수들이 왜 싸움질을 하고 있는 거지?"

점창과 월하장원은 운남을 대표하는 문파들이었다. 운남에서 두 문파 사이는 돈독한 것으로 알려져 있었다. 한 산에 두 마리의 호랑이가 있기는 힘든 법이지만, 두 문파는 적당한 타협 속에 운남에서 함께 공존하고 있었다.

"저들 두 문파는 본래 친분이 두터운 것으로 알려져 있었는데……?"

신조가 고개를 갸우뚱거렸다.

"좀 더 가까이 가보세."

곽이산의 재촉에 귀곡육절은 점창과 월하장원의 고수들이 싸움을 벌이고 있는 곳으로 좀 더 다가갔다. 그리고 잠시 후 귀곡육절은 왜 이 두 문파가 싸움을 벌이고 있는지 알 수 있었다.

월하장원의 제이고수 단후명은 이마에 흐르는 땀을 닦아낼 사이도 없이 몸을 날리고 있었다. 자신의 사혈을 파고드는 점창제일고수 남유교의 검은 상상했던 것 이상으로 엄청났다. 단후명은 남유교의 검을 받고서야 점창이 구파의 한자리를 노리는 곳이라는 것을 뼈저리게 깨닫고 있었다.

단후명의 몸 여러 곳에 선혈이 낭자했다. 검강의 반열에 오

른 고수의 공세란 강호 일절로 소문난 월하장원의 일선지로
도 견디기 어려운 것이었다.

"끝이다. 감히 점창을 농락한 죗값을 치르라!"

남유교의 입에서 서늘한 일갈이 터져 나왔다. 살기와 진기
로 어우러진 남유교의 검이 웅웅거리며 울음을 흘려냈다.

"남 노사, 오해요. 본 장은 절대 점창을 속이지 않았소."

단후명은 상대의 공격에 대비해 진기를 끌어올리면서도
지금 벌어지고 있는 일이 오해로 인해 생긴 일임을 남유교에
게 급급히 설명하고 있었다. 하지만 상대는 이미 자신의 말을
들으려 하지 않았다.

"오해? 무엇이 오해란 말이냐? 네놈들은 본 문과 약속한 곳
에 나타나지 않았을뿐더러 본 문이 도둑맞은 천문시의 진품
을 가지고 있었다. 더군다나 우리가 백마곡 입구에서 수많은
무림인들에게 공격받고 있을 때, 그 기회를 이용해 백마곡을
통과하려던 너희가 아니더냐? 사실이 이렇게 명확한데 무슨
오해가 있단 말인가? 도문 오군자를 사주해 본 문에게서 천문
시를 훔쳐 내게 한 자들은 바로 네놈들이 아니더냐? 이거야말
로 믿는 도끼에 발등 찍힌 격이 아닌가!"

"남 노사, 내 말을 좀 들어보시오. 천문시는 우리 자신도
모르는 사이에 우리에게 전해졌소. 도대체 우리도 천문시가
어떻게 우리 손에 들어왔는지를 모르겠단 말이오."

"허황된 변명! 천문시는 천고의 보물, 어느 누가 그런 보물

을 너희에게 그저 가져다준단 말이냐? 혹 모르지. 도문 오군자가 과거 월하장원에 큰 은혜를 입어 스스로 훔쳐다 준 것일지도. 하지만 그렇다고 해도 남의 물건이 손에 들어왔으면 당연히 주인에게 돌려주어야 옳은 일이 아니냐. 너희가 떳떳하다면 왜 본 점창의 눈을 피해 백마곡을 통과하려 했느냐?"

남유교의 추궁에 단후명이 목소리를 낮추며 대답했다.

"확실히 이 일은 우리 월하장원의 잘못이 크오. 보물이 손에 들어오니 없던 욕심도 생겨나더이다. 그 부분은 사죄드리오. 하지만 이것만은 분명하오. 결코 본 장이 도문 오군자를 사주해 점창에서 천문시를 빼돌리지 않았다는 사실 말이오. 그러니 이쯤에서 검을 멈춰주시오. 천문시는 본래 점창의 물건이니 돌려 드리겠소."

"흥! 잘도 둘러대는군. 하긴 도문 오군자가 모두 죽었다니 그런 발뺌을 할 수 있는 것이겠지. 원강 기슭에서 도문 오군자의 시신이 발견되었다더군. 그 역시 네놈들 짓이겠지? 하지만 세상일이 모두 너희 마음대로 되는 것은 아니다. 오늘 이 남유교가 점창을 농락한 자들의 최후를 무림에 알게 해줄 것이다."

"진실을 말해도 믿지 않으니 이 단모도 더 이상 어쩔 수 없구려. 그러나 오늘 이곳에서 우리 월하장원의 문인을 모두 죽인다 해서 모든 일이 끝나는 것은 아니오. 이로써 수백 년 이어온 단씨와 점창의 교분은 막을 내릴 것이고, 양 파 간의 전

쟁이 시작될 것이오."

"이미 네놈들이 천문시를 훔쳐 내는 순간 양 파의 관계는 끝난 것이야. 바로 이렇게!"

남유교의 한 발이 앞으로 내밀어지는 순간 그의 몸이 순식간에 단후명의 앞으로 다가왔다. 그리고 예의 그 청색 검강이 단후명의 목을 향해 벼락같이 그어졌다.

第八章

재회

　남유교의 검(劍)과 단후명의 지(指)! 두 종류의 강호 초절 정무공이 격돌했다. 하지만 승부는 사람들이 예상한 것보다 쉽게 갈렸다. 검강의 경지에 오른 남유교의 검에 단후명의 지법은 상대가 되지 않았던 것이다.

　"음……!"

　낮게 깔린 억눌린 신음성이 흘러나왔다. 단후명의 목 언저리부터 어깨에 이르는 곳에 길게 혈선이 그어져 있었다. 그나마 남유교의 검에 목이 잘리지 않은 것만도 다행인 상태, 하지만 한 번 급소에 대한 공격을 피했다고 해서 위험이 완전히 사라진 것은 아니었다. 오히려 더 위협적인 공격이 연이어 단후명을 향해 다가오고 있었다.

"그 알량한 재주로 감히 점창을 농락하려 들었느냐?"

어느새 남유교의 검은 허공을 한 번 휘감더니 곧바로 단후명의 심장을 향해 뻗어오고 있었다. 단후명의 눈빛이 잘게 흔들린다고 느낀 순간, 갑자기 단후명의 안광이 갑자기 번뜩였다.

"좋아. 남유교의 검을 당할 수가 없다는 것을 인정하지. 오늘 이곳이 이 단후명의 무덤이 될 곳이라는 것도 인정하마! 하지만 점창 또한 결코 천문시를 손에 넣을 수는 없을 것이다!"

단후명의 입에서 악에 받친 듯한 목소리가 흘러나오더니, 그의 한 손이 찔러오는 남유교의 검을 막아내려는 듯 앞으로 나아가고 나머지 한 손은 자신의 품속으로 들어가 작은 목갑을 꺼내 들고는 점창과 월하장원의 싸움을 구경하고 있는 수백 명 무림인들을 향해 던져 냈다.

"인연이 있는 자! 천문시를 얻을 것이다! 하하하!"

목갑이 하늘 높이 치솟았다. 그리고 그 순간 남유교의 검이 앞을 가로막는 단후명의 손을 꿰뚫고 다시 그의 심장에 꽂혀 들었다.

"큭… 크크큭, 좋아, 정말 대단하군. 남유교, 하지만 너 또한 승자가 아니다. 천문시는 결코 점창의 손으로 돌아가지 않아… 어리석은 자, 정말 월하장원이 천문시를 훔쳐 냈다고 생각하는 건가? 아직도……"

남유교의 검에 단후명의 피가 흘러내렸다. 남유교의 아미가 꿈틀거렸다.

"놈!"

남유교가 한마디 노성을 발하며 단후명의 심장으로부터 매섭게 검을 비틀어 빼내자 단후명의 가슴에서 핏줄기가 분수처럼 터져 나왔다.

"어리석구나, 남유교… 하하하!"

단후명이 비틀거리는 몸으로 한바탕 남유교를 비웃고는 자신의 손을 들어올려 스스로 관자놀이를 가격했다. 그러자 순식간에 그의 머리가 한쪽으로 틀어지더니 이내 그 자리에 쓰러져 죽어버리는 것이었다. 단후명은 남유교의 검으로부터 생긴 상처의 고통을 겪지 않기 위해 스스로 목숨을 끊은 것이다.

"독한 놈!"

남유교가 죽어 넘어진 단후명의 시신을 보며 씹어뱉듯 말을 던져 냈다. 단후명이 죽음으로써 점창과 월하장원의 싸움은 끝이 난 것이라 할 수 있었다. 그것을 증명이라도 하듯, 단후명의 죽음과 함께 장내에서 싸움을 벌이고 있던 월하장원의 문도들이 하나둘 점창 고수들의 검에 쓰러져 가고 있었다. 그리고 어느 순간 살아남은 월하장원의 문도 세 명이 양 파의 주위를 둘러싸고 싸움을 구경하고 있던 무림인들의 사이로 몸을 피해 달아나기 시작했다.

"쫓지 마라. 어차피 단씨와는 두고두고 풀어야 할 일이 많을 것이다. 그것보다 천문시의 행방을 놓치지 마라!"

남유교가 냉정한 목소리로 월하장원의 생존자를 추격하려는 점창 고수들을 제지하고는 눈을 들어 멀리 한 떼의 사람들이 복마전처럼 뒤엉켜 있는 곳을 바라봤다.

천문시를 놓고 벌이던 점창과 월하장원의 싸움은 이내 수백 명의 무림인이 뒤엉킨 한바탕 피의 폭풍으로 변해 있었다. 시작은 월하장원의 단후명이 점창에 천문시를 넘겨주는 대신 싸움을 구경하는 무림인들 쪽으로 천문시가 담긴 목갑을 던져 내면서부터였다.

가장 재수가 없던 사람은 얼떨결에 단후명이 던져 낸 목갑을 받아 든 하북의 고수 척경산이란 자였다. 그는 별반 무공이 고강하지 않은 자로서 신기루가 나타났다는 소식을 듣고 강호무림의 일대 기사를 구경이나 하려고 먼 길을 왔다가 졸지에 천문시를 손에 쥔 자가 되었던 것이다. 하지만 천문시는 곧 그에게 일생일대의 불행이 되었다. 얼떨결에 목갑을 받아 든 그는 목갑을 열어 천문시의 본모습을 구경하기도 전에 누군가의 검에 목이 잘려 나갔기 때문이다.

"피의 수레바퀴는 어김없이 구르기 시작했군."

유공무가 수백 명의 무림인들이 고기 떼처럼 한쪽으로 몰려가는 것을 보며 중얼거렸다.

"신기루가 만들어낸 혈풍이지요."

송무군이 착잡한 어조로 말했다. 그때 그들의 곁을 스치며 남유교를 선두로 점창의 살아남은 고수 일곱 명이 바람처럼 지나갔다.

"여전히 그들은 강하군요."

이번에는 백적경이 한숨 섞인 목소리로 말했다. 수많은 적을 상대하며 백마곡까지 온 점창이었다. 그리고 다시 월하장원이라는 무시하지 못할 고수들을 상대한 점창에게 아직도 천문시를 쫓을 힘이 남아 있다는 것은 정말 놀라운 일이 아닐 수 없었다.

"천문시는 없던 힘도 생기게 만드는 물건이지."

곽이산이 무리의 가장 앞을 보며 중얼거렸다. 그의 시선이 닿은 곳에선 또 어떤 자가 운 좋게, 혹은 불행하게 천문시를 얻었는지 수많은 무림인의 추격을 받으며 백마곡의 입구와 반대 방향으로 달리고 있었다.

"그럼 우리도 가볼까요?"

신조가 씩 웃으며 곽이산에게 말했다.

"좋아, 가보세. 혹시 아는가? 월하장원의 단후명에게처럼 나에게도 하늘에서 천문시가 떨어질지……!"

곽이산을 선두로 귀곡의 여섯 사형제도 무림인들의 뒤를 쫓기 시작했다.

한차례 혈풍이 지나간 자리에 십여 명의 흑의인이 모습을 드러냈다. 그들 중 원강에서 도문 오군자의 목숨을 취한 삼인의 모습도 보였다.

"생각보다 일이 잘 풀렸군."

열 명의 흑의인 중 가장 중앙에 있던 초로의 노인이 입을 열었다. 노인은 다른 자들보다 몸집이 작고 호리호리해 보였으나, 그의 눈빛과 표정에서 느껴지는 냉랭한 기운 때문인지 그의 주위에 있는 아홉 명의 흑의인은 노인을 몹시 어려워하는 듯 보였다.

"점창과 월하장원이 원수지간이 되었으니, 이번 일의 절반은 성공했다고 보아야겠지요."

도문 오군자의 목숨을 취했던 자들 중 삼십오 사령이라 불린 자가 조심스럽게 대답했다.

"그렇다고 봐야겠지. 자, 그럼 이제 과연 누가 천문시를 얻어 신기루의 문을 열지 구경하는 일만 남은 것인가?"

"구파일방의 고수들이 천문시를 얻기 위해 본격적으로 움직이려면 저 무리들이 백마곡을 완전히 벗어나야겠지요."

"좋아. 그럼 우리도 신기루로 이동한다. 그 안에 다른 변수들이 생기면 안 되니 모두들 방심하지 말도록!"

"알겠습니다, 구 사령!"

흑의인들이 구 사령이라 불린 노인에게 허리를 숙여 보였다. 그러자 노인이 가볍게 고개를 끄덕이고는 백마곡의 출구

를 향해 발걸음을 옮기기 시작했다. 노인은 마치 산보를 하듯
가볍게 발걸음을 옮겼음에도 불구하고 움직이는 속도는 무섭
도록 빨라 순식간에 백마곡의 깊은 계곡 안쪽으로 그 모습이
사라지는 것이었다.

*　　　*　　　*

　원강의 강물이 유유히 흐르다 어느 순간 갑자기 폭이 넓어
지는 호수 지역으로 들어서자 강 옆으로 솟구친 높은 산들에
가려 있던 쪽빛 하늘이 시원하게 모습을 드러냈다.
　호수라고는 하지만 강의 한 부분이기에 흐르는 물은 유속
을 줄일 뿐 멈추지 않고 계속 흘러내려 갔다. 호수의 크기는
그 끝이 사람의 시야로 다 잡지 못할 만큼 넓었다. 호수 주변
으로 펼쳐진 웅장한 산세와 그 속을 드러내지 않는 태고의 원
시림은 보는 사람으로 하여금 절로 자연의 신비로움에 탄성
을 자아내게 만들었다.
　"바다 같아요."
　송문악이 끝없이 펼쳐진 호수를 보며 감탄사를 흘러냈다.
　"이곳을 빠져나가면 안남 땅이다. 그 땅을 지나면 바로 바
다가 있지."
　장사진이 송문악과 마찬가지로 경이로운 자연의 풍경에
취한 목소리로 대답했다.

"곧바로 신기루로 향할 생각이신지요?"

무각이 물었다. 장사진과 송문악 두 사람과 달리 무각은 호수의 아름다움보다는 신기루에 더 많은 관심을 보이고 있었다. 다섯 명의 사부가 죽으며 남긴 천문시를 그냥 내버려 둘 수는 없는 일이기 때문이었다. 그런 무각을 보며 장사진이 걱정스러운 목소리로 말했다.

"이보게, 무 형제!"

"말씀하시지요, 어르신!"

"자네는 꼭 신기루에 들어가야 되겠는가?"

장사진의 물음에 무각이 대답 대신 고개를 끄덕이는 것으로 자신의 결심을 드러냈다.

"휴, 내가 오는 동안 이야기했지만 이 신기루라는 것은 사람들이 알지 못하는 많은 비밀이 숨겨져 있는 곳이라네. 난 신기루를 수십 년 동안 조사해 온 사람이지만 아직 그 비밀의 중심에 다가서지 못했다네. 하지만 한 가지 확신할 수 있는 것은 있네."

장사진이 무각의 눈을 똑바로 보며 말했다.

"그게 무엇입니까?"

무각 역시 장사진의 시선을 피하지 않고 물었다.

"신기루에 어떤 보물이 있는지는 모르겠으나, 그것은 수많은 무림인들에게는 그야말로 신기루에 지나지 않을 뿐이란 것일세."

"신기루에 지나지 않는다고요?"

"그렇다네. 시간이 지나면 허공중에 흩어지고 마는 신기루… 십 년 혹은 이십 년을 주기로 잠시 나타났다가 수많은 무림인의 피를 흘리게 만들고는 허무하게 사라져 버리는 말 그대로 신기루에 지나지 않는다는 말일세."

"하지만 그 신기루의 전설을 얻은 인물들도 있지 않습니까?"

무각이 반발하듯 물었다.

"물론 신기루의 전설을 얻은 인물들이 있긴 하지. 정확히 네 명! 하지만 지난 백여 년간 신기루의 전설로 인해 죽어간 무림인의 숫자가 몇 명인 줄 아는가? 아니, 그 숫자는 셀 수조차 없겠지. 멸문당한 문파의 숫자를 세는 것도 쉽지 않을 걸세. 난 이 수많은 문파의 멸문과 셀 수 없는 사람들의 죽음이 결코 우연이라고 믿지 않는다네. 이 일에는 반드시 무언가 음모가 서려 있어. 그럼에도 불구하고 자넨 꼭 신기루에 들어가야 되겠는가?"

장사진의 말에 무각이 언뜻 대답을 하지 못하고 있다가 한순간 입술을 질끈 깨물며 굳은 목소리로 대답했다.

"어르신의 말씀이 사실이라 하더라도 전 신기루에 들어가겠습니다. 들어가서 과연 이 신기루에 어떤 비밀이 숨겨져 있는지 제 눈으로 확인하겠습니다."

"돌아오지 못할 수도 있네."

"각오하고 있습니다."

장사진은 무각을 더 이상 설득하기 힘들다는 것을 깨달았다. 그리고 한편으로는 자신도 신기루 안으로 들어가 보고픈 충동을 느꼈다.

'신기루 안에 들어간다면 모든 의혹을 알 수 있지 않을까? 누가 왜 이 신기루를 만들어낸 것인지……'

"좋아, 더 이상 자네를 말리지 않겠네. 하지만 신기루로 향하는 것은 조금 뒤로 미루고 일단 주변의 상황을 살펴보도록 하세나."

"어르신 말씀에 따르겠습니다. 조심해서 나쁠 것은 없지요."

무각이 순순히 장사진의 말에 수긍했다. 그때였다. 갑자기 송문악이 자리에서 일어나며 탄성을 질렀다.

"신기루예요!"

송문악의 외침에 장사진과 무각 두 사람도 급히 앉아 있던 몸을 일으켜 송문악의 손끝이 가리키는 곳으로 시선을 돌렸다. 그러자 과연 아스라이 먼 곳에 신비로운 형태의 건물들이 오색찬란한 빛깔을 흘려내며 구름 위에 떠 있듯 웅장한 자태를 드러내고 있었다.

"아름다워요!"

송문악이 자신도 모르게 중얼거렸다. 장사진과 무각도 송문악의 말에 반대할 생각은 전혀 없었다. 과연 신기루는 송문악의 말처럼 사람이 만들어낸 것이라고는 믿을 수 없을 만큼 아름다웠기 때문이다.

"정말 신기루가 아닐까요?"

무각이 믿을 수 없다는 듯 중얼거렸다.

"그랬으면 오죽 좋겠는가?"

장사진이 무각의 말에 어느새 침착함을 회복한 음성으로 대답했다. 그의 말처럼 세 사람의 눈앞에 나타난 신기루가 자연현상이 만들어낸 것이라면 그들은 그 신기루가 다시 자연의 품으로 흩어질 때까지 한없이 배 위에서 신기루를 감상하고 있었을지도 몰랐다.

하지만 지금 그들의 눈앞에 펼쳐진 신기루는 아름다움만을 간직한 자연현상이 아니었다. 저 황홀한 환상 속에는 인간이 만들어놓은 천하의 기보와 그 기보를 차지하기 위해 움직이는 수많은 군상의 욕망이 포함되어 있기 때문이었다. 그리고 그 욕망의 움직임은 바로 지금 이 순간에도 아름다운 호숫가에서 벌어지고 있었다.

차차창!

아득하게 먼 곳에서 쇠와 쇠가 부딪치는 소리가 들렸다.

"저길 보세요!"

다시 송문악이 흥분한 목소리로 외쳤다. 장사진과 무각이 송문악이 가리킨 곳으로 시선을 돌리자 호수 북쪽 하늘을 찌를 듯이 솟아 있는 석산들 사이에서 한 무리의 사람들이 쏟아져 나오는 것이 시야에 잡혔다.

"점창이 백마곡으로 향했다더니……."

장사진이 말꼬리를 흐렸다.

"점창이 천문시가 바뀌었다는 것을 눈치 챘을까요?"

무각이 걱정스런 목소리로 물었다.

"글쎄. 그런 것 같지는 않은데? 만약 가짜 천문시라는 것이 밝혀졌다면 사람들이 저렇게 몰려다니지는 않을 것 아닌가?"

"점창에서 가짜라는 것을 알았다고 해도 다른 사람들이 믿지 않을 수도 있겠지요."

"그도 그렇군. 점창이 가짜라 한다고 순순히 그 말을 믿을 사람은 몇 없을 테니… 일단 저들이 향하는 곳으로 가보세. 그곳에서 만날 사람들이 있네. 아니면 자넨 바로 신기루로 향할 텐가?"

장사진의 말에 무각이 잠시 생각에 잠겼다가 고개를 저었다.

"아닙니다. 일단 어르신과 동행하도록 하지요. 제겐 시간이 조금 더 필요합니다. 아직 몸이 완전하지가 않아서요. 또 신기루에 들기 전 어르신께서 걱정하신 부분에 대해 좀 더 알아볼 수도 있으니까요."

"잘 생각했네. 신기루에 드는 것은 가능하면 사람들의 이목을 피해서 해야 할 일이야. 지금은 자네가 신기루로 향하는 것을 발견하기만 해도 수백 명의 무림인들이 자네를 추격할 걸세. 나중에 기회를 노리는 것이 좋을 걸세. 자, 그럼 저 앞쪽에 배를 대기로 하지. 저기 보이는 석산은 제법 험해 신기루와 천문시를 따라다니는 무림인들을 살피기에 적당한 것 같군."

장사진이 손을 들어 백마곡과 신기루의 중간 지점에 있는 석산을 가리켰다. 장사진의 말에 따라 무각과 송문악은 배를 석산 가까운 강기슭으로 몰아가기 시작했다.

강기슭에 도착한 송문악 등 삼 인은 급히 몸을 움직여 석산 중간 부분으로 올라갔다. 석산이라고는 해도 곳곳에 무성한 숲들이 형성되어 있어 사람들의 눈에 띄지 않고 주변을 살피기에는 안성맞춤이었다.

"진을 쳐야겠다."

석산 중턱 바위와 나무들이 뒤엉킨 곳에 도착한 장사진이 주변을 돌아보며 말하고는 이리저리 움직이며 주변에 나뒹굴고 있는 적당한 크기의 바위들을 움직이기 시작했다.

그렇게 얼마나 움직였을까. 장사진은 세 사람이 있는 곳을 빙 둘러 대략 오 장여의 공간에 어린아이 머리만 한 돌부터 어른 몸통만 한 돌들까지 다양한 돌들을 이리저리 어지럽게 배치해 놓았다.

"자, 모두 끝났으니 이리들 와서 앉게. 저 돌들 사이로 들어가지 않도록 조심하고."

장사진이 진 치기를 마치고 나서 송문악과 무각을 불렀다.

"할아버지, 이건 무슨 진이에요?"

"이 진은 팔괘진이라는 것이다. 과거 송림에서 내가 만들어냈던 안개를 기억하지?"

"예, 할아버지."

"바로 그 진이 팔괘진의 원형인데 지금은 그런 대진을 치기는 어려워 돌과 바위들을 이용해 우리 세 사람의 모습만을 감출 수 있게 간단하게 변형시킨 진이란다."

"그런데 왜 안개가 생기지 않지요?"

"하하! 문악아, 물론 이곳도 호숫가 근처이니 안개가 생기게 할 수는 있단다. 하지만 지금 이 주변에는 안개가 없으니 우리가 있는 곳에만 안개를 만들어내면 당연히 사람들의 이목을 끌 것이 아니겠느냐?"

"아! 그렇군요. 문악이가 잠시 멍청한 생각을 했네요. 헤헤……."

"자, 이제 이곳에서 잠시 지나가는 사람들을 살펴보자꾸나. 귀곡육절이 이곳에 왔다면 반드시 그들은 이곳을 지나갈 것이다."

장사진의 말에 송문악이 기대와 걱정이 뒤섞인 표정으로 장사진을 보며 물었다.

"아버지를 만나면 정말 절 두고 떠나실 거예요?"

송문악의 물음에 장사진이 잠시 생각에 잠기는 듯하더니

이내 송문악의 질문에 대답했다.

"처음에는 그럴 생각이었는데, 지금은 잘 모르겠구나. 일단 네 아비와 백부들을 만나보고 나서 향후의 일을 결정하도록 하자꾸나."

장사진의 대답에 송문악이 다행이라는 듯 조그맣게 한숨을 내쉬었다. 그렇게 석산의 중턱 은밀한 곳에 모습을 감춘 세 사람은 시선을 산 아래에 고정시키고 사람들이 나타나기를 기다리기 시작했다.

"앗, 저들은?"

얼마나 지났을까. 갑자기 송문악이 억지로 목소리를 억누르며 놀란 듯 입을 열었다.

"화산의 고수들이구나."

장사진이 고개를 끄덕였다.

"드디어 구파의 고수들이 모습을 보이는군요."

무각이 긴장된 목소리로 입을 열었다.

"이곳에서 신기루까지는 길어야 십 리가 되지 않는 거리일세. 당연히 구파의 고수들도 모습을 드러낼 때가 되었지."

"만약 저에게 천문시의 진본이 있다는 것이 알려진다면 전도저히 신기루에 당도하지 못하겠군요. 저들의 모습과 움직임을 보니 도저히 저와 같은 사람은 상대할 수 없는 존재들인 것 같습니다."

무각의 말처럼 산 아래 원시림 사이에 모습을 드러낸 화산의 고수들은 그 행동이 이곳에 몰려든 다른 무림인들과는 확연한 차이를 보이고 있었다. 그들은 마치 좋은 경치를 구경하는 유람객들처럼 유유히 숲을 통과하고 있었는데, 지금 이 호숫가에서 천문시를 놓고 벌어지고 있는 무림인 간의 혈투하고는 아무런 상관도 없는 사람들처럼 보이는 것이었다.

"구파의 인물들이 지난 백 년간 무섭게 성장한 것은 사실이지. 이제는 도저히 다른 문파들이 그들의 아성을 넘볼 수 없는 지경에 이르렀으니 말일세."

"휴, 결국 전 뒷구멍으로 신기루에 들어갈 수밖에 없겠군요."

"그것도 기회를 잘 봐야 할 걸세. 신기루 주변에는 강호의 내로라하는 고수들은 모두 몰려들 테니 말일세."

"흐흐, 사람들의 눈을 피해 움직이는 것은 바로 본 도문의 장기라고 할 수 있지요."

"나도 자네의 그 재주를 믿고 있다네. 그렇지 않았다면 난 자네가 신기루로 향하는 것을 끝까지 반대했을 거야."

장사진과 무각이 이야기를 나누는 와중에 송문악의 시선은 한 명의 소녀에게 고정되어 있었다.

'백설아라고 했지?'

송문악이 속으로 소녀의 이름을 되뇌이며 품속에 든 청옥패를 만지작거렸다. 그의 머릿속에 그녀를 처음 보았던 호숫가의 안개 낀 아침, 그리고 그녀에게서 청옥패를 받았던 유행촌의 그 두 시진의 시간이 어제 일처럼 떠올랐다. 그러자 송문악은 그녀가 무척 가까운 사람처럼 느껴지기 시작했다. 마치 지금이라도 그녀의 이름을 부르며 산을 내려가면 그녀가 반갑게 자신을 맞이해 줄 것 같은 느낌이었다.

하지만 송문악의 마음속에 생겨나는 백설아에 대한 반가움과는 달리 소녀는 어느새 화산의 고수들에 파묻혀 숲의 저편으로 사라져 가고 있었다.

송문악이 숲 속으로 자취를 감추는 화산파 고수들과 백설아의 뒷모습에서 시선을 떼지 못하고 있을 때, 또 다른 사람들이 석산 아래에 나타났다.

그들은 청의를 수수하게 차려입은 노인 두 사람이었는데 그 신색에서 우러나오는 고고함은 앞서 간 화산의 고수들 못지않게 신비스러운 것이었다.

"무당파의 고수들인가 봅니다."

무각이 나직하게 입을 열었다.

"그걸 어찌 아는가?"

"제가 예전에 저기 두 사람 중 왼쪽에 있는 사람을 한 번 본 적이 있습니다. 그가 바로 무당의 청운자 이하륜이란 사람입니다."

"그렇다면 그 옆에 있는 사람이 바로 청송자 백로인이겠군."

"그렇겠지요. 이번에 무당에서는 청송자 백로인과 청운자 이하륜 두 사람만 산을 내려왔다고 하더군요. 그만큼 자신이 있다는 이야기인지……."

무각의 말에 장사진이 고개를 저었다.

"그것보다는 무당이 이번에는 욕심을 내지 않는다는 말이겠지. 지난번에 현천검객 동려행이 신기루의 전설을 얻었으니 무당으로서는 이번에 큰 욕심을 내지 않을 수도 있다는 이야기네."

"그럴 수도 있겠군요. 그런데 이상한 점이 있습니다."

"이상한 점이라니?"

"그동안 신기루의 전설을 얻은 사람은 모두 네 사람인데 그들 중 누구도 신기루의 전설을 얻은 이후 무림에 나선 자가 없지 않습니까? 본시 힘이 생기면 그것을 드러내고자 하는 것이 인간의 본성인데……?"

"신기루의 전설을 얻을 정도의 인물들이라면 그런 인간의 원초적인 본능은 극복한 사람들이지 않겠는가?"

"그렇다고 해도 그들이 신기루의 전설을 얻은 이후 무림에 그 모습을 보이지 않았다는 것은 뭔가 이상하지 않습니까?"

무각의 말에 장사진이 무언가를 알고 있는 사람처럼 고개를 끄덕였다.

"그들이 모습을 드러내지 않는 덕에 신기루는 좀 더 신비한 곳이 되었지. 그들이 강호에 나와 신기루 안에서 겪었던 일들을 발설했다면, 지금처럼 신기루가 추측 불가의 전설로 남아 있진 않을 것이네."

"그럼 그들이 신기루의 신비를 지키기 위해 강호에 나서지 않았다는 겁니까?"

"반드시 그렇다는 이야기는 아닐세. 그저 결과만 놓고 보자면 그렇게 되었다는 이야기지. 확실히 이상한 일이 아닌가? 전설을 얻은 사람이 네 명씩이나 있는데 신기루가 여전히 강호의 최대 전설이라는 사실이 말이야."

"하긴 그렇군요. 전설이란 일단 한 번 열리면 전설로서의 가치가 없는 것인데……."

"그들 사 인을 만나서 물어보기 전에는 알 길이 없지."

"하하, 하지만 누가 감히 그들을 만날 수 있겠습니다. 앞서 신기루의 전설을 얻은 세 사람은 살아 있는지조차 모르는 나이가 되었고, 가장 최근에 신기루에 든 무당의 현천검객 동려행 역시 일절 강호 출입을 하고 있지 않으니 말입니다."

장사진과 무각이 신기루에 대한 이런저런 이야기를 나누는 사이 이번에는 수십 명의 무리가 석산 앞을 지나쳤다. 그 무리의 가장 앞쪽에서 세 명의 고수가 황급히 몸을 날리고 있었고, 그 뒤를 수십 명의 무림인이 비호처럼 앞선 세 사람을 쫓고 있었다.

"허? 진주언가에서 천문시를 얻은 모양입니다. 저기 앞서 쫓기는 자들은 바로 언가 삼 형제가 아닙니까?"

무각이 놀란 듯 장사진을 보며 말했다.

"이상한 일이군. 진주언가라면 비록 명문이기는 하지만 점창을 상대할 만한 곳은 아닌데… 더군다나 저들 세 명이서 점창의 손에서 가짜 천문시를 빼냈다는 것은 의외군."

"사람은 각자 다른 사람들이 모르는 재능이 있는 법이지요. 아니면 억세게 운이 좋았던지요."

무각의 말은 자신들 도문도 점창의 손에서 천문시를 훔쳐낸 것을 말하는 것이었다.

"물론 그렇기는 하지만… 음, 어쩌면 자네 짐작이 맞는지도 모르겠군. 저길 보게. 저자들은 바로 점창의 고수들이 아닌가?"

무각의 말에 대꾸를 하려던 장사진이 다시 한곳을 가리키며 말했다. 장사진이 가리킨 곳으로 무각이 눈을 돌리자 남유교를 비롯한 점창의 고수들이 형형한 눈빛을 빛내며 언가 삼형제의 뒤를 쫓고 있었다.

"저런, 몰골이 말이 아닌데요? 더군다나 이십 명이나 되던 문도가 겨우 일곱 명만 남았군요."

"알 수 없는 일이군. 아무리 천문시가 귀중한 물건이라 하더라도 점창이 저 정도까지 당하다니… 아직 구파일방은 나서지도 않은 것 같은데……"

그러는 사이 점창의 고수들도 다시 숲의 동쪽으로 사라져 갔다. 그 뒤로도 수백여 명의 무림인들이 삼 인의 눈앞을 지나쳤으나, 그들이 기다리던 사람들은 끝내 모습을 보이지 않았다.

시간이 흘러 이제는 석산 앞을 지나가는 무림인들의 모습도 거의 보이지 않을 지경이 되자 송문악은 내심 걱정이 되는지 불안한 표정으로 장사진을 보며 물었다.

"설마 아버지와 백부들께 무슨 일이 생긴 것은 아니겠지요?"

불안한 송문악의 마음을 짐작한 장사진이 웃는 얼굴로 대답했다.

"네 아비와 백부들은 그리 약한 사람들이 아니란다. 더군다나 그들은 모두 머리가 영활한 사람들이니 큰일을 겪지는 않았을 거다."

"휴, 그래도 전 걱정이 돼요."

"조금 더 기다려 보자꾸나."

장사진이 송문악의 머리를 쓰다듬으며 부드러운 목소리로 송문악을 안심시켰다. 하지만 그런 장사진조차도 송문악의 시선이 미치지 않을 때는 걱정스런 눈빛을 내보이고 있었다. 송문악을 안심시키기 위해 그런 말을 한 장사진이었지만 신기루가 나타난 곳에서는 그 누구도 안심할 수 없었다.

그렇게 얼마의 시간이 흘렀을까. 어느새 날이 저물어 사위가 어둑해지려 하고 있었다. 장사진과 무각이 이대로 있어야 할지, 아니면 적당한 곳을 찾아 노숙할 준비를 해야 할지 고민할 때였다.

"누가 와요?"

한동안 뜸했던 무림인들이 다시 송문악의 시야에 모습을

드러냈다.

송무군과 그의 다섯 사형제는 천문시를 추격하는 자들의 가장 뒤쪽을 따르고 있었다. 이미 십칠 년 전 천문시 쟁탈전을 경험한 그들은 기보의 주인이 가려지려면 아직 시간이 많이 남았다는 것을 알고 있다.

아마도 가장 격렬한 싸움은 신기루를 눈앞에 두었을 때 벌어질 것이다. 일단 천문시를 들고 신기루의 권역에 뛰어들면 더 이상 천문시를 추격할 수 없으므로 신기루에 들기를 원하는 자들은 천문시를 가진 자가 신기루의 권역에 뛰어들기 바로 직전 가장 격렬하게 천문시 쟁탈전을 벌이게 마련이었던 것이다.

십칠 년 전 신기루의 권역을 눈앞에 둔 그 무인도의 절벽에서 귀곡육절은 만나기로 한 사부 방국진은 만나지 못하고 천문시를 가지고 있는 주인공으로 몰려 현천검객 동려행의 손에 천문시가 있다는 것이 밝혀질 때까지 죽음의 혈투를 벌여야 했었다.

"이미 수백 명은 족히 죽었겠는걸? 아아, 이거 십칠 년 전 그날이 생각나는구만……."

신조가 치를 떨며 중얼거렸다.

"그때 현천검객 동려행의 손에 천문시가 있다는 것이 조금만 늦게 알려졌어도 우린 모두 죽었을 거예요."

황보령도 그 당시의 일을 생각하면 아직도 두려운지 목소리가 떨려왔다.

"지금부터 주의해야 하네. 이제 십 리 정도만 가면 신기룔세. 이제는 천문시를 노리는 고수들이 모두 모습을 드러낼 때가 된 것이지."

곽이산이 엄중한 눈빛을 발하며 말했다.

"그렇겠지요. 더불어 우리가 만날 사람이 있다면 역시 모습을 드러낼 겁니다."

유공무가 등 뒤로 돌려 멘 흑도를 고쳐 메며 멀리 천문시를 쫓고 있는 무림인들의 뒤꼬리를 응시했다.

"신 사제의 역할이 중요하네."

곽이산이 신조를 보며 말했다.

"흐흐, 걱정 마시오, 대사형. 오늘 이 신조의 귀염둥이들을 모두 동원할 테니까."

어느새 신조의 입에는 옥적이 물려 있고, 그 옥적에서 신비로운 소리가 흘러나오기 시작했다. 그런데 신조가 옥적을 입에 물고 불기 시작한 지 얼마 되지 않아 갑자기 그가 입에서 옥적을 떼며 소리쳤다.

"아니, 이게 어떻게 된 일이야?"

갑작스런 신조의 행동에 놀란 사형제들이 신조를 바라봤다.

"무슨 일인가, 사제?"

곽이산이 신조에게 물었다.

"아니, 이럴 리가 없는데……?"

곽이산의 질문에도 아랑곳하지 않고 신조가 고개를 저으며 품속에서 향충 두 마리를 꺼내 들었다. 신조의 손 위에 놓인 향충들이 무엇인가에 자극을 받았는지 이리저리 꿈틀거리고 있었다.

"양 의숙의 흔적이 나타난 건가?"

곽이산이 눈빛을 가라앉히며 재차 물었다.

"그렇다면 제가 이렇게 놀라지는 않았겠죠."

신조가 고개를 저었다.

"그럼 도대체 그 향충은 누구와 연결되어 있는 것인가? 사제는 왜 그렇게 놀란 것이고?"

이번에는 유공무가 답답한 듯 신조를 다그쳤다. 그러자 신조가 물끄러미 송무군을 보며 이해할 수 없다는 듯이 중얼거렸다.

"송 사제, 장 의숙과 문악이 이 근처에 있는 모양이야."

"그게 무슨 말입니까? 장 의숙과 문악이라뇨? 그럴 리가 있나요. 장 의숙과 문악은 중원에 있을 텐데……."

송무군은 신조의 말이 믿어지지 않는다는 듯 고개를 저으며 신조의 말을 부정했다.

"글쎄. 나도 그렇게 알고 있네만, 하지만 이놈들은 그 두 사람과 연결되어 있거든?"

신조가 자신의 손 위에서 꿈틀대는 두 마리의 향충을 들어 보였다. 그러자 송무군의 눈에도 의혹의 그림자가 생겨났다.

신조의 향충은 거짓을 말할 줄 모르는 생명체들이었다.

"그럼 설마……!"

그때였다. 귀곡육절의 귀에 한가닥 전음이 들려왔다.

─모두들 반갑구나. 이곳에서 너희를 기다리고 있었다.

송무군과 그의 다섯 사형제가 갑작스럽게 들려온 전음에 화들짝 놀라며 주변을 살피기 시작했다. 들려온 전음은 바로 장사진의 것이기 때문이었다.

─난 북쪽 석산에 있다. 이쪽으로 올라오거라.

다시 장사진의 전음이 들려왔다. 귀곡의 여섯 사형제는 장사진의 전음에 놀란 마음을 가라앉히며 발걸음을 북쪽에 위치한 제법 험한 석산으로 옮기기 시작했다.

송문악은 장사진의 목소리를 따라 진 안으로 들어서는 송무군을 물끄러미 바라보고 있었다. 송무군 역시 진 안으로 들어서면서부터 지난 몇 년 사이 부쩍 자란 송문악에게서 시선을 떼지 못했다. 두 사람이 함께한 시간은 채 일 년이 되지 않았지만 서로가 세상에서 유일한 혈육인 두 부자의 정이란 반드시 함께한 시간에 비례하는 것은 아닌 모양이었다.

하지만 두 사람은 서로에 대한 정을 밖으로 드러내지 않았다. 혈육의 정은 마음속 깊은 곳에 숨어 있고, 지금은 처음 두 사람이 만날 때처럼 불편한 낯설음이 둘 사이를 가로막고 있기 때문이었다.

"의숙! 이곳엔 어쩐 일이세요?"

신조가 진 안으로 들어서며 장사진을 보며 물었다.

"신기루가 나타났으니 구경이나 할 겸 와봤다."

"아니, 의숙은 신기루에 관심이 없는 줄 알았는데요?"

"나이가 드니 관심사도 바뀌는 모양이구나."

신조와 장사진이 대화를 나누는 와중에 귀곡육절이 모두 진 안으로 들어섰다.

"의숙을 뵙습니다."

곽이산이 장사진에게 정중히 인사를 하자, 유공무과 백적경, 그리고 황보령도 공손히 장사진에게 인사를 올렸다.

"좋아. 모두들 별 탈 없이 잘 지냈나 보군. 오랜만에 얼굴들을 보니 반갑구나. 그나저나 너희 두 부자는 오랜만에 만났는데 왜 그리 서먹한 거냐?"

장사진이 송무군과 송문악을 보며 말하자 송무군이 천천히 입을 열었다.

"잘 지냈느냐?"

조금 무뚝뚝한 말이었지만 송문악은 그 속에 담긴 따뜻함을 읽어낼 수 있었다.

"예, 아버지!"

송문악이 얼굴에 작은 웃음을 만들어내자 두 부자 사이의 서먹함이 서서히 걷히기 시작했다.

"이 아이가 문악이군. 이제 보니 사제는 이 아이를 의숙께 맡

겨 놓았었군. 의숙께서는 번잡스러운 것을 싫어하시니, 우리에
게 의숙께서 아이를 맡고 있다는 이야기를 하지 않은 것이고."

두 부자의 재회를 바라보고 있던 유공무가 성큼 송문악 앞
으로 다가서며 입을 열었다. 유공무의 키는 여섯 사형제 중에
가장 크고 그 표정 또한 어린아이들이 보면 조금 무서운 생각
이 들 만했으므로 송문악은 두려운 눈으로 유공무를 응시하
며 송무군 옆으로 살짝 걸음을 옮겼다.

"괜찮다. 이분들은 이 아비의 사형과 사저들이시니 너에겐
곧 백부와 고모가 되시는 분들이란다. 무서워할 것 없다."

송무군이 자신의 곁으로 다가서는 송문악의 어깨에 손을
얹고는 방향을 틀어 귀곡육절을 바라보게 하며 그의 사형제
들을 소개했다. 그러자 잠시 낯선 얼굴들에 대한 두려움에 웅
크러 들었던 송문악의 마음속에 여유가 찾아왔다.

"백부님과 고모님들께 문악이 인사드립니다."

송문악은 그와 송무군을 반원형으로 둘러싸고 있는 곽이
산 등에게 허리를 숙여 보이며 인사를 했다.

"하하하, 문악아. 그동안 잘 지냈느냐?"

"예, 신 백부님. 백부님도 잘 지내셨지요?"

"오냐오냐, 이 신조야 항상 잘 지내고 있지. 그래, 장 사숙
께서는 잘 대해주시더냐? 혹시 너에게 힘든 일만 시킨 것은
아니겠지?"

"그렇지 않아요, 신 백부님. 할아버지와 전 무척 즐겁게 지

냈는걸요."

"오, 그래? 장 사숙께서 무슨 재미있는 것들을 가르쳐 주시더냐?"

신조가 은근슬쩍 장사진이 송문악에게 무공을 가르쳐 주었는지를 둘러서 물어보았다.

"네, 장 할아버지께서는 여러 가지를 가르쳐 주셨지요. 다만 이 문악의 재질이 부족해 모두 배우지 못한 것이 안타까울 따름이에요."

송문악이 대답을 하자 그 모습을 보고 있던 장사진이 신조에게 호통을 쳤다.

"이 망할 신가 녀석아! 넌 지금 뭘 알고 싶은 거냐? 그럼 내가 저 어린것에게 일만 시키고 아무것도 가르쳐 주지 않았을 줄 알았더냐?"

"물론 그럴 리야 없다고 생각하고 있었지만, 과거 귀곡에서 의숙께서 저를 이 년 동안 부려먹기만 하시고, 단 한 수의 무공이나 계책도 전수해 주지 않았던 생각이 나서 말이죠……."

신조가 퉁명스럽게 대답하자 장사진이 겸연쩍은 표정을 지으며 서둘러 화제를 돌렸다.

"험험, 지난 일이야 이야기하면 무엇 하냐? 그나저나 너희는 지금 천문시를 쫓고 있는 것이냐?"

"그렇습니다, 의숙!"

곽이산이 앞으로 나서며 대답했다.

"그렇군. 그럼 아직 양 의형을 만나지는 못한 모양이구나."

"아직 양 의숙의 흔적은 발견하지 못했습니다. 혹 이곳에 오지 않았을 수도……."

신조가 고개를 갸웃거리며 대답했다.

"그럴 리는 없을 거야. 양 의형은 반드시 이곳에 나타날 것이다. 나도 실은 양 의형을 한번 만나볼까 하고 이곳까지 온 것이란다."

"양 의숙을요? 그럼 지난번 육천문을 방문할 때 함께 동행하시지 그랬어요?"

신조가 의아한 눈빛으로 물었다.

"이놈아, 그때는 너와 무군이 나에게 문악을 맡겼지 않느냐? 그런데 어떻게 내가 너희와 함께 육천문을 방문할 수 있었겠느냐?"

"아니, 그거야 의숙께서 무림을 떠나 산속에 은거하시겠다고 했으니까 문악을 부탁드린 거지요. 안 그런가, 사제?"

신조가 대답을 하며 슬쩍 송무군을 바라봤다. 하지만 송무군은 두 사람의 이야기를 듣고 있지 않았다. 그는 이 년 전에 헤어진 문악을 유심히 살피고 있었다. 그러다 신조가 부르는 소리를 듣고는 전혀 다른 말을 끄집어냈다.

"이 아이는 무공을 익혔군요."

송무군의 말에 송문악과 장사진 둘 다 움찔했다. 하지만 곧 장사진은 천연덕스러운 목소리로 송무군에게 말했다.

"자네도 알고 있겠지? 아들이 아비보다 재질이 낫다는 것을?"

"그야……."

"그리고 또한 예상했겠지? 나에게 아이를 맡기게 되면 어떤 경로로든 아이에게 무공이 전수될 것이란 것을! 더군다나 자네는 아이를 나에게 맡기기 전, 이미 문악에게 귀곡의 호흡법을 가르쳐 주지 않았던가?"

"그건……."

송무군은 문득 송문악에게 자신이 십사 년 전 풍화촌을 떠날 때 화옥청에게 남긴 귀곡의 호흡법을 적은 비급이 있다는 것이 생각났다. 송무군은 송문악을 장사진에게 맡길 당시에는 송문악이 그 비급을 읽었는지 미처 확인을 하지 못한 상태였다.

'그때 이미 문악이 그 비급을 읽었던 모양이군. 결국 피할 수 없는 운명이란 건가?'

예상 못한 일은 아니었다. 비록 학식이 높은 장사진에게 송문악을 맡기며 학문을 가르쳐 줄 것을 부탁하기는 했지만, 장사진은 분명 무림인이었다. 더군다나 송문악의 재질은 장사진의 말대로 송무군 자신을 능가했다. 장사진이 이런 재목에게 글만 가르치고 있을 인물일 리 없었다. 또한 어린아이의 무공에 대한 호기심은 결국 억누를 수 없는 일이었을 것이다.

"의숙을 원망하고자 드린 말씀이 아닙니다."

"자네가 그렇게 말하니 하는 말이지만, 애초에 문악은 무림과 떨어질 수 없는 아이네. 아이 주변의 사람들이 모두 무림인인데 어찌 아이가 무림인이 되지 않겠는가? 그럴 거라면 애당초 자네는 다시 무림에 나오지 말았어야지."

"전 단지 아이 어미에게 미안할 뿐입니다."

"아마도 사정을 알면 이해할 걸세. 한 아이의 운명이란 반드시 부모가 원하는 대로 되는 것은 아니니까."

"알겠습니다, 의숙. 더 이상 이 문제를 거론치 않지요."

"좋아. 문악아, 이제 넌 마음 놓고 무공을 익힐 수가 있겠구나. 더군다나 너에게는 제법 유명한 백부와 고모들이 다섯이나 있으니 배울 것이 많을 것이다. 물론 얼마 지나지 않아 네 백부와 고모들의 밑천이 곧 바닥나겠지만 말이야. 아무래도 문악이의 재질을 채워주기에는 네놈들 실력이 한참 모자랄 테니 말이야."

장사진이 송문악을 보며 말하자 송문악도 마음의 짐을 던듯 밝은 표정을 지어 보였다. 귀곡육절도 송문악의 재질을 곧 알아보고는 장사진의 말이 틀리지 않았다는 것을 깨달았다.

"사제, 이 아이에게 무공을 익히지 못하게 했던 것은 사제의 잘못인 것 같군."

곽이산이 송무군을 보며 말했다.

"맞아요. 사제, 문악의 재질은 우리 모두를 합친 것보다도 뛰어나 보이는군요."

백적경도 곽이산의 말을 거들었다.

"무공은 재질보다는 노력이지요."

송무군이 사형제들의 칭찬을 애써 무시했다.

"물론 그렇기는 하지만 자네의 아들이라면 인내심도 대단하겠지. 이거 이번 신기루의 일이 끝나면 어쩌 문악 한 아이 때문에 우리가 사형제가 한곳에 모여 살 수도 있다는 생각이 드는군."

유공무의 말에 귀곡육절과 장사진의 입가에 희미한 미소가 깃들었다.

"그나저나 의숙께서는 왜 새삼스럽게 양 의숙을 만나보려하시는 겁니까?"

신조가 궁금하다는 듯 장사진에게 물었다.

"너희와 같은 이유지."

"그동안은 별 관심이 없지 않으셨습니까?"

"관심이 없었던 것이 아니라, 일의 윤곽을 꿰맞추는 데 시간이 필요했던 것이다. 나도 귀곡의 문도인데 어찌 귀곡의 일에 무심할 수 있겠느냐? 그리고 이제 양 의형을 만나 몇 가지만 확인하면 우린 그간 풀리지 않았던 일들을 이해할 수 있게 될 것이다. 자, 이리들 앉거라. 지난 세월 내가 고민했던 것을 이제 이쯤에서 너희에게 들려주어야 할 것 같구나. 이보게, 무각! 자네도 이리 와 앉게."

第九章

혈풍 속으로

장사진을 중심으로 귀곡육절과 무각이 둥그렇게 둘러앉아 있었다. 표정들이 어두운 것은 장사진의 입에서 흘러나온 이야기가 심상찮은 의미를 내포하고 있기 때문이었다. 더군다나 장사진과 함께 있는 무각에게 천문시의 진본이 있다는 말은 귀곡육절에겐 풀리지 않는 수수께끼를 던져 주고 있었다.

점창이 도문 오군자로부터 회수한 천문시가 가짜라는 것은 이미 드러난 사실이지만, 그렇다면 월하장원이 얻은 천문시는 또 무엇이란 말인가?

귀곡육절은 그들이 겪은 일들과 장사진이 들려주는 이야기들이 서로 맞지 않는 톱니바퀴처럼 이리저리 뒤엉켜 드는 기분에 빠져 있었다. 더군다나 장사진의 말 중에는 신기루의 실체에 대한 의문을 내포한 말들까지 포함되어 있었다.

"그렇다면 장 사숙께서 내리신 결론은 신기루의 전설 뒤에 보이지 않는 세력의 음모가 있다는 것이군요."

곽이산이 심각한 표정으로 물었다.

"신기루라는 것이 사람이 만들어내는 환상이란 것은 누구나 쉽게 생각할 수 있는 일이야. 그곳에 들면 천하제일의 무공을 얻을 수 있다니 당연히 그 천하제일의 무공을 주는 자들도 있게 마련인 거지. 하지만 지금까지 그 천하제일의 무공을 주는 사람에 대한 조사는 거의 전무하다시피 할 정도로 없었네. 모든 사람들은 신기루의 주재자에 대한 궁금함을 그곳에서 얻을 수 있는 천하제일의 무공에 대한 욕망으로 덮어버린 것이지. 그런데 더욱 놀라운 것은 이러한 일이 일반 무림인들뿐 아니라 지난 백여 년 강호를 지배해 온 구파일방에서조차 일어났다는 것이네. 놀라운 일이 아닌가? 강호를 자신들의 손으로 통제하지 못하면 직성이 풀리지 않는 자들조차도 신기루를 움직이는 자들에 대해선 그렇게 무심할 수 있다는 사실……."

"그들은 혹 신기루의 전설이 만들어진 연유를 알고 있는 것이 아닐까요?"

송무군이 물었다.

"좋은 질문이야. 하지만 만약 그렇다면 백여 년 동안 신기루의 전설이 강호의 신비로 남아 있을 수 있었을까? 아무리 구파일방에서 자신들이 알고 있는 것에 대해 철저히 함구하고 있었다 하더라도 말일세."

장사진의 반문에 송무군이 천천히 고개를 끄덕였다.

"그렇군요. 아무리 대단한 강호의 비밀이라도 그 비밀을 알고 있는 곳이 열 곳이 넘는다면 채 한 달이 지나지 않아 전 강호에 퍼지게 마련이지요. 그렇다면 역시 구파일방도 신기루가 누구에 의해 나타나는 것인지는 모른다는 이야기군요."

"신기루의 전설을 얻은 사 인은 어떻습니까? 그들은 뭔가를 알고 있지 않을까요?"

곽이산이 장사진을 보며 물었다.

"그야 모르는 일이지. 하지만 그들도 신기루의 주재자에 대해선 모를 가능성이 많아. 일단 그들 모두 신기루의 전설을 얻은 이후 신기루에 대해 어떤 말도 내뱉지 않았거든. 또한 그들이 신기루에 대해 무엇인가를 알고 있다면 당연히 구파 일방도 그 내용을 알고 있어야 하지 않겠는가?"

"그렇다면 신기루에 들어 절대무공을 얻는 와중에도 신기루의 주재자는 그들 앞에 나타나지 않았다는 이야기가 되는군요."

"그렇다고 봐야겠지."

"하지만 그래도 역시 구파일방이 신기루에 대해 가장 많은 정보를 가지고 있다는 것은 부인할 수 없는 사실일 겁니다."

이번에는 조용히 장사진과 귀곡육절 간에 오고 가는 대화를 듣고 있던 무각이 입을 열었다.

　"자네의 말이 맞네. 당금 천하에 구파일방의 능력을 능가할 수 있는 단체나 무인은 없으니 그들이 신기루에 대해서도 가장 많이 알고 있겠지."

　장사진이 무각의 말에 동조했다.

　"그렇다면 구파일방에서 적극적으로 신기루의 비밀을 캐지 않는 이유가 뭘까요? 그들의 힘이라면… 그 열 개의 문파가 함께 움직인다면 꼭 불가능한 일은 아닐 텐데요?"

　신조가 머리를 갸웃거리며 물었다.

　"글쎄. 그야 나름대로 이유가 있겠지. 하지만 사실 그들이 굳이 신기루의 비밀을 파헤칠 필요는 없었을 걸세. 돌이켜 보면 신기루가 나타난 뒤 백여 년 동안 구파일방은 그전보다 더더욱 무림에 대한 지배력이 강화되었네. 신기루 이전의 시대에는 간간이 구파일방에 도전하는 문파들이 나오고 간혹 구파의 구성원들이 바뀌기도 했지만 지난 백 년간은 아무도 구파일방에 도전하지 않았지. 그런데 이 구파일방의 군림은 묘하게도 신기루의 도움을 받은 면이 없지 않거든. 그러니 굳이 구파일방에서 신기루의 신비를 적극적으로 파헤칠 필요는 없었을지도 모르는 거지."

　"구파가 신기루의 도움을 받았다는 것은 무슨 의미죠?"

　백적경이 이해가 가지 않는다는 듯 물었다.

"다들 잘 들어보게. 지금까지 신기루가 나타날 때마다 강호에는 혈풍이 불었네. 하지만 사람들은 이 혈풍에서 어떤 자들이 죽어갔는지에 대해선 별반 신경을 쓰지 않았어. 사람들의 관심은 온통 최후에 신기루에 들어 전설을 얻은 사람, 혹은 영원히 신기루에서 돌아오지 못한 사람들에게 쏠려 있기 때문이었지. 하지만 간혹 가다 보통 사람들이 신경 쓰지 않는 문제를 주목하는 사람도 있기 마련이지. 바로 내 사부님이신 유사록 그 어른도 그런 사람 중 하나였다."

"삼십여 년 전 신기루의 출현 때 돌아가신……?"

"그래, 바로 그분이다. 삼십여 년 전 그분이 신기루로 향하실 때 나에게 지나가는 말로 이런 말씀을 하신 적이 있었다. '가끔은 죽은 자들이 진실을 말해줄 때도 있다'라고 말이야. 난 당시 그 말을 이해할 수 없었고, 또 사부께서도 무언가 확실한 의도로 하신 말씀이 아닌 듯하여 그 말을 잊고 지내고 있었지. 그런데 세월이 흘러 신기루에 대한 의문이 생기기 시작하자 사부의 이 말씀이 꼭 지나가는 말로 하신 것이 아닐지도 모른다는 생각을 하게 되었지. 그래서 난 지난 백여 년간 신기루가 나타났을 때 죽거나 혹은 멸문에 가까운 피해를 본 문파들을 조사하기 시작했다."

"아니, 그게 가능한 일입니까?"

장사진의 말에 신조가 어이없다는 듯 물었다. 지난 백여 년간 신기루가 출현할 때마다 죽은 무림인의 숫자는 수천에 달했다. 그들을 일일이 조사한다는 것은 한 개인의 힘으로는 거의 불가능한 일이라 할 수 있었다.

"당연히 쉬운 일은 아니었지. 거의 이십여 년이 걸렸으니까. 난 그 일을 위해 방 대형을 따라 신기루로 가지 않았을 뿐 아니라, 이후에도 줄곧 은거한 상태로 지내야 했단 말이지."

"그럼, 그동안 실제로 한군데에 은거해 계신 것은 아니었군요?"

송무군이 물었다.

"그렇다. 난 그동안 천하의 이곳저곳으로 은거지를 옮기며 신기루로 인해 죽어간 자들을 조사하기 시작했다. 그리고 그 죽어간 자들을 토대로 이 신기루에 대한 몇 가지 가설을 세울 수 있었다. 그중 하나가 바로 신기루가 구파의 강호군림에 큰 도움이 되었다는 것이다."

"도대체 어떻게 도움이 되었다는 말씀인데요?"

신조가 답답하다는 듯 다그쳐 물었다.

"이곳 하구에서 벌어지는 일을 가지고 설명해 볼까? 먼저 지금 하구에서 벌어지는 천문시 쟁탈전에서 가장 큰 피해를 본 곳은 어디냐?"

장사진의 물음에 그들은 잠시 생각에 잠겼다가 곽이산이 모두를 대신해 대답했다.

"점창과 월하장원이군요. 점창은 문파의 최고고수 이십여 명 중 이미 그 삼분지 이를 잃었고, 월하장원은 이곳에 온 고수 거의가 죽었으니까요."

"그렇지. 그럼 그들이 죽음으로써 가장 이득을 보는 곳은 어딜까?"

이번에도 귀곡육절은 장사진의 질문에 쉽게 대답하지 못하고 또다시 각자 머리를 갸웃거리며 궁리를 시작했다.

"종남……?"

"역시 백 사질이군."

장사진이 백적경의 대답에 감탄하듯 무릎을 쳤다. 차분하게 일의 선후를 파악하고 판단을 내리는 백적경의 재능은 예전부터 귀곡육절 중 으뜸이었다.

"종남이라뇨?"

신조가 아직 백적경과 장사진의 말을 이해하지 못했는지 의문 어린 시선으로 두 사람을 번갈아 보며 물었다.

"지난 육천문의 사건 이후 점창이 종남에게 은밀히 도발을 시도했었다는 말은 저도 들었습니다. 또한 당시 점창과 월하장원은 무척 가깝게 지내는 사이였지요. 하지만 점창의 그런 기도는 종남에 의해 여지없이 격파되었다는 소문이었는데… 제가 보기엔 이 일은 우연의 일치가 아닐까 생각됩니다만."

곽이산도 신중한 목소리로 장사진을 보며 말했다.

"우연도 겹치면 필연이 되는 법이지."

"예?"

"지난 백여 년간 신기루가 나타날 때마다 이런 식으로 구파일방의 권위에 도전한 문파들이 멸문의 위기에 처한 예가 한두 번이 아니란 말일세. 아니, 오히려 매번 신기루가 등장할 때마다 반드시 그런 문파가 나타났지. 지난 백여 년간을 보자면 진주의 언가나 하북의 팽가, 혹은 육십 년 전의 그 대단했던 지천문(智天門)이나 검의 조종이라 불리던 섬서의 검각 등… 구파일방에 버금가는 세력으로 성장한 문파들은 언제나 어김없이 신기루의 혈풍에 휘말려 그 문세가 추락했다. 그리고 혈풍의 시간이 지나면 구파일방의 지위는 더욱 공고해졌던 것이지."

"그렇다면 장 사숙께서는 결국 신기루가 구파일방과 연관이 있다는 말씀이시군요?"

송무군이 물었다.

"제길, 그걸 모르겠단 말이야. 분명 상황은 그렇게 엮이는데 구파일방의 움직임을 보면 도저히 그들과 신기루가 어떤 연관을 가지고 있다고는 생각하기 어렵거든. 그들은 언제나 여전히 신기루의 전설에 도전하는 도전자들 중 하나였을 뿐이니까. 그 과정에서 의심할 만한 어떤 이상한 점도 난 그들에게서 발견하지 못했다."

장사진이 자신이 만들어낸 문제를 스스로도 풀지 못한 것에 화가 난 듯 약간 흥분한 표정으로 대답했다.

"어려운 문제군요. 구파일방 자신들도 모르는 사이에 신기루가 그들에게 큰 도움을 주고 있다면 말입니다."

송무군이 난감한 표정으로 말했다.

"뭐, 그들도 신기루의 등장이 자신들에게 도움이 되었다는 사실을 모르는 것은 아니겠지. 경쟁 상대가 될 만한 문파들은 어김없이 신기루의 혈풍에 휘말려 사라졌고, 또 결국 신기루의 전설을 얻은 인물들은 모두 구파에서 나왔으니 말이야. 그러니 그들이 굳이 그런 신기루의 비밀을 밝혀내는 데 전력을 기울일 리가 있겠나?"

장사진의 설명이 끝나자 장내는 다시 침묵 속으로 빠져들었다. 모두의 머릿속에 들어앉은 의문은 쉽게 해결되지 않을 것들이었다.

"그런데 양 의숙을 만나려 하신 것은 사부님의 일을 물으려 하신 건지요?"

백적경이 문득 침묵을 깨며 물었다. 백적경의 갑작스런 질문에 귀곡의 사형제들은 그제야 자신들이 또 하나 중요한 질문을 잊고 있었다는 것을 깨닫고는 백적경의 질문을 받은 장사진을 주목했다. 그러자 모두의 시선을 받은 장사진의 얼굴에 씁쓸한 표정이 깃들었다.

"으음… 이제 와서 숨길 것은 없겠지. 내가 양 의형을 만나려 한 것은 물론 방 대형의 실종에 관계된 일들을 물으려는 목적도 없지는 않다. 하지만 그 문제가 내가 양 의형께 묻고 싶은 본질적인 질문은 아니다."

"그럼 의숙께서는 양 의숙께 무슨 일을 묻고 싶은 겁니까?

그리고 그동안은 왜 양 의숙을 만나려는 시도를 하지 않으셨던 거죠? 우리 사형제와 함께 움직이셨다면 어쩌면 이미 양 의숙을 만나 과거의 일을 알아볼 수도 있었을 텐데요?'

신조가 지난 십칠 년간 은거라는 이름으로 자신들을 멀리한 장사진의 태도에 의문이 생긴 듯 물었다. 그러자 장사진은 표정이 굳어지며 조금 차가운 목소리로 대답했다.

"거기에는 몇 가지 이유가 있었다. 일단 나에게는 양 의형을 만나는 일보다 신기루로 인해 죽거나 패망한 문파들을 조사하는 일이 더 급했기 때문이다. 내가 신기루에 대해 어느 정도 스스로 판단을 했을 때, 양 의형을 만나야 그에게 적당한 질문을 할 수 있을 테니까. 또 난 내가 그 일들을 조사하는 것이 혹여 누군가의 관심을 끄는 것이 싫었기 때문에 은거라는 방법을 택해 몸을 숨긴 것이다. 그리고 내가 너희와 함께 행동하지 않은 것은 나에게 물을 일이 아니다. 너희 스스로에게 물어야 할 문제이지."

장사진의 말에 신조가 부끄러운 기색을 하며 머리를 숙였다. 그것은 신조만이 아니었다. 귀곡육절 모두 장사진의 말에 꿀 먹은 벙어리처럼 입을 다물었다. 그러다 곽이산이 어렵게 입을 열었다.

"모든 것은 제 잘못입니다, 의숙! 애초에 사부께서 귀곡육보를 우리 각자에게 나누어 주신 것을 원망할 뿐, 그 안에 담긴 사부의 뜻을 깨닫지 못했습니다. 그리고 그중에서 제가 가장 많은 욕심을 부렸지요. 하지만 이제 정신을 차렸으니 그만 용서해 주시기 바랍니다, 의숙!"

"너희가 함께 오는 모습을 보고 짐작은 하고 있었다. 본시 사람의 욕망이란 쉽게 지워 버릴 수가 없는 것인데 네가 그런 결심을 했다니 대견한 생각이 드는구나. 하지만 한편으로 좀 아쉽군."

"예?"

"후후, 마창 곽이산의 도도한 야망이 사라짐과 동시에 너의 패기도 사라진 것 같아 하는 말이다. 세월이 흐른 것인가?"

장사진의 말속에서 세월의 허망함이 느껴졌다.

"오십을 넘은 지 오래지요."

곽이산이 대답했다.

"흐흐, 못된 놈이로고. 감히 백발이 성성한 의숙 앞에서 나이를 논하다니……."

하지만 장사진의 기분은 좋아 보였다. 귀곡육절의 오랜 반목이 끝난 것이 그로서는 못내 기꺼웠던 것이다. 미우니 고우니 해도 귀곡육절은 그와 가장 가까운 사람들이라 할 수 있었다.

"그나저나 이야기가 다른 곳으로 흘렀군. 내가 양 의형을 만나서 묻고 싶은 것은 두 가지다."

다시 사람들의 눈에 힘이 들어갔다. 이야기는 다시 본 궤도로 돌아오고 있었다.

"하나는 그가 누구인가 하는 것이며, 또 하나는 방 대형의 생사에 그가 관여했냐는 것이지. 앞선 질문에 그가 대답한다면, 난 신기루의 비밀에 어느 정도 접근했다고 할 수 있다. 뒷 질문에 대답을 한다면 난 신기루에 대한 나의 가설을 확신할 수 있겠지."

"장 의숙께서 생각하고 계신 가설은 무엇입니까?"

"신기루가 탄생한 이유는 무림인들에게 절대무공을 전하기 위함이 아닌 누군가를 제거하기 위한 것이라는 것!"

"신기루가 의도적으로 계획된 살인의 함정이라는 것입니까?"

화들짝 놀라며 신조가 되물었다.

"결과는 그렇게 나타나지 않았느냐?"

장사진이 고개를 끄덕였다.

"또한 의숙의 생각은… 양 의숙께서 신기루의 주재자와 어떤 연관이 있다는 것입니까?"

송무군이 걱정스런 표정으로 물었다.

"내가 짐작한 것이 틀리지만 않다면……!"

"도대체 사숙께서 알아보신 양 사숙의 진면목은 무엇입니까?"

"확언할 수 없으므로 나도 대답해 줄 수 없다. 하지만 이것만은 확실하지. 그가 방 대형과 구 의형, 그리고 나의 사이에 들어온 것은 어떤 의도가 있었기 때문이란 사실……. 난 그가 귀곡에서 생활하면서도 끊임없이 누군가와 연결되고 있었다는 사실을 방 대형과 너희가 신기루에 도전하기 위해 귀곡을 떠난 이후 알게 되었다. 그는 결국 귀곡의 문도로 있으면서도 또 다른 어딘가에 속한 사람이었다는 이야기지."

장사진은 더 이상 양소용을 의형이라 부르지 않았다. 그는 양소용을 그라 불렀는데 간간이 그에게서는 섬뜩한 살기 같은 것이 느껴지기도 했다.

"만약 의숙께서 짐작하신 대로 양 의숙이 신기루의 주재자와 어떤 식으로든 연결되어 있다면 왜 양 의숙은 사부님과 의숙들께 접근한 것일까요?"

"알 수 없지. 하지만 방 대형의 실종에 대한 이유를 알게 되면 그 이유를 알 수 있겠지."

다시 장내에 침묵이 흘렀다. 어느새 밤이 지나고 새벽이 밝아오고 있었다. 장사진과 귀곡육절의 이야기를 듣고 있던 송문악은 어느새 작은 바위에 기대어 잠이 들어 있었다. 장사진의 시선이 문득 송문악에게로 향했다.

"무군!"

갑자기 장사진이 송무군을 불렀다.

"예, 사숙!"

"넌 더 이상 천문시를 쫓지 말아라. 문악과 함께 이곳을 떠나거라!"

"사숙, 그게 무슨……?"

"짐작컨대 우린 반드시 이번에 양소용 그자를 만나게 될 것이다. 그리고 아마도 우리는 거대한 진실을 알게 될 터이지만 목숨을 부지하기는 힘들 것이다. 그렇다고 가지 않을 수도 없는 일이지. 휴… 그러니 우리 어른들의 일 때문에 문악이를 위험에 빠뜨릴 수야 없지 않느냐? 또한 다른 사람들에게는 미안한 말이다만 방 대형께서 무군 너에게 청명검을 전한 이유는 너를 자신의 후계자로 정해 귀곡을 맡긴다는 의미였으리라. 그러니 넌 문악을 데리고 이곳을 떠나거라. 만약 우리가 돌아오지 않는다면 내가 짐작했던 모든 일은 사실이 되는 것이겠지. 이후의 일은 네가 알아서 하거라. 복수를 하든… 문악과 무림을 떠나 살든… 나야 문악이를 위해 무림을 떠나 살았으면 한다만……."

장사진의 말에 송무군이 강하게 고개를 저었다.

"그럴 수는 없습니다. 의숙과 사형들을 사지로 보내고 저만 물러날 수는 없지요. 의숙은 이 송무군을 그렇게도 모르십니까?"

"물론 네가 그리 나올 줄 알고 있었다. 하지만 잘 생각해 보거라. 넌 문악의 유일한 혈육이자 방 대형의 뒤를 이어야 할 사람이야. 너에겐 할 일이 있다는 이야기지."

"사제, 의숙의 말대로 하거나. 아무래도 이번에는 예감이 좋지 않아. 내가 내 욕심을 접고 사제에게 귀곡을 맡으라고 한 것도 이번 여행을 하면서 불길한 예감이 들었기 때문일세. 그러니 의숙의 말을 듣게."

곽이산이 송무군을 보며 말했다.

"그렇게 해요, 사제. 그게 옳은 결정이에요."

백적경도 곽이산의 말을 거들자 유공무와 황보령, 그리고 신조도 무언의 눈빛으로 장사진의 말을 따르라고 송무군에게 권유했다.

"사형, 사저들의 마음은 잘 알겠습니다. 하지만 이 무군은 그 뜻에 따를 수가 없군요. 전 절대 혼자 돌아가지는 않겠습니다."

송무군은 한 번 뜻을 세우면 절대 물러나는 사람이 아니다. 그것은 그가 귀곡의 제자로 입문하면서부터 가지고 있던 성격이었으므로 귀곡의 사형제들 모두가 알고 있는 일이었다.

"휴, 넌 그럼 문악이를 어쩔 생각이냐?"

장사진이 책망하듯 송무군에게 말했다. 그러자 송무군도 그 질문에는 쉽게 답을 하지 못하고 그저 잠든 송문악에게 시선을 돌릴 뿐이었다.

"제 걱정은 하지 마세요."

그때 문득 송문악이 눈을 뜨며 말했다.

"넌 잠든 것이 아니었느냐?"

송무군이 흠칫 놀라며 송문악에게 물었다. 그는 자신이 송문악의 안위를 뒤로하고 이곳에서 물러나지 않겠다고 말하는 것을 송문악이 들었을 것이 걱정되었다.

"조금 전에 깨었어요."

"그런데 왜 계속 눈을 감고 있었지?"

"어른들 말씀하시는 데 방해가 되지 않으려고요."

"넌 장 의숙과 내가 하는 말을 들었느냐?"

"예."

"날 원망하느냐?"

송무군의 물음에 송문악이 대답을 망설였다. 그러다가 잠시 후 송무군의 눈을 빤히 보며 입을 열었다.

"예. 서운해요. 하지만 아버지의 결정을 이해해요."

"이해한다고?"

"아버지는 자신과 가족의 안위를 위해 의지를 굽히는 사람이 아니라는 것을 알고 있어요."

송무군의 가슴 한쪽에 검이 박힌 듯 통증이 일었다. 송문악은 과거 그가 화옥청과 뱃속의 아이를 남기고 떠난 것, 그리고 자신을 장사진에게 남기고 떠난 일들을 말하고 있었던 것이다.

"하지만 너무 걱정 마세요. 저도 제 한 몸을 간수할 수 있으니까요. 그동안 할아버지는 제가 혼자 세상을 살아갈 수 있게 많은 것들을 가르쳐 주셨어요."

송문악의 시선은 여전히 송무군의 눈에 고정되어 있었다. 그렇게 아무 말 없이 두 부자가 한동안 서로를 바라보고 있었다. 그러다 문득 송무군이 입을 열었다.

"미안하구나."

"괜찮아요. 미안해하지 마세요."

송문악의 대답을 들은 송무군이 몸을 틀어 송문악의 시선을 피했다.

"에잇, 못된 아비로다!"

장사진은 송무군의 태도에 화가 난 듯 노성을 터뜨리고는 송문악의 곁으로 다가갔다.

"아가야!"

장사진이 송문악을 이런 식으로 부르는 일은 흔치 않았다.

"예, 할아버지."

"넌 이 할아비가 시키는 일은 잘해낼 수 있지?"

"그럼요, 할아버지."

"좋아. 넌 총명한 아이니까… 그럼 지금부터 내가 하는 말을 잘 들거라. 넌 이 할아비와 네 아비가 떠난 후 낮에는 이곳에 숨어 있다가 밤이 되면 숨겨놓았던 배를 타고 강의 하류로 내려가거라. 아마도 새벽이 오기 전 신기루를 지나치게 될 것이다. 이 호수는 비록 넓긴 하지만 넌 가급적 신기루로부터 멀리 떨어져서 하류로 내려가거라. 그리고 이후 이틀을 더 강을 따라 내려가면 강폭이 좁아지며 강물의 방향이 크게 굽이도는 곳이 나올 것이다. 그곳에 도착하면 배를 그저 물결에 맡겨놓았다가 배가 자연스럽게 땅과 닿는 곳에서 내리도록 하거라. 그리고 그곳에서 오 일을 머물도록 하여라. 우리가 아무 일이 없다면 그곳으로 널 찾아갈 것이다. 넌 그곳에서 닷새를 머물고 닷새 뒤에도 우리가 오지 않으면 유행촌으로 돌아가거라. 유행촌에 돌아가면 장학사의 서점으로 가거라. 그곳에서 장학사를 만나 내가 맡긴 것을 달라고 하면 무엇인 가를 내줄 것이다. 알겠느냐?"

"예, 할아버지."

문악이 또렷한 목소리로 대답했다.

"너의 총명은 어른 못지않으니 잘해낼 수 있을 것이다. 넌 천마금진을 이제 홀로 펼 수 있지?"

"예, 할아버지."

"오냐, 기특하다. 그럼 배가 멈춘 곳에 천마금진을 펼쳐 놓아라. 하지만 닷새가 지나기 전에는 절대 그물을 건져 올리면 안 된다. 그저 그물에 무엇이 걸렸나만 수시로 확인하거라. 알겠지?"

"예, 할아버지."

"우린 지난 몇 년간 제법 즐겁게 지냈지? 돌이켜 보면 너와 함께 지낸 시간만큼 평화롭던 때도 없었던 듯싶구나. 그동안 고마웠다, 아가!"

"저도 할아버지와 지내는 것이 즐거웠어요. 그리고 많은 것을 가르쳐 주셔서 감사하고요. 돌아오시면 제가 좀 더 잘 모실게요."

"그래, 우리 꼭 다시 보자꾸나. 자, 내가 할 말은 끝났다. 누구 더 할 말 있느냐? 이제 가야 할 시간이니 작별 인사라도 하거라."

장사진이 귀곡육절을 돌아보았다. 그러자 장사진과 송문악의 대화를 듣고 있던 귀곡육절이 송문악에게 다가왔다.

"만나자마자 이별이구나. 다음에 만나면 이 백부가 좀 더 오래 놀아주도록 하마."

신조가 아쉬운 듯 송문악의 머리를 쓰다듬으며 말했다.

"기다릴게요."

송문악이 신조를 보며 밝게 웃었다.

"오냐. 이 귀여운 녀석, 다음에 보자!"

신조가 송문악의 볼을 한번 쓰다듬고 물러나자, 곽이산과 유공무, 그리고 백적경과 황보령이 한 번씩 송문악의 머리를 쓰다듬으며 작별 인사를 했다. 그들은 오늘 송문악을 처음 보았지만, 처음 보는 순간부터 송문악에게 깊은 정을 느끼고 있었다. 송문악은 그들 사형제에게 유일한 후인이기 때문이었다. 송문악은 귀곡육절의 작별 인사를 매우 밝은 모습으로 받아주었는데, 그것은 마치 장사진과 귀곡육절이 가는 길이 생사를 가늠할 수 없는 길이란 것을 모르는 아이와 같은 모습이었다.

"저기……"

귀곡육절과 송문악의 작별 인사가 모두 끝나고 이제 떠날 시간이 되었음을 모두가 느끼고 있을 때, 무각이 조심스럽게 입을 열었다.

"무슨 할 말이라도 있으신가, 무 형제?"

장사진이 머뭇거리는 무각을 보며 묻자 무각이 품속에서 천문시가 들어 있는 목갑을 꺼내 들었다.

"제가 송 공자와 함께 가겠습니다. 그러니 이 천문시는 어르신께서 맡아주십시오."

무각의 말에 장사진이 의아한 눈빛으로 물었다.

"진심인가? 자넨 반드시 신기루에 들겠다고 하지 않았었나? 마음이 바뀐 것인가?"

장사진의 말에 무각이 고개를 끄덕였다.

"처음에는 저도 반드시 신기루에 들어 신기루가 과연 도문 오군자의 목숨을 앗아갈 정도로 대단한 곳인가를 제 눈으로 직접 확인할 생각이었습니다. 하지만 어르신의 말씀을 듣고 보니 생각이 달라지는군요. 사람들은 월하장원의 고수들이 도문 오군자를 사주해 점창의 손에서 천문시를 빼냈다고 믿고 있는 듯하지만, 그날 밤 사부님들을 살해한 자들은 결코 월하장원의 인물들이 아니었습니다. 어르신께서 생각하신 대로 신기루가 누군가 혈풍을 일으키기 위해 만들어진 것이라면 도문 오군자를 사주한 자들도 바로 그들일 가능성이 많겠지요."

"그러니 더더욱 가봐야 하는 것이 아닌가?"

장사진의 말에 무각이 고개를 저었다.

"지금 저에겐 그들을 상대로 복수를 할 힘이 없습니다. 때가 되었을 때, 신기루의 주재자들을 만나볼 생각입니다."

무각의 말에 장사진과 귀곡육절은 문득 이 도문의 유일한 후계자가 그저 평범한 도둑이 아니라는 것을 깨달았다. 군자의 복수는 시간을 따지지 않는다고 했던가? 무각은 시간을 기다릴 줄 아는 인물인 것이다.

"자네의 생각을 알겠네. 자네 말이 맞을지도 모르지. 그럼 문악을 부탁하네. 자네가 함께 간다니 마음이 한결 놓이는군."

장사진이 무각에게서 천문시가 든 목갑을 받아 들며 대답했다.

"부디 좋은 성과가 있으시길 바랍니다."

무각이 장사진에게 깊이 허리를 숙여 보였다. 어쩌면 이들 귀곡의 문도들이 가져올 소식이 자신에게도 큰 도움이 될 수 있기 때문이었다.

"자, 그럼 이제 가볼까?"

장사진이 귀곡육절을 돌아보며 말했다. 귀곡육절은 가볍게 고개를 끄덕였다. 날이 밝아오고 있었다. 강변은 어느새 강으로부터 밀려오는 안개에 휩싸여 있었다.

장사진을 선두로 귀곡육절이 송문악과 무각을 한 번씩 보고는 진을 벗어나기 시작했다.

"미안하구나."

가장 뒤에 남아 있던 송무군이 송문악을 보며 말했다.

"미안해하지 마세요. 꼭 돌아오실 거잖아요?"

송문악이 웃으며 말했다.

"오냐. 반드시 돌아오마. 그리고 이번에 돌아온다면 다시는 널 떠나지 않으마."

송무군이 굳은 의지가 담긴 눈빛으로 송문악을 보며 무거운 목소리로 약속을 하고는 이내 단호하게 몸을 돌려 진 밖으로 빠져나갔다.

진을 벗어난 귀곡육절과 장사진은 순식간에 석산 아래 안개 속으로 묻혀 들어갔다. 그리고 간밤에 천문시를 추격해 수많은 무림인들이 달려간 곳으로 빠르게 움직이기 시작했다.

송문악과 무각은 귀곡의 일곱 고수가 안개 속에서 드러났다 사라지곤 하는 모습을 한순간이라도 놓치지 않으려는 듯 응시하고 있었다.

그렇게 얼마의 시간이 흐르자 이제는 안개가 아니더라도 더 이상 그들의 시야에 잡히지 않을 만큼의 거리에 귀곡의 일곱 고수가 도달하더니 이내 무성한 원시림 사이로 종적을 감춰 버리는 것이었다.

송무군은 신기루가 있는 방향으로 몸을 날리면서 단 한 번도 송문악이 있는 곳을 향해 뒤를 돌아보지 않았다.

"돌아오기 쉽지 않겠죠?"

문득 송문악이 내뱉는 말에 무각이 움찔거렸다. 송무군의 약속에도 불구하고 송문악은 이미 귀곡의 문도들이 쉽게 돌아올 수 없는 길을 떠났다는 것을 알고 있는 것이다.

"송 대협은 반드시 돌아올 거야. 내가 알고 있는 청명검 송무군은 자신이 한 말은 반드시 지키는 사람이거든!"

무각의 말에 송문악이 고개를 끄덕였다.

"그래요. 할아버지께서도 말씀하셨어요. 아버지는 언제나 자신이 한 말은 지키는 사람이라고… 만약 약속을 지키지 못하신다면 전 정말로 아버지를 미워할지도 모르겠어요."

귀곡의 문도들이 사라진 방향에서 시선을 거두지 못하고 있는 송문악의 어깨에 무각의 손이 올려졌다. 무각은 이 어린 아이의 바람이 반드시 이루어지기를 마음속으로 빌고 있었다.

송문악과 무각 두 사람은 장사진의 말처럼 하루가 지나 다시 밤이 찾아올 때까지 진 안에서 움직이지 않았다. 그사이에도 적지 않은 수의 무림인들이 석산 아래를 지나 신기루가 있는 쪽으로 달려갔다. 하지만 원강의 푸른 물 위에 선홍빛 석양이 드리워질 무렵이 되자 더 이상 석산 앞을 지나가는 무림인의 모습이 눈에 띄지 않았다.

두 사람은 석양도 빛을 잃고 사위가 어둠에 휩싸였을 때 장사진이 펼쳐 놓은 진에서 나왔다. 그리곤 석산에 오르기 전 강기슭에 숨겨놓은 낡은 어선을 끄집어내고는 다시 노를 저어 원강의 중심으로 나가기 시작했다.

배는 어두운 강물을 따라 내려갔다. 유유히 흐르는 수면에 드리워진 초승달이 깊은 밤 속으로 사라질 무렵 송문악과 무각의 눈에 거대한 성채(城砦)가 환상처럼 다가왔다.

"신기루군요."

송문악이 여러 가지 감정이 섞인 목소리로 나직하게 말했다.

"맞아, 송 공자! 저게 신기루야!"

무각은 북쪽 호숫가 깊은 곳에 불쑥 솟은 수십 채의 전각으로 이루어진 신기루를 보며 감탄하듯 말했다. 오색찬란한 불빛들이 신기루의 주위를 맴돌고 있었다. 그 환상적인 아름다움은 그곳이 천하제일의 보물이 들어 있는 곳이 아니라 할지라도 사람들의 마음을 사로잡기에 충분했다.

"어떻게 만든 것일까요?"

송문악은 신기루의 아름다움에 빠져 있지 않았다. 송문악은 지난밤 장사진과 귀곡육절의 이야기를 들으며 부쩍 자라 있었다. 송무군과의 또 한 번의 이별도 그를 좀 더 어른에 가까워지게 만들고 있었고, 신기루의 아름다움 속에 숨어 있는 서늘한 암운들은 그의 이성을 냉정하게 유지시키고 있었다.

"글쎄. 진법이 아닐까?"

무각이 고개를 갸웃거리며 대답했다.

"그렇겠지요? 저런 엄청난 건물을 실제로 만들려면 절대 사람들의 이목을 피할 수 없을 테지요. 하지만 진법이라고 해도 대단해요. 어떻게 저렇게 거대한 환상을 만들어낼 수 있었을까요?"

"강호에는 보통 사람이 생각하는 것 이상의 능력을 지닌 자들이 많이 있지."

무각이 대답했다. 그때였다. 강의 저편, 신기루 가까운 곳에서 미미하게 도검 부딪치는 소리가 들려오는 듯했다. 호수는 넓었고 송문악과 무각은 신기루가 있는 곳의 반대쪽 강변에 치우쳐 원강을 내려가고 있었기에 신기루가 있는 쪽 강변에서 들려오는 소리는 작고 미미했다.

"싸움이 시작됐나 봐요."

송문악이 걱정스런 눈으로 소리가 들려오는 곳을 바라보며 말했다. 소리가 들려온 곳에서 이번에는 몇 가닥 빛들이 번쩍였다. 아마도 도검이 부딪치며 만들어지는 빛들이리라.

"너무 걱정 마시게. 송 대협과 귀곡의 고수 분들은 신기루에 들기 위해 가신 것이 아니니, 천문시를 놓고 벌이는 무림인들 간의 싸움에 휩쓸리지는 않으실 거야."

하지만 말을 하는 무각의 표정도 그리 밝지는 않았다.

"어쩌면 더 위험할 수도 있지요."

송문악의 말에 무각은 더 이상 대답하지 않았다. 그도 송문악의 말이 옳다는 것을 알고 있기 때문이었다.

낡은 고깃배는 쉬지 않고 물결을 따라 내려가고 있었다. 노 젓기를 멈추었지만 어느새 배는 신기루를 강의 상류 쪽에 놓아두고 있었다. 그러다가 갑자기 강폭이 줄어들며 물의 흐름이 크게 바뀌었다. 강줄기가 거대한 곡선을 만들며 크게 구부러지기 시작했던 것이다.

어느새 송문악과 무각이 탄 배가 원강의 좌우에 높다랗게 솟은 산을 휘감아 돌기 시작했다. 그러자 차츰차츰 신기루의 모습이 거산과 절벽들의 뒤편으로 사라져 가기 시작하더니 이내 그 환상적인 모습이 두 사람의 시야에서 완전히 사라져 버리는 것이었다.

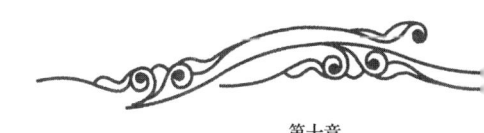

第十章

핏빛 진실(眞實)

사방에서 피 냄새가 진동했다. 송무군은 눈앞에 펼쳐진 풍경이 진동하는 혈향에 어울리지 않게 아름답다고 생각했다. 백여 명이 넘는 무림인의 시신이 너부러져 있는 전장은 풍경의 일부분에 지나지 않았다. 그 시체 더미 너머로 아침 안개에 휩싸인 무성한 원시림이 펼쳐져 있었고 오묘하게 굽이진 호숫가의 선과, 하단부가 안개에 싸여 있는 오색찬란한 신기루의 모습이 건너다 보였다.

'미친 짓이다.'

송무군은 아름다운 풍경으로부터 밀려오는 안개 속에서 짙은 피비린내를 느끼며 진저리를 쳤다.

창창창!

잠시 멈췄던 병장기 부딪치는 소리가 다시금 들려왔다.

"지독하군."

신조가 송무군 옆에서 질린 목소리로 중얼거렸다. 자정 무렵부터 시작된 싸움은 쉬지 않고 세 시진째로 접어들고 있었다. 누군가의 손에도 월하장원으로부터 나온 천문시가 일각 이상 머무는 법이 없었다. 그 기보를 손에 드는 순간 희열에 젖어들던 눈빛은 이내 허망한 잿빛으로 변하며 땅 위에 뒹굴기 일쑤였다.

"하지만 이제 거의 끝나가고 있는 것 같군."

장사진은 무섭도록 차가운 눈빛으로 일백여 구의 시신을 지나, 한쪽 공터에서 이어지고 있는 싸움을 주시하고 있었다.

"구파가 나서는군요."

곽이산이 장사진의 말을 받았다.

"진즉에 저들이 나섰다면 이런 살상이 벌어지지는 않았을 터인데……."

"하지만 구파는 언제나 미리 나서는 법이 없지요."

송무군이 경멸의 감정을 담아 장사진의 말에 대꾸했다.

"구파도 역시 한바탕 일어나는 혈풍에 자칫 휘말릴 위험을 감수하기는 쉽지 않을 거야. 이제 그야말로 고수 중에 고수들만 남았으니 그들이 나설 때가 된 것이지. 마구잡이 드잡이질이 벌어질 리가 없으니까."

장사진은 구파의 행동을 냉정하게 분석했다. 일을 처리함에 있어 감정을 내세우지 않는 것은 강호의 강자들이 필히 가지고 있어야 할 덕목이므로 장사진은 송무군과 달리 구파에 대한 경멸감 같은 것은 가지고 있지 않는 듯했다.

"어느새 다시 점창이군요. 앞을 막아선 것은 종남의 검선 한교웅인 듯⋯⋯."

곽이산은 사람 보는 눈이 밝았다. 돌고 돌아 다시 천문시를 움켜쥔 점창의 남유교를 막아선 자가 검선이라 추앙받는 종남의 절대검객 한교웅이라는 것을 한눈에 알아본 것이다.

"쉽지 않겠군요. 점창은 끝난 것 같군요!"

유공무의 지적이 아니더라도 남유교를 비롯해 육보산과 청상인 세 사람만 남은 점창이 종남 검선 한교웅을 필두로 앞을 가로막고 나선 종남 문인 십여 명을 당해낼 것 같지는 않았다.

"더군다나 그들은 구원(舊怨)을 가지고 있지."

장사진의 말이 끝나기도 전에 무어라 말도 없이 종남의 한교웅과 점창의 남유교가 부딪쳐 갔다.

두 사람의 겨룸이 가져올 결과는 상상외로 큰 것이었다. 천문시의 행방에 못지않게 두 고수의 격돌은 한 문파의 쇠락을 결정짓는 중요한 일전이었다. 두 사람은 공히 양 파에서 최고수로 알려진 자들, 누군가 한 사람이 목숨을 잃는다면 싸움에서 진 문파는 쉽게 그 상처를 회복하기 어려울 터였다.

하지만 이토록 중요한 의미를 가지고 있는 두 고수의 격돌은 사실 이미 싸우기 전에 그 승패가 결정된 것이나 마찬가지였다. 수일 동안 천문시를 쫓아 전력을 다한 남유교와 혈풍의 중심을 피해 기력을 보전하고 있던 한교옹의 싸움은 애초 한쪽으로 기울 수밖에 없는 싸움이었던 것이다.

투명한 청색 검강을 만들어내는 남유교의 검공은 가히 무림일절이라 불릴 만큼 대단한 것이었지만, 구파일방 중 한자리를 차지하고 있는 종남 검선 한교옹의 검은 시작부터 남유교를 압박하고 있었다.

쿠쿠쿵!

두 사람의 검이 부딪칠 때마다 둔탁한 소리가 지축을 울려댔다. 그리고 그런 일합의 격돌이 끝날 때마다 남유교의 신형은 조금씩 조금씩 뒤로 물러나고 있었다.

"싸움은 끝났군."

어느 순간 장사진의 입에서 짤막한 말이 흘러나왔다. 그리고 그의 판단은 정확했다. 장사진의 말이 끝남과 동시에 화려하게 허공을 수놓는 남유교의 검강 사이를 교묘하게 비집고 들어온 한교옹의 검이 남유교의 목줄을 갈라놓고 있었던 것이다.

남유교의 목에서 피가 터져 나오는 순간 한교옹의 검이 다시 위에서 아래로 내리그어졌다. 그에 따라 남유교의 청의가 좌우로 죽 갈라지며 그 안에서 천문시가 든 목갑이 떨어져 내렸다. 순간 한교옹의 검이 앞으로 죽 내밀어지자 떨어져 내리던 목갑이 한교옹의 검끝에 사뿐히 내려앉았다. 가히 무림제일을 다투는 고수의 무공이라 불리기에 부족함이 없는 신묘한 검의 움직임이었다.

천문시가 한교옹의 손에 들어가는 순간, 점창의 살아남은 고수 육보산과 청상인이 한교옹을 향해 날아들었다. 하지만 곧 그들의 움직임은 종남의 고수들에 의해 가로막혔다.

"물러가라. 그대들마저 죽는다면 점창은 멸문을 면치 못하리라!"

한교옹의 입에서 날카로운 목소리가 흘러나왔다. 한교옹에게 접근할 길이 막힌 육보산과 청상인이 원한에 몸을 떨며 한동안 한교옹을 노려보다 결국 몸을 돌렸다.

"점창의 이름이 살아 있는 한 종남을 잊지 않을 것이다."

한마디 처절한 복수의 다짐을 남겨놓고 점창의 두 고수가 순식간에 장내에서 사라졌다. 한교옹은 몸을 빼는 점창의 두 고수를 물끄러미 바라보다가 문득 나직한 목소리로 입을 열었다.

"오늘부로 점창은 영원히 종남의 벽을 넘지 못할 것이다. 왜냐하면 이 한교옹이 신기루에 들 것이므로……!"

중얼거리듯 말을 내뱉은 한교옹이 휙 몸을 돌려 그와 남유교의 싸움을 지켜보고 있던 구파의 고수들을 응시했다.

"종남이 천문시를 얻었소. 구파의 형제들 중 이 한교옹의 자격을 시험하실 분이 있으시다면 한 수 가르침을 받도록 하겠소."

지난 백 년간 구파일방의 결속은 공고했다. 그 결속은 너무도 단단해 그 어떤 문파도 구파일방의 아성에 도전했던 문파가 없을 지경이었다. 그러므로 천문시 쟁탈전에 있어서도 구파 고수들 간의 다툼은 다른 무림인들의 쟁탈전과는 달랐다.

일단 구파 중 어느 한곳의 손에 천문시가 들어가면 그때부터 천문시는 구파의 손에서 움직이게 마련이었다. 또한 구파일방 간에 벌어지는 천문시 쟁탈전은 일종의 비무를 벌이는 형식으로 진행되었다. 그래서 지금까지 신기루의 전설을 쫓으면서도 구파일방의 피해는 극히 적었고, 서로 피를 보는 것을 삼갔기에 구파의 결속도 흐트러지지 않았던 것이다.

한교옹의 말이 떨어지자 구파일방의 고수 중 삼 인이 앞으로 나섰다.

"개방의 교착신이 운을 시험해 보겠소."

"화산의 천선검 유해진이오."

"무당의 청송자 백로인이 검선께 감히 일수를 청하겠소."

삼 인의 고수가 나서자 장내에는 아연 긴장이 흐르기 시작했다. 이 삼 인의 고수는 그야말로 당금 무림의 최정점에 있는 인물들이라 할 수 있었다. 천문시가 아니라면 이런 인물들의 격돌은 꿈에서도 보기 어려운 것이었다.

"정말 대단한 구경을 하게 되는군."

장사진이 절정고수들의 격돌을 기대하며 손바닥을 비벼댔다. 장사진뿐 아니라 귀곡육절도 이 희대의 비무에 대한 기대로 눈빛을 빛내고 있었다. 그러나 그들의 기대는 신조의 한마디로 무너져 내렸다.

"우린 저들의 싸움을 볼 팔자가 아닌가 봅니다."

갑작스런 신조의 말에 장사진과 귀곡육절의 시선이 신조에게로 향했다. 그러자 신조가 품속에서 하나의 향충을 꺼내들며 나직하게 말했다.

"양 의숙입니다."

장사진과 귀곡육절은 망설임없이 몸을 돌렸다. 현 무림에서 가장 강한 자들의 비무를 보는 것 따위는 문제가 될 것이 없었다. 양소용을 만나는 일은 그들에게 그 어떤 일보다도 중요했다.

신조가 먼저 몸을 움직였다. 향충이 반응하는 방향으로 신조가 달려가기 시작하자, 그 뒤를 장사진과 귀곡육절이 빠른 속도로 따르기 시작했다. 숲에는 천문시의 행방과 네 명의 절대고수가 펼치는 비무의 결과를 지켜보기 위해 수많은 무림인들이 모습을 숨긴 채 장내에 이목을 집중하고 있었지만, 장사진과 귀곡육절이 몸을 빼는 것에 관심을 가지는 인물들은 없었다.

송무군은 신조의 바로 뒤에서 숲을 헤쳐 나가고 있었다. 이미 어둠이 걷히고 하늘이 열린 지 오래였지만, 여전히 신기루 주변 숲의 안개는 자욱했다. 채 십 장 앞이 보이지 않는 안개 속을 신조는 거리낌없이 헤쳐 나가고 있었다.

어느새 일행은 야트막한 야산을 치달아 오르고 있었다. 그때 그들의 뒤쪽에서 벼락이 치는 듯한 굉음이 들려왔다. 아마도 사 인의 고수가 격돌하기 시작한 듯했다. 하지만 귀곡의 문도들은 걸음을 멈추거나 뒤를 돌아보지 않았다. 그들의 눈은 선두에 선 신조의 등에 고정되어 있었다.

그렇게 얼마나 달렸을까. 갑자기 눈앞이 환해지며 어느새 그들은 산의 정상에 올라 있었다.

"신기루 방향입니다."

신조가 산의 정상에 선 채 뒤따라오는 장사진 등을 돌아보며 말했다. 송무군과 귀곡의 문도들은 신조의 손이 가리키는 곳으로 시선을 돌렸다. 안개는 산 정상의 턱밑까지 밀려 올라와 있어, 마치 바다의 한가운데 우뚝 솟은 섬 위에 서 있는 듯한 착각이 들 정도였다. 그리고 그 안개바다 저쪽 끝에 아침 햇살을 받아 그 빛이 더욱 찬란하게 빛나는 신기루가 눈에 들어왔다. 신조의 손은 바로 그 신기루를 향하고 있었다.

"역시 신기루였나?"

장사진이 중얼거렸다. 양소용의 흔적이 신기루로 향하고 있다는 것은 그가 자신의 짐작대로 신기루와 어떤 형태로든 연관이 되어 있다는 의미였다.

"저 안개의 바다 속으로 들어가면 살아 나오기 쉽지 않겠죠?"

황보령이 긴장한 목소리로 말했다.

"왜, 겁이 나나, 사매?"

신조가 황보령을 보며 히죽 웃었다.

"흥, 겁날 것은 없어요. 단지 기분이 좀 우울할 뿐이에요. 이런 곳은 정말 죽기에 좋은 곳이 아니에요."

황보령의 말에 그의 사형제들이 고개를 끄덕였다. 신기루의 성채는 아름다웠지만 그 주변의 풍광은 사람의 기분을 불쾌하게 만드는 음습함이 가득했던 것이다.

"사매의 말이 맞군. 이런 곳에서 죽으면 극락으로 가지 못하고 영락없이 구천을 떠도는 귀신이 되고 말 거야."

신조가 스산한 안개바람에 몸을 떨며 중얼거렸다.

"가자. 귀신이 되든 극락으로 가든 그거야 죽어봐야 아는 것이지."

장사진의 말이 떨어지자 신조가 이내 그들이 올라온 방향과는 반대편으로 몸을 날려 산을 내려가기 시작했다. 빛은 이내 사라지고 다시 시야를 가리는 안개의 바다가 시작되었다.

그는 거기에 서서 그들을 기다리고 있었다. 그는 아마도 자신의 의제와 사질들이 자신을 찾아올 것이란 것을 이미 알고 있었던 듯했다. 송무군과 장사진, 그리고 귀곡육절의 걸음이 굳은 듯 멈춰졌다. 그들의 앞쪽 백여 장 거리, 원강의 물 위에 화려하게 서 있는 신기루 때문이 아니었다. 바로 십여 장 앞에서 그들의 앞을 가로막고 서 있는 그 때문이었다.

"양 형님!"

장사진이 복잡한 감정이 섞인 목소리로 그들의 앞쪽에 우뚝 서 있는 한 명의 노인을 불렀다. 흑의를 입고 있는 노인의 표정은 안개 속이어서 그런지 그 흑의만큼이나 어두웠다. 하지만 장사진은 노인의 정체를 단숨에 알아봤다. 적어도 그들은 십 년 이상을 함께 지낸 사이였기 때문이었다.

"오랜만이군, 장 제!"

흑의 노인도 입을 열었다. 그의 목소리에도 역시 수많은 감정이 뒤섞여 있었다. 흑의 노인은 바로 귀곡의 사형제들이 그토록 만나고자 했던 양소용이었다. 또한 그는 십칠 년 전 방국진과 구양회의 실종과 관련된 일련의 비밀을 알고 있는 유일한 인물이기도 했다.

"정말 오랜만입니다, 형님! 많이 늙으셨군요."

"자네도 역시 많이 늙었군. 십칠 년이 흘렀는가?"

"그렇지요. 십칠 년이 지났지요."

장사진이 고개를 끄덕였다. 미묘한 긴장이 장내에 흘렀다. 묻고 싶은 것은 많았으나, 막상 양소용을 만나고 보니 무엇부터 물어야 할지 쉽게 입이 열리지 않는 장사진이었다.

"묻고 싶은 것이 있습니다."

장사진이 드디어 입을 열었다.

"그렇겠지. 그렇지 않다면 은거에 들어간 자네가 이곳까지 올 리가 없었겠지. 하지만 자네의 질문을 듣기 전 해둘 말이 있네."

"말씀하시지요."

"만약 자네가 묻고자 하는 것이 신기루와 방 대형의 실종에 관한 것이라면 그 대답을 듣는 대가가 무엇이라도 상관없겠는가?"

장사진의 볼이 씰룩였다.

"협박을 하시는 겁니까?"

"그렇다고 할 수 있지. 하지만 오히려 자네와 사질들에게 기회를 주는 것이기도 하네. 지금이라도 걸음을 돌려 이곳을 떠난다면 자네와 사질들의 목숨은 안전할 걸세."

"흐흐, 그럴 수는 없지요. 여기까지 와서 그대로 돌아갈 수는 없습니다. 그리고 어떤 위험이 기다리고 있는지 궁금하기도 하고요."

장사진의 말에 양소용이 그럴 줄 알았다는 듯 고개를 끄덕였다.

"그렇게 나올 것이라 짐작은 하고 있었네. 좋아. 묻고 싶은 것이 있다면 물어보게. 내가 대답해 줄 수 있는 것은 대답해 주도록 하지."

"대형께서는 돌아가셨습니까?"

장사진의 입에서 첫 번째 질문이 흘러나왔다.

"그렇네. 방 대형께서는 십칠 년 전 돌아가셨네."

"어떻게 돌아가신 겁니까?"

장사진이 추궁하듯 물었다.

"욕심이 너무 과하셨다고 해야 하나? 아니, 능력이 너무 과하셨다는 것이 옳은 말이겠군."

"능력이 과하셨다니요?"

"휴… 십칠 년 전 당시 방 대형께서는 모든 사람들에게, 우리 의형제들에게까지도 자신의 무공 중 오 할을 숨기고 계셨었네. 막상 천문시가 등장하자 방 대형은 자신의 능력을 모두 내보이셨지. 그것은 정말 놀라운 일이 아닐 수 없었어. 단숨에 천문시를 쟁취하고 곧장 신기루로 향하셨으니 말이야. 방 대형께서는 충분히 신기루에 들 자격을 갖추셨던 것이지."

"그런데 왜……?"

"그게 문제였네. 루에서는 방 대형이 신기루에 드는 것을 원치 않았으니까. 해서… 방 대형은 제거된 것이지. 하지만 대단하셨지. 루에서 성인 한 분께서 나서셔야 할 정도였으니까."

장사진과 귀곡육절은 양소용이 말하는 루가 신기루를 말하는 것임을 알고 있었다. 그들의 예상대로 양소용은 신기루의 주재자와 연결되어 있는 것이 분명했던 것이다.

"사부님을 제거했으면서 왜 우리를 죽음의 절벽으로 몰아넣은 것이오?"

곽이산이 분노를 감추지 않고 물었다. 지난 십칠 년 전 방국진의 실종으로 시작된 귀곡의 불행이 양소용으로부터 시작되었다는 것은 이제 확실해진 것이다.

"그 또한 방 대형의 놀라운 능력 때문에 생긴 일이라고 할 수 있지. 방 대형이 그런 놀라운 능력을 숨기고 있었다면, 그 제자들인 귀곡육절 또한 그렇지 말라는 보장이 없었으니까. 그래서 너희를 보물에 눈이 먼 강호의 혈귀들에게 보내본 것이었다. 하지만 걱정과는 달리 너희 중 방 대형과 같은 무공을 지닌 사람은 없더군. 그게 너희가 그곳에서 죽임을 당하지 않은 이유였다. 너희의 부족함이 오히려 목숨을 살린 격이라고나 할까……."

"당신은 도대체 누구요?"

이번에는 신조가 악에 받친 듯 물었다.

"버릇이 없구나. 그래도 한동안 너희의 의숙이었던 사람인데……."

양소용이 서늘한 시선으로 신조를 보며 나무랐다.

"흥! 자신의 의형을 죽이고 사질들을 죽음으로 몰아넣은 자가 어찌 의숙의 대접을 받기를 바라는 것이오."

신조가 지지 않고 양소용을 몰아붙였다. 그때 장사진이 손을 들어 신조를 제지하며 양소용을 보고 굳은 목소리로 물었다.

"형님은 신기루의 사람이오?"

양소용이 부인하지 않고 고개를 끄덕였다.

"맞네. 난 신기루를 위해 일하고 있네."

"형님이 방 대형과 구 의형, 그리고 나와 친분을 맺은 것은 의도적인 일이었구려."

"그렇다고 해야겠지. 당시 방 대형은 육절기인 무극산의 드러나지 않은 제자였고, 장 제 자네는 신기루의 비밀에 근접한 유사록의 제자였으니까."

"허허… 그랬구려. 양 의형은 애초에 목적을 가지고 접근했던 사람이었구려. 허허허."

장사진이 허탈한 듯 웃음을 흘려냈다. 그러자 양소용의 얼굴에 살짝 괴로운 표정이 지나쳤다.

"장 제… 하지만 내가 우리 의형제들을 좋아했던 것은 사실일세. 단 난 자네들을 만나기 이전에 이미 루에 속한 사람이었다는 것이 불행이었을 뿐이지……. 방 대형이 신기루에 도전하지 않았다면, 아니, 그 능력이 그렇게 뛰어나지 않았다면 난 영원히 자네들의 의형제로 남아 있었겠지."

"좋소, 좋아. 결국 우리 의형제는 완전히 당신에게 놀아난 꼴이 된 것이군. 그런데 말이오. 도대체 이 신기루라는 곳은 어떤 곳이오? 아니, 신기루를 주재하는 자들은 도대체 어떤 자들이고 신기루를 만든 목적이 뭐요? 왜 잊을 만하면 나타나 수천 명의 목숨을 앗아가는 것이오?"

장사진이 안광을 번쩍이며 물었다.

"그것은 말해줄 수 없네."

양소용이 단호하게 고개를 저었다.

"왜 말해줄 수가 없소? 어차피 우릴 이곳에서 살려 보낼 것도 아니지 않소?"

장사진이 분노에 찬 목소리로 외쳤다.

"그것은 내 권한 밖의 일이기 때문일세."

양소용은 여전히 침착했다. 그의 침착함은 그를 바라보고 있던 장사진과 귀곡육절을 더더욱 분노하게 만들고 있었다.

"육천문은 결국 신기루에서 만든 문파였군요."

그때 그동안 말이 없던 송무군이 앞으로 나서며 물었다. 다른 사람들과 달리 송무군의 눈빛은 침착하게 가라앉아 있었다.

"바로 보았네. 육천문은 오래전부터 운남을 감시하고, 이곳에 신기루를 만들 준비를 하기 위해 만들어진 문파였지. 그리고 자네들이 나를 찾아 육천문에 왔을 때는 그 준비가 거의 끝나갈 무렵이었고……. 물론 육천문에 속한 자들 중 정작 자신들이 신기루의 일을 하고 있다는 것을 아는 사람은 단 한 사람밖에 없었지만!'

"과연 그렇군요. 사람들은 신기루를 오지에 나타나는 환상의 궁전으로만 알고 있지만, 실제는 이미 무림 곳곳에 존재하는 단체였군요."

송무군의 말에 양소용이 낮지만 확신에 찬 목소리로 대답했다.

"무림은 신기루에 의해 움직인다네!"

양소용의 말에 송무군과 장사진, 그리고 귀곡의 사형제들이 몸을 흠칫 떨었다. 양소용의 말에서 느껴지는 자신감은 너무도 확고해 그들로 하여금 신기루의 보이지 않는 힘을 실감하게 만들었던 것이다.

"한 가지 더 물어보겠소."

장사진이 양소용을 노려보며 말했다.

"말하게."

양소용이 고개를 끄덕였다.

"양 의형… 당신은… 당신은… 혹 형산파의 사람이요?"

순간 양소용의 눈이 번뜩였다. 그리곤 경악으로 커진 그의 눈이 차츰차츰 본래의 크기로 돌아오더니 이내 그의 눈에서 짙은 살기가 흘러나오기 시작했다.

"놀랍구나, 장 제! 그것까지 알아내다니……. 맞다. 난 형산의 문하이지. 하지만 형산에서도 내가 형산의 문하라는 것을 아는 사람은 오직 한 사람밖에 없거늘… 도대체 어떻게 그 사실을 알아낸 것인가?"

하지만 장사진은 양소용의 질문에 대답하지 않았다. 그의 눈에는 이제 모든 비밀을 알게 된 자의 감정이 드러나 있었다.

"이제야 모든 일의 아귀가 맞춰지는군. 결국 신기루는 구파일방의 강호 군림을 위해 만들어진 것이었군. 신기루의 이름으로 만들어진 혈풍은 구파일방이 무림을 지배하는 데 방해가 되는 자들을 제거하는 기회로 활용되었겠지. 이번 신기루의 목적은 점창과 월하장원을 제거하는 일이었겠고. 더군다나 당신이 형산의 문하라는 것을 형산의 문도들조차 모른다고 하니, 이 일은 결국 구파일방의 수뇌들조차 모르는 사이에 이루어진 일이란 이야기… 결국 구파일방은 또 하나의 모습으로 강호에 존재해 왔다는 이야기군!"

그때였다. 갑자기 사방에서 스산한 바람이 불어오는가 싶더니 어느 순간 양소용을 제외한 다섯 명의 인물이 귀곡의 문도들을 둘러싸듯 나타났다.

"정말 대단하군. 사십 사령, 그대의 의제와 사질들은 어쩔 수 없이 이곳에서 죽어야겠소. 저토록 많은 것을 알고 있으니 살려주고 싶어도 도저히 살려줄 수가 없게 되었구려."

"당신은……?"

새롭게 나타나 귀곡 문도들의 죽음을 이야기하는 노인을

본 장사진이 그를 기억하는 듯 입을 열었다.

"호? 나도 알고 있다는 것인가?"

"육천문주 혁지명!"

"이거야 정말 놀라지 않을 수 없군. 나까지 알고 있다니……. 이보시오, 사십 사령. 당신의 의제는 정말 놀라운 사람이구려."

"과거 운남에 들렀을 때 그대가 육천문의 나머지 인물들과 함께 점창의 고수 셋을 베는 것을 본 적이 있었지."

"그랬었군. 그때 우리의 행사를 본 자가 없을 줄 알았더니… 우리를 본 자가 있었을 줄이야. 그 비밀을 지금껏 지켜주었다니 고맙군. 하지만 그 일이 고맙다고 해서 오늘 귀곡의 문도들을 살려 보내줄 수는 없소이다. 사십 사령, 일을 마무리 지읍시다. 이제 곧 신기루에 들 자가 정해질 듯하니… 구 사령께서 늦지 않게 신기루에 들라는 명을 내리셨소."

혁지명이 양소용을 보며 말하자 양소용이 무겁게 고개를 끄덕였다. 손을 써도 좋다는 의미였다.

"결국 이렇게 귀곡의 명맥은 끊기게 되는군."

양소용의 동의가 있자 혁지명이 검을 뽑아 들고 한 걸음씩 귀곡의 문도들을 향해 다가오기 시작했다. 그러자 사방의 방위를 점하고 있던 신기루의 고수들이 혁지명의 움직임에 맞추어 함께 움직이기 시작했다.

"누구든 살아남아 이 사실을 강호에 알려라!"

장사진이 두 손을 들어올려 다가오는 혁지명을 맞아 나가면서 소리쳤다.

"하하하! 신기루의 손에서 벗어날 자는 강호에 아무도 없다!"

순간 혁지명의 신형이 검은 그림자를 그려내며 장사진을 향해 돌진했다.

우웅!

그리고 드디어 혁지명이 일초의 검식을 뿌려대는 것으로 신기루의 고수들과 귀곡의 문도들 간에 목숨을 건 혈투가 시작됐다.

송무군은 분노를 안으로 갈무리하며 검을 뿌리고 있었다. 청명검은 허공에 푸른 빛의 검기들을 뿌려대며 끊임없이 신기루의 고수를 육박하고 있었다.

장내에서 벌어지고 있는 싸움은 모두 다섯 쌍, 혁지명과 장사진이 맞붙어 있었고, 곽이산과 유공무가 또한 각기 한 명씩의 신기루 고수와 혈투를 벌이고 있었다. 백적경과 황보령은 힘을 합쳐 또 한 명의 고수를 협공하고 있었고, 신조는 다섯 쌍의 싸움이 벌어지는 사이를 오가며 사정이 불리한 사형제를 거들고 있었다.

하지만 싸움의 우열은 그리 오래지 않아 가려지고 있었다. 신기루의 고수들은 모두 한결같이 정심한 공력과 고절한 무공을 지니고 있어, 귀곡의 사형제들에게는 버거운 상대들이었던 것이다. 그나마 숫자의 우위를 가지고 근근이 버티고 있었지만 싸움은 그리 오래갈 것 같지 않았다. 홀로 한 명씩의 고수를 상대하고 있는 곽이산과 유공무의 경우 채 이각이 지나지 않아 이미 적지 않은 상처를 입고 있었다.

다섯 쌍의 싸움 중 귀곡의 문도가 유리한 위치를 점하고 있는 곳은 오로지 송무군 한 명뿐이었다. 위기의 순간 드러난 송무군의 무공은 그의 다섯 사형제와는 차원이 다른 수준이었다. 과거 공력의 부족으로 흔들리던 그의 검로는 완벽하게 통제되고 있었고, 공력의 부족으로 위력적이지 못하던 검초는 교묘히 상대의 허점을 파고드는 신묘한 검로로 상대를 위협하고 있었다. 더군다나 송무군에 의해 펼쳐지는 쾌검은 눈으로 보기엔 그렇게 빠른 것 같지 않았지만 상대의 급소와 최단거리를 찾아 움직임으로써 그 공격을 받는 상대에게는 어떤 쾌검보다도 빠르다는 느낌을 주고 있었던 것이다.

예상치 못한 송무군의 무위는 그를 상대하고 있는 신기루의 고수를 당혹시키고 있었다. 눈앞에서 현란하게 움직이며 자신의 빈틈을 찾아 들어오는 송무군의 청명검은 송무군의 무공을 얕잡아보던 신기루 고수에게서 싸움의 선기를 빼앗고 있었다. 그래서 신기루의 고수는 싸움이 시작된 이래 단 한 번도 상황을 반전시키지 못한 채 줄곧 송무군에게 밀리고 있는 실정이었다.

"놈! 대단하구나. 하지만 잔재주도 여기까지다."

신기루의 고수가 송무군의 공격을 옆구리 아래로 흘려내고는 검을 들지 않은 손으로 강력한 일장을 쳐내며 소리쳤다. 이 일장에는 그의 전 공력이 들어 있어 송무군도 뒤로 물러나지 않을 수 없을 거란 계산이 서 있었던 것이다. 그리고 일단 송무군이 거리를 벌리며 물러나면 더 이상 송무군의 잔재주에 불과하다고 생각한 쾌검에 말려들지 않을 자신이 그에게는 있었다.

하지만 송무군은 상대의 의도대로 움직여 주지 않았다. 송무군은 상대의 장력을 피해 뒤로 물러나는 대신 몸을 틀어 상대의 장력을 옆구리로 스쳐 받아내며 그대로 청명검을 상대의 가슴팍에 꽂아 넣었다. 이 일련의 움직임은 자신의 몸을 위험에 빠뜨리며 시도한 공격이라 신기루의 고수가 전혀 예상치 못한 움직임이었다.

"큭!"

신기루의 고수가 믿을 수 없다는 눈으로 송무군을 바라보며 천천히 무너져 내렸다. 누구도 예상하지 못한 결과가 나타나자 장내의 상황이 일변했다.

"모두 베어버렷!"

육천문주 혁지명의 입에서 날카로운 명령이 떨어지는 순간, 장내에 두 마디의 비명이 울려 퍼졌다. 유공무와 황보령의 입에서 흘러나온 비명 소리였다.

유공무는 등의 한쪽에서부터 허리에 이르기까지 길게 검상을 입은 채 앞으로 고꾸라지고 있었고, 황보령은 심장 부근에 일장을 허용한 채 뒤로 튕겨져 나가며 주변에 있던 굵은 나무 기둥에 부딪친 후 땅 위로 떨어져 내리고 있었다.

"이놈들!"

순간 송무군의 눈에서 짙은 살광이 쏟아져 나오며 그의 신형이 허공으로 떠오르더니 유공무를 베어 넘긴 신기루의 고수를 향해 떨어져 내렸다. 막 유공무를 향해 최후의 일격을 가하려던 신기루의 고수가 머리 뒤쪽으로부터 느껴지는 강렬한 살기를 느끼고는 급히 몸을 돌려 송무군의 청명검을 막아 갔다.

그렇게 두 개의 검이 허공에서 맞부딪치려는 순간 송무군의 검이 상대의 검을 타고 빙글 돌며 정확히 상대의 심장을 찔러갔다.

"엇!"

신기루의 고수는 갑작스런 상대의 초식 변환에 놀라 몸을 틀어 송무군의 검을 피하려 했으나 송무군의 쾌검은 이미 그의 심장을 꿰뚫고 있었다.

"이… 이런 무모한……."

심장을 청명검에 내준 신기루의 고수가 송무군을 노려보다가 차차 동공에 초점을 잃으며 땅 위에 무너져 내렸다. 그때 송무군의 어깨 한쪽에서 붉은 선혈이 그의 옷을 타고 흘러내렸다. 상대의 검도 송무군의 왼쪽 어깨를 찌르고 지나갔던 것이다.

"사형!"

송무군은 지혈할 생각도 않고 급히 무릎을 꿇고 유공무의 상체를 들어올렸다.

"난 틀렸어. 어서 다른 사람들이나 도와줘!"

유공무가 힘겨운 듯 팔을 들어 저으며 말했다.

"사형! 사형은 죽지 않아요!"

송무군이 힘주어 유공무의 손을 잡으며 말했지만 유공무의 눈에는 이미 죽음의 그림자가 드리우고 있었다.

"제길, 이렇게 죽을 줄 알았으면 진즉에 이런 도(刀) 따위는 던져 버리는 건데… 귀곡육보가 우리 사형제를 망쳤어."

유공무가 죽어가면서도 손에 꼭 움켜쥐고 있던 흑도를 들어올려 송무군에게 내밀었다.

"사제, 사제는 반드시 살아날 거야. 사제는 사실 우리 귀곡육절에 속해 있기에는 너무 뛰어난 사람이지. 이 흑도를 받게. 귀곡육보의 주인은 처음부터 자네가 되었어야 했어. 흐흐, 우리 사형제들 각자의 욕망이 애써 그것을 부인하고 있었을 뿐……. 반드시 살아나게. 살아나서 저 신기루를 만든 놈들을 반드시… 반드시……."

미처 말을 끝내기도 전에 삶의 빛이 유공무의 동공에서 사라졌다. 귀곡육절 중 한 명이 세상에서 사라진 것이다. 송무군은 자신의 품에 안긴 채 눈을 감지 못하고 숨을 거둔 유공무의 얼굴을 무표정한 얼굴로 내려다보고 있었다. 그의 얼굴에는 사형제가 죽은 슬픔도, 그 죽음을 만든 자에 대한 분노도 드러나지 않았다. 하지만 그의 무표정한 얼굴은 그보다 더 많은 감정들을 내포하고 있었다. 그리고 그중 하나는 적에 대한 차가운 살의였다.

송무군이 유공무를 땅에 내려놓고 몸을 일으켰다. 그의 한 손에는 청명검이, 다른 한 손에는 유공무에게서 받은 흑도가 들려져 있었다. 그는 유공무의 시신에서 시선을 거둬 혈투를 벌이고 있는 사형제들을 돌아봤다.

장사진은 이제 완전히 혁지명의 공세에 밀려 간신히 목숨을 부지하고 있었고, 곽이산 역시 장사진과 형편이 다르지 않았다. 하지만 그중에서도 가장 위태로운 것은 백적경과 신조였다. 황보령은 아름드리나무 기둥에 기댄 채 움직이지 않고 있었다.

송무군의 신형이 움직였다. 그의 보법은 그가 지금껏 보여 왔던 그 어떤 움직임보다도 가벼웠다. 무거운 살기를 지닌 자의 보법이 어떻게 이렇게 가벼울 수 있을까.

백적경과 신조의 협공을 받으면서도 오히려 그 두 사람을 위기에 몰아넣고 있던 신기루의 고수는 갑자기 자신의 등 쪽으로 다가드는 섬뜩한 살기에 막 신조의 가슴에 일검을 찔러 넣으려던 손을 멈추고 가볍게 몸을 옆으로 이동하며 재빨리 살기의 정체를 향해 돌아섰다. 순간 그는 자신의 이마를 향해 내려쳐지는 장도(長刀)의 검은 날과 마주 섰다.

"놈!"

그리고 그는 상대가 누구인지 금세 알아챘다. 이자는 이미 두 명의 신기루 고수를 벤 자다. 그물에 들어온 귀곡의 문도 중 가장 강한 자가 분명했다. 하지만 그는 상대의 도에 자신이 당할 것이라고는 생각지 않았다. 앞서 이자의 손에 죽은 자들은 그의 동료들 중 가장 낮은 서열의 인물들이었으므로 그들과 자신이 같을 수 없었다. 신기루 고수의 입에서 노성이 토해지며 자신의 이마를 향해 내려오는 송무군의 흑도를 자신의 검으로 막아갔다.

가강!

도와 검의 날이 마찰하면서 사람의 신경을 긁는 소리가 울려 나왔다. 송무군의 도를 막아낸 신기루 고수의 얼굴에 살짝 미소가 지어졌다. 예상과는 달리 송무군이 내려친 도에 실린 공력이 그리 강하지 않았기 때문이었다. 어쩌면 앞서 당한 두 명의 동료는 방심 때문에 이자의 검에 당했을지도 모른다는 생각의 그의 머릿속에 떠오르는 순간, 갑자기 상대의 도에 깃든 힘이 사라지며 그의 검과 몸이 상대를 향해 죽 앞으로 밀려 나갔다.

어느새 송무군은 흑도를 거두어들이며 상대를 자신의 몸 쪽으로 끌어들이고는 급격하게 허리를 숙이면서 상대의 옆구리 쪽으로 회전하고 있었다. 한 손에 들린 유공무의 흑도는 상대의 검이 자신의 몸에 닿는 것을 막고 있었고, 그 와중에 다른 한 손에 들려 있던 청명검이 푸른 빛을 토해내며 횡으로 그어져 앞으로 쏠려 나가는 상대의 옆구리를 베어내고 있었다. 청명검은 여지없이 상대의 살을 파고들었다.

"욱!"

상대의 입에서 익숙한 비명이 흘러나왔다. 청명검은 어느새 상대의 몸을 벗어나고 있었고, 그 뒤를 이어 상대의 검을 막아내던 흑도가 벼락같이 허공으로 들려지더니 상대의 목줄기를 향해 떨어져 내렸다.

또 한 구의 시체가 땅 위에 뒹굴었다. 송무군은 어느새 신기루의 고수 세 명을 베어 넘기고 있었다. 하지만 그의 발과 그의 검은 잠시의 휴식도 취하지 않았다. 그의 신형이 한 마리 용처럼 치솟더니 순식간에 곽이산을 몰아붙이고 있는 신기루의 고수를 향해 떨어져 내렸다.

그때였다.

"그만! 더 이상은 허락할 수 없다!"

갑자기 장내를 진동시키는 노성이 터져 나오더니 한 자루 검이 허공을 격하고 적을 향해 움직이던 송무군을 향해 날아왔다. 순간 송무군이 청명검과 흑도를 교차시키며 자신을 향해 날아오는 검을 막아갔다.

쿠쿠쿵!

송무군은 양손에 잡고 있던 청명검과 흑도를 통해 전해지는 거대한 충격을 이겨내지 못하고 황급히 두 발로 땅을 찍어

대며 뒤쪽으로 물러났다.

순간 장내의 싸움이 정지했다. 장사진과 곽이산을 위기로 몰아넣고 있던 신기루의 고수들도 역시 새롭게 장내에 등장한 인물을 보고는 손을 멈추고 신형을 뒤로 뺐던 것이다.

그 틈을 이용해 송무군 주위로 장사진과 곽이산, 그리고 백적경과 신조가 모여들었다. 신조의 팔에는 황보령이 안겨 있었는데 그녀 또한 죽음의 위기를 넘기기는 어려워 보였다.

"십 사령(十司令)을 뵈오!"

귀문의 문도들을 공격하던 신기루의 고수들과 양소용이 급히 허리를 숙이며 장내에 등장한 인물에게 예를 취했다. 십사령이라 불린 자는 다른 자들과 마찬가지로 흑의를 입고 있었다. 하지만 그에게서 흘러나오는 기세는 양소용과 다른 신기루의 고수에 비할 바가 아니었다.

"너무 오래 걸리는군."

십 사령이 시선을 송무군에게 고정시키며 말했다.

"죄송합니다, 십 사령! 번거롭게 해드렸습니다."

양소용이 급히 허리를 굽히며 사죄의 말을 뱉어냈다.

"됐소. 그대들의 잘못은 아닌 듯. 귀곡의 문도들 중 사령들의 무공을 능가하는 자가 있을 줄은 나도 예상치 못했으니까. 하지만 그만 끝을 보아야 할 시간이오. 이미 천문시의 승자가 가려졌소. 따라서 신기루 주변을 정리하라는 명이 내려왔소."

십 사령의 말에 양소용의 눈빛이 작게 흔들렸다. 그의 시선이 무의식적으로 송무군과 그를 둘러싸고 있는 귀곡의 문도들에게로 향해졌다. 십 사령의 말대로라면 그들이 살아날 확률은 전무했다.

"어쨌거나 수십 년을 함께 지낸 사이, 사십 사령은 직접 손을 쓰는 것이 어렵겠지. 이곳은 나에게 맡겨두고 그대는 신기루로 복귀하시오."

십 사령이 양소용을 보며 명령하듯 말했다.

"명을 따르겠습니다, 십 사령!"

양소용이 십 사령을 향해 포권을 취해 보이고 시선을 돌려 다시 한 번 송무군 등을 바라보고는 이내 신형을 돌려 오색 안개가 자욱한 신기루 안으로 사라져 갔다.

"생각해 보면 귀곡도 정말 대단한 문파야. 육절기인 무극산으로부터 시작해서 귀곡주 방국진, 그리고 이제 그의 제자까지 하나같이 예상치 못한 무위를 보여주는군. 하지만 언제나 지나친 재능은 목숨을 위험하게 하는 법이지. 오늘 이곳에서 귀곡은 영원히 사라져야겠다."

십 사령의 시선은 송무군을 향해 있었다. 순간 송무군은 상대의 눈에서 한 자루 잘 갈린 검이 자신의 이마를 쪼개오는 듯한 착각에 빠져들었다. 그리고 그 순간 그는 깨달았다. 비록 자신이 자신만의 검을 얻었다 해도 지금 자신을 응시하고 있는 자의 상대가 될 수는 없다는 것을!

"무군! 몸을 피해라. 뒤는 우리가 맡겠다."

장사진이 송무군의 앞을 가로막으며 낮은 목소리로 말했다.

"혼자 가지는 않습니다!"

송무군은 여전히 시선을 십 사령에게 고정시킨 채 단호하게 대답했다.

"네가 가지 않으면 우린 모두 죽겠지. 귀곡은 사라지고 원한은 갚을 길이 없을 것이다. 그걸 원하느냐?"

"그래요, 사제. 어서 가세요. 누군가 살아남아 복수를 해야 한다면 사제가 바로 적임자예요."

백적경이 장사진의 말을 거들었다. 그러자 곽이산과 신조, 그리고 이제 거의 숨이 끊어져 가고 있는 황보령조차도 눈빛으로 송무군을 재촉했다.

"사형들……!"

송무군의 입에서 비감 어린 목소리가 흘러나왔다.

"가라, 사제! 오늘 우리가 이 지경에 처한 것은 모두 자업자득이라 할 수 있다. 서로 육보를 다투지만 않았어도 이렇게 허망하게 당하지는 않았을 것을……. 받아라. 그리고 떠나라. 육보에 담긴 사부의 진전을 모두 찾아 익힌 후 다시 신기루에 도전해라. 그것으로도 어쩔 수 없다면 그때에 저승에서 보자."

곽이산이 자신의 마창을 송무군 앞에 내밀었다. 그러자 곁에 있던 신조도 옥적을 꺼내 송무군의 품에 집어넣었고, 백적경과 죽어가는 황보령도 봉황신침과 철궁을 송무군에게 건네는 것이었다.

"사형들… 나… 난!"

송무군이 자신에게 건네지는 귀곡육보를 차마 받아 들지 못하고 고개를 저었다.

"무군, 귀곡의 문도 중 의협 소리를 듣는 사람은 오직 너 하나였다. 그러므로 너에게 귀곡의 복수를 맡기는 것이다. 장부는 독해야 하고, 군자의 복수는 십 년이 걸려도 늦지 않다고 했다. 이 의숙은 널 믿는다. 이것도 가지고 가거라. 이것을 보며 우리를 기억해라. 그리하여 끝내 다시 신기루를 찾아 빚을 받아내거라!"

천문시가 든 목갑을 강제로 송무군에게 건넨 장사진이 갑자기 허공으로 솟구치더니 품속에서 무엇인가를 꺼내 사방으로 던져 내기 시작했다. 순간 장사진이 던져 낸 물건들이 신기루 고수들 주위에 떨어져 내리며 작은 폭발음과 함께 흰 연기들이 피어오르기 시작했다.

"가거라. 이 진(陣)으로 저들을 막을 수 있는 시간은 길지 않다. 모두들 흩어져서 달려라. 무군으로부터 적의 시선을 분산해야 해. 최악의 순간에는 원강으로 뛰어들어라. 물이라면 저들도 쉽게 추적할 수 없을 것이다. 그리고 살아만 있다면 어쩌면… 가거라. 이곳은 내가 맡겠다."

장사진이 무엇인가를 말하려고 하다 그만두고는 손을 들어 송무군을 밀어냈다.

"사숙⋯⋯."

"시간이 없다. 무군⋯ 가거라!"

장사진이 송무군을 보며 고개를 끄덕이자 송무군이 곽이산과 백적경, 그리고 이미 숨이 끊어진 황보령과 그녀를 안고 있는 신조를 한 번씩 바라보고는 단호히 몸을 돌려 장내를 벗어나기 시작했다.

"자, 이제 너희도 움직이도록 해라. 저들의 시선이 무군에게 미치지 않도록 저들을 유인하며 움직이도록 하거라! 또한 살 수 있다면 최대한 살아남아야겠지."

"사숙!"

귀곡육절의 삼 인이 장사진을 바라보고는 이내 몸을 날려 각자 송무군과 다른 방향으로 달려나가기 시작했다. 그렇게 귀곡의 사형제들이 뿔뿔이 흩어져 도주하기 시작한 지 채 반 각도 되기 전에 장사진이 펼쳐 놓은 진 밖에서 강력한 파열음이 들리기 시작했다.

쿠쿠쿵!

그리고 한순간 시퍼런 검기가 진 안에서 불쑥 솟아나더니 이내 흰 연기로 둘러싸인 진이 반으로 갈라지면서 십 사령을 선두로 진에 막혀 있던 신기루의 고수들이 차가운 얼굴을 하고 진 밖으로 튀어나왔다.

"귀곡의 장사진이 잔재주가 뛰어나다더니 과연 제법 재주가 있었군. 하지만 그렇다고 오늘 귀곡의 운명이 바뀌는 것은 아니다. 추살령을 내린다. 신기루 주변에 있는 전 사령들은 귀곡의 문도들을 추살하라! 단 한 명의 생존도 허락지 않는다!"

명을 내리면서 십 사령의 몸은 이미 장사진을 덮쳐 가고 있었다. 장사진은 자신을 향해 날아오는 적을 향해 자신이 뽑아 올릴 수 있는 모든 진기를 뽑아 올려 장력을 때려냈다.

"잔재주에 비해 무공은 형편없군."

순간 십 사령의 입에 비릿한 비웃음이 깃들더니 그의 검이 시퍼런 검기에 휩싸여 허공에 그어졌다. 장사진은 자신이 쳐낸 장력이 한줄기 검기에 의해 물결 갈리듯 갈라지는 것을 볼 수 있었다. 그리고 그 검이 자신의 심장을 찔러오는 것을 단 한순간도 놓치지 않고 바라보고 있었다.

검은 여지없이 장사진의 가슴에 꽂혀들었다. 장사진은 이제 자신의 눈에서 채 한 자 정도밖에 떨어져 있지 않은 십 사령의 눈을 볼 수 있었다. 그 눈을 보며 장사진이 히죽 웃음을 지었다.

"무군이 살아난다면… 너희도 무척 곤란해질 거야… 그는 무척 독한 사람이거든… 더군다나 그 아이가 성장한다면… 크하하!"

장사진의 입에서 한 모금의 피가 토해졌다. 그리고 그 순간 그의 가슴에 꽂혀 있던 십 사령의 검이 뽑혀지며 장사진의 신형이 천천히 뒤로 넘어갔다.

"미안하지만 그는 살아남을 수가 없어."

장사진을 제거한 십 사령의 눈에 다시금 살기가 일기 시작했다.

왼쪽 허벅지로부터 극심한 통증이 밀려들었다. 눈앞에 보이는 산등성이를 오를 수 있을까. 송무군은 피식 웃음을 흘렸다.

'그나마 통증이 있으니 다행이지. 아니었다면 벌써 지쳐 쓰러졌을 텐데!'

극심한 통증은 때에 따라선 온몸에 생기를 불러일으키기도 한다. 특히나 전신의 힘을 모두 쏟아 붓고 더 이상 자신의 근육에 단 한 올의 힘도 남아 있지 않을 때, 불현듯 느껴지는 극심한 통증은 잠들어 있던 새로운 힘을 끄집어내는 계기가 되기도 하는 것이었다.

송무군은 그 고통의 힘으로 가파르게 이어지는 산등성이를 오르고 있었다. 그의 오른쪽 옆으로 원강의 검푸른 물결이 유유히 흐르고 있었다. 평화롭기 그지없는 풍경들… 하지만 그 속에 있는 인간들은 생사의 경주를 하고 있었다. 갑자기 송무군의 왼쪽 옆으로 시커먼 그림자가 어른거렸다.

'적!'

송무군은 양손에 든 유공무의 흑도와 자신의 청명검을 꽉 움켜잡았다.

쇄애액!

예상대로 날카로운 살검이 송무군의 옆구리를 파고들었다.

깡!

왼손에 들린 흑도로 적의 공격을 막아냈다. 손끝으로 전해지는 아련한 통증, 신기루의 인물들은 하나같이 고강했다. 도대체 이런 자들이 신기루에 얼마나 있는 것일까? 적의 공세를 막아내면서도 송무군은 신기루라는 조직에 대해 감탄하고 있었다.

하지만 적에 대한 감탄과 살기 위한 움직임은 별개였다. 흑도로 적의 검을 비껴낸 송무군이 오른손에 든 청명검으로 강하게 적을 후려쳤다. 그의 검은 몸이 지쳐 있음에도 불구하고 여전히 빨랐다. 공격을 가해온 신기루의 고수가 예상외로 빠른 송무군의 검에 놀라 급히 몸을 뒤로 물렸다.

서걱!

송무군의 청명검이 뒤로 물러나는 적의 옷깃을 잘라냈다. 그 서슬에 신기루의 고수가 잠시 멈칫하는 사이 송무군은 다시 몸을 날려 산의 정상을 향해 치달아 올랐다.

다시 적과의 거리가 벌어졌다. 얼마나 갈 수 있을지는 송무군 자신도 알 수 없었다. 그저 앞만 보고 달릴 뿐.

송무군의 신형이 작은 산봉우리 위로 솟구쳤다. 드넓은 남방의 원시림과 구불거리며 흘러가는 원강의 물줄기가 한눈에 들어왔다. 하지만 송무군의 걸음은 멈추지 않았다. 봉우리를 뛰어넘은 송무군이 이번에는 산 아래를 향해 달려 내려가기 시작했다.

등에는 곽이산에게서 받은 마창이 매여져 있었고, 양손에는 흑도와 청명검, 그리고 허리춤에는 황보령의 철궁이 매달려 있었다. 귀곡육보의 느낌이 그의 몸에 전달될 때마다 송무군은 자신의 내면 깊숙한 곳에서 알 수 없는 힘들이 솟아오르는 것을 느꼈다. 어쩌면 의숙과 사형제들은 모두 죽었을지도 몰랐다. 아니, 분명 모두 적의 손에 죽었을 것이다. 두 시진이 넘게 신기루 고수들의 추격을 뿌리치며 도주하고 있는 그의 힘은 죽어간 그의 사형제들로부터 나오는 것일지도 몰랐다.

산은 강을 따라 능선으로 이어져 있었다. 그리고 어느 순간부터 원강의 폭이 작아지며 강의 흐름이 바뀌기 시작했다. 물결은 빨라지고 강은 커다란 원을 그리며 급격하게 방향을 틀고 있었다.

지형이 급변했다. 강과 산이 수십 장 높이 절벽으로 그 경계를 만들어내기 시작했다. 그렇게 갑자기 지형이 변화되기 시작할 무렵, 한 명의 신형이 무서운 속도로 송무군을 향해 접근해 오기 시작했다. 그것은 지금까지 숲의 곳곳에서 송무군을 공격했던 신기루의 고수들과는 다른 차원의 움직임이었다.

쇄애애액!

송무군은 자신의 등 뒤에서 들려오는 공기 갈리는 소리에 문득 걸음을 멈추고 양손에 든 도검을 들어올리며 재빨리 신형을 돌렸다. 자신의 뒤를 추격하고 있는 자로부터 더 이상 몸을 뺄 수 없다는 것을 깨달았기 때문이었다.

"대단해. 이 정도만 해도 충분해! 그대는 그대가 가지고 있는 능력 이상으로 훌륭했어!"

십 사령이 감탄과 살기가 뒤섞인 말을 흘려내며 송무군을 바라봤다. 송무군은 상대의 말에 대답하지 않고 눈에 보일 듯이 거칠게 뛰고 있는 자신의 심장을 진정시키기 위해 노력했다. 이런 상태로, 이렇게 호흡이 흐트러진 상태로 저런 고수를 상대한다는 것은 곧 죽음에 다름 아니었다.

"애쓸 필요 없어. 아무리 노력해도 안 되는 일이 있는 법이야. 이제 그만 편히 쉬게. 죽음은 모든 것으로부터의 해방을 의미하지. 그만 고단한 삶을 끝내게 내가 도와주지."

십 사령이 천천히 손에 들고 있는 검을 들어올렸다. 그 검은 검기나 검강 같은 절대고수를 상징하는 어떤 변화도 일으키지 않았지만, 하늘을 향해 우뚝 서 있는 그 모습만으로도 송무군의 거칠게 뛰던 심장을 차갑게 식게 만들었다.

'감당할 수 없다!'

송무군은 상대의 검을 받아낼 수 없다고 생각했다. 저 검을 상대할 수 있는 자, 천하에 과연 몇이나 있을 것인가!

'그렇다면!'

송무군이 문득 옆으로 시선을 돌렸다. 수십 장 높이의 절벽 아래로 검푸른 원강의 물결이 소용돌이치고 있었다. 그의 눈이 번뜩였다. 그가 다시 십 사령을 향해 분노의 시선을 쏘아보냈다.

"너희에게… 음흉한 음모로 세상을 조롱하는 너희 따위에게 이 송무군의 생사를 맡길 수는 없다. 이 송무군의 생사는 오직 하늘만이 결정할 수 있다!"

갑자기 송무군의 입에서 우렁찬 고함 소리가 터져 나오더니 그의 신형이 절벽을 향해 무서운 속도로 달려가기 시작했다.

"놈! 신기루가 곧 하늘이다!"

순간 갑작스런 송무군의 행동에 당황한 십 사령이 송무군을 향해 몸을 날리며 손에 들고 있던 검을 벼락처럼 떨쳐 냈다.

팍!

허공에 시뻘건 선혈이 솟구쳤다. 그리고 무엇인가 하나의 물체가 송무군의 몸에서 떨어져 나갔다. 동시에 송무군의 신형 또한 그 물체를 따라 수십 장 높이의 절벽을 타고 원강으로 떨어져 내리기 시작했다.

송무군은 소용돌이치는 검푸른 원강의 물결이 눈에 들어오기 시작할 때쯤 마지막 남은 정신으로 혈도를 짚어 잘려 나간 한쪽 다리를 지혈했다.

'그때와 같군. 십칠 년 전 동해에서도 이렇게 무인도의 절벽에서 바다로 추락했었지……. 그리고 옥청을 만나고… 문악을 얻고…….'

"악아!"

송무군의 입에서 아들의 이름이 흘러나왔다. 그리고 그의 몸이 거친 원강의 물결 속으로 삽시간에 빠져 들어갔다.

『신기루』 2권 끝

다세포 소녀
원작 만화 출간!!

2006 부천 국제만화상 일반부문 수상!!

전국 서점가 최고의 화제작!

OCN 슈퍼액션 드라마 시리즈 방영!

왜? 사람들은 다세포 소녀에 주목하는가!
상식을 뒤엎는 기발하고 엉뚱한 상상력!

『다세포 소녀』의 숨겨진 힘!!

다세포 소녀 원작만화 (전 5권 예정)
B급 달궁 글·그림 | 값 9,000원 / 부록 예이츠 시집

몇 페이지만 읽어도 좌중을 휘어잡을 이야깃거리가 넘쳐난다!
둔감해진 머리에 영감을 주는 아이디어가 마구마구 솟구친다!
원작을 더욱더 빛내주는 기발한 댓글 퍼레이드!
300만 다세포 페인을 열광시킨 상식을 뒤엎는 엉뚱한 상상력!

또 하나의 이야기! 또 하나의 재미!
소설 『다세포 소녀』

초우 장편소설 | 값 9,000원 / 원작자 B급 달궁

"그건 모르겠고, 나는 외눈의 사랑이야. 사랑을 줄 수는
있어도 마주 할 수 없는 사랑이지. 두 눈을 가진 사람은 주
고받을 수 있지만, 나는 주는 것만 할 수 있어. 나는 주는
사랑으로 족해. 외사랑이지."

–외눈박이

초등학생이 반드시 읽어야 할 좋은 책 49권

각 학년별로 초등학생이 반드시 읽어야할 좋은 책을
선정하여 통합논술의 기본이 되는 '올바른 독서법'을
일깨워 줍니다.

교과서와
함께하는
초등학교 통합논술

초등1학년 | 값 12,000원 / 초등2학년 | 값 9,500원 / 초등3학년 | 값 11,000원 / 초등4학년 | 값 9,500원 / 초등5학년 | 값 9,500원 / 초등6학년 | 값 11,000원

♣ 혼자 할 수 있어요.

엄마가 책 읽는 방법을 가르쳐 주어도 좋아요.
독서지도하는 선생님이 가르쳐 주어도 좋답니다.
"초등 교과서와 함께하는 **통합논술 시리즈**"는
아이 스스로 독서할 수 있도록 꾸며진 책이에요.
엄마와 선생님은 요령만 가르쳐 주시면 된답니다.

♣ 교과서의 중요한 내용이 총정리되어 있어요.

각 학년별로 중요한 교과 내용이 함께 수록되어 있어요.
초등학생은 교과서 내용을 충실하게 공부해야합니다.
아울러 그와 병행한 독서가 대단히 중요하지요.
"초등 교과서와 함께하는 **통합논술 시리즈**"는
두가지 방법 모두 알려준답니다.

♣ 이 책은 훌륭하신 선생님들이 함께 쓰신 책이랍니다.

동화작가 선생님들이 쓰셨어요. 소설가 선생님도 쓰셨답니다.
국어 논술독서지도 선생님들도 함께 쓰셨지요.
"초등 교과서와 함께하는 **통합논술 시리즈**"는
엄마의 마음으로 모든 선생님들이 함께 꾸민 책이랍니다.

입소문을 통해 아는 분은 다 알고 계십니다!
올 한해 공인중개사 최고의 화제작!

1~2권 합본 | 이용훈 지음
3~4권 합본 | 이용훈 지음
5~6권 합본 | 이용훈 지음
용 어 해 설 | 이용훈 지음
1~2차 문제풀이집 | 이용훈 지음

수험생 기본 필독서
만화 공인중개사

제목 : 만화공인중개사 쓰신 분에게 감사드립니다.

학원을 두달 다녔어요. 근데 과연 그 숫자 와우기 그런게 몇 문제나 나올까 생각을 했어요.
아니라는 생각이 드네요. 학원강의를 뒤로 하고 서점을 갔어요. 내 머리에 가장 이해될 수 있는
책이 없나 하구요. 거기서 만화를 발견했어요. 무조건 세번 봤어요. 3개월 걸렸어요. 문제집을
보라고 했는데 그건 시행을 못했어요. 근데 합격을 했네요.
어떻게 감사의 말을 해야 될지…
도서관에서 만화책 들고 다니까 사람들이 비웃더라구요. 만화책으로 공인중개사를 공부한
다고 미친사람처럼 보더라구요. 근데 그거 다 감수하고 했던 내가 자랑스럽습니다.
어떻게 감사의 말을 해야 할지 정말 감사합니다.
부디 행복하세요. 제 나이 41살에 좋은 스승을 만난 거 같습니다.
엎드려 감사드립니다.

—본사 홈페이지에 독자분이 올린 메일 中 에서 발췌—

잘나가고 싶은 사람은 읽어라!

그에게 한눈에 반했다! 그것은 분위기 탓?
애인과 나란히 걸어갈 때 당신은 좌, 우 어느 쪽에 서는가?
이성은 왜 서로 끌리는 걸까? 그 심층 심리를 해명한다!

30초의
심리학

■ 30초의 심리학
아사노 하치로우 지음 / 계일 옮김 | 값 8,500원

처음 본 사람인데 와 닿는 느낌이
너무나도 강렬한 사람이 있다.
흔히 하는 말로 '필이 꽂힌 사람',
그래서 잊혀지지 않는 사람,
한눈에 반했다고 하는 것이 바로 그것이다.
이런 인간의 감정을 논하는 데
남녀의 구분이 있을 수 없다.
사랑하는 그, 혹은 그녀를
생각하는 것만으로도 가슴이 두근거린다.
이상할 것 없다. 당연히 그럴 수 있는 것이다.
그렇기에 인간을 감정의 동물이라 하지 않는가.
그러나 그렇게 좋아하는 그 사람이
어느 날 갑자기 싫어지는 경우는 왜일까?

Psychology